／曹启文

／张子帆

执行主编／张千帆

主
编／曹昌文

浙江文坛

2021 卷

ZHEJIANG WENTAN (2021 JUAN)

浙江省作家协会 编

浙江文艺出版社

图书在版编目(CIP)数据

浙江文坛.2021卷/浙江省作家协会编.—杭州：
浙江文艺出版社,2022.10
ISBN 978-7-5339-6970-7

Ⅰ.①浙… Ⅱ.①浙… Ⅲ.①中国文学—当代文学—
文学评论—文集 Ⅳ.①I206.7-53

中国版本图书馆CIP数据核字(2022)第161850号

责任编辑 邓东山　　詹雯婷
责任校对 牟杨茜
装帧设计 吕翡翠
责任印制 张丽敏

浙江文坛(2021卷)

浙江省作家协会 编

出版 浙江文艺出版社
地址 杭州市体育场路347号
邮编 310006
电话 0571-85176953(总编办)
　　　0571-85152727(市场部)
制版 浙江新华图文制作有限公司
印刷 浙江海虹彩色印务有限公司
开本 880毫米×1230毫米　1/32
字数 220千字
印张 8.75
插页 2
版次 2022年10月第1版
印次 2022年10月第1次印刷
书号 ISBN 978-7-5339-6970-7
定价 39.00元

目录

燎原之火　始自焰焰
——2021 年浙江长篇小说综述

|周保欣|宋紫纯|

　　2021 年，全省长篇小说总量不大，收集到统计时段内的作品共十部，与往年相仿。综合来看，2021 年全省长篇小说有以下特点：第一，作家中新面孔不少，特别是基层作者，创作势头高涨，作品数量可观；第二，小说类型较为丰富，有传统的长篇小说、历史小说、非虚构类小说，品种繁多；第三，因为一线作家参与长篇创作少，所以今年长篇小说总的影响力相比往年略有下降，但是，也有不少让人眼前一亮的好作品。

一

　　晓风《湖山之间》写大学里不大为人关注的辅导员群体。作家非常熟悉高校生活，所以《湖山之间》延续的是作家惯常的写实风格，人物、环境、事件、语言，俱各妥切。在时间、空间的处理上，小说特别用心。时间横跨两个时代：一个是 20 世纪 80 年代，一个是当下。空间上，作家设计了两个反差极大的地方：一个是大兴安岭，一个是杭州。《湖山之间》的整个构架就是在两个时代、空间中穿梭切换。从形式上看，《湖山之间》的时间、空间的设定是成功的。母亲张大凤的青春时代叠印在 20 世纪 80 年代历史背景中，与女儿杨小倩所生活的时下构成强烈反差。空间上，大兴安岭和西子湖畔，更是南北殊异。时间、空间上的疏朗，其妙处是便于作家把握小说节奏的变化，叙事或急或缓，或断或连，或藏或露，全在作家的把握；同时，作家可在小说中糅合进不同年代、地域的文化，构成不同年代、地方文化间的对话关系，增加小说的跨度、厚度和张力，给小说增添特殊的况味。

小说中写两个时代、两个地域，其间一个隐秘的联系就是贫困及两种贫困文化。自杀的金刚强出身贫困之家，即便考上 985 高校，依然解决不了他内心深刻的危机。在强手如林的东海大学里，他显得自卑、孤立、敏感、多疑、脆弱，这些负面情绪一步步把金刚强逼向深渊。金刚强的贫穷，其实与张大凤的贫穷是无法相提并论的。在张大凤那里，贫穷、饥饿、疾病、灾难、死亡构成她所在的那个时代和家庭几代人的共同命运，但张大凤却不屈服于命运，而是以逆境中的坚韧、奋发去抗争苦难。她考上了大学，却自愿读了中专，只因能尽早照顾家庭。中专毕业后，原本可留在省城，却为了照顾家庭，自愿回到大兴安岭的小镇上。张大凤抗争命运的方式，是把自己放在低处，和命运面对面，以自己的坚忍和坚韧去消解苦难。

张大凤和金刚强两种面对贫困的方式就是两种贫困文化最好的体现。张大凤处理苦难的方式是一种"慢"的美学，守着、忍着、领受，不逃避，于是，苦难便升腾出坚定的意义。而金刚强的当下，是一个急速旋转的时代，人们极容易被生活甩出轨道。小说第一、二章开头，都是从"车站"写起。杨小倩身在巨大的高铁站，却迷失于其间。这种"迷失"是一种隐喻：生活在这个高速发展的社会中，"迷失"变成了宿命。而张大凤清晨抵达的那个车站，慢、寥落、空旷、静寂，她要去的目标在很远的地方，她却不会迷失，因为，她是坚定的，她有自己的目标和意义，就不会迷失。就《湖山之间》来看，晓风作为一个资深的古典文学专家，他的学问气是这部长篇小说成功的关键，作家的学问不在小说中随意穿插的古典诗词和人物典故，而在小说的开阔与豁朗。小说标题"湖山之间"中的"湖山"，自然不是自然的"湖"和"山"，湖山之间是作家的一种人生态度，贫穷、挫败、苦难、不幸，所有的一切，都是生命的本质，人未必能够或者说并非每个人都能够战胜生活中的不幸，但在终极意义上，每个人都该有自己的"湖山"，"湖山之间"，是我们的开阔处。

浙江文学版图上，舟山地处一隅，不易进入视野，近些年长篇小说创作显示度确实也不够，但偶有作品问世，便令人惊诧。前几年读陈锟的《暴跌》，就为他的小说技巧之娴熟和形式之新颖所折服，如今，再读到杨怡芬的《离觞》，顿生感慨，舟山山海相连，浩渺空蒙，东方之野，日出之处，生活在舟山的作家，似乎写小说也有了一种迷漫而广大的气质。《离觞》叙写1949年到1950年国民党溃逃台湾之际，动荡时局中青年男女的生存与爱恋。小说的核心人物是李丽云、潘绮珍、秦怡莲、宋安华等一群女性。从作家自己的主观立意来说，她想写的是女性"如何在自己的时代局限里，挣扎着走出一条独立之路"，包括精神和物质的双重独立，所以，小说把重心放在塑造李丽云等女性群像身上，男性人物，如宋以文、王天锡、刘仲瑞、郑景润等，在小说中的角色功能其实并不明显，似乎更多的是作为一种叙述功能出现的。但是实际上，《离觞》的意蕴是远超出"女性独立"这个单一主题形态的。这是一部有"气"和气运的小说：这个"气"，在李丽云、潘绮珍、秦怡莲、宋安华等人物身上，就是她们各自不同的性格和命运，但又统一于追求经济独立、人格独立的精神气场；这个"气"现诸时代，则是盛衰转换之世的迷乱、冷清、凄凉。

　　杨怡芬的视角是舟山视角，写舟山，以舟山观时势，观易变，观天下。而舟山作为国民党溃逃台湾的跳板，以及这一历史事件带来的短暂的热闹、繁华和充斥着的不可遏制的衰败，使得小说的整体情绪有一种悲凉感，而作家就是在转折、颓败、悲凉中，写出几个女性清冽的精气神。从选材上看，《离觞》是一部很有创造性的小说，它的创造性就体现在时间、空间、事件的有机统一上。首先，中国当代小说其实并没有脱离史传传统，当代史的每个时段几乎都有人写过，特别是国内战争，但是，1949年到1950年国民党败退台湾这个时间节点写的人并不多；其次，从空间上说，以舟山群岛作为地理书写对象，呈现时易世变中的众生相，此类作品更是鲜见；再次，便是写南方的战争，写国共内战正面战场结束后的战争这个时间段也是很少见的。三者叠合在一起，构成《离觞》在当代小说史的价值。小说写战争，却又不见战争，不见战争，却几乎每一页都可以见到战争。战争仅是一个环境，一个氛围，杨怡芬的着力点是写芸芸众生，写日常，写人物，写心性，写命运。《离觞》的文学气质是悲凉的，也是清冽的。《离觞》是一部有特殊调性的小说，特别是小说的语言和叙述，既轻逸，又沉重，既内敛，又开放，混含着复杂的意蕴。

　　王霄夫的《上海公子》（2020）是一部小说元素极为丰富的小说，既有传统红色经典的革命、战争、信仰，也有近些年类型小说中常见的悬疑、暗战、武打等元素，此外，小说还糅合进去大量的地方史、地方风物描写，可读性非常强。王霄夫极擅经营小说，以传统小说方法写传奇，或曰以传奇性改造传统小说。《上海公子》融故事性、传奇性、画面感、历史感、文学性为一体。整部小说，在艺术构思上，感觉王霄夫就是在"正—反"的二元张力中构造出这部层累复杂、意味丰饶的长篇。在情节结构上，谢公馆谢壮吾、谢壮尔两兄弟就是两条饶有叙事复杂性的线索：哥哥谢壮吾顶替弟弟谢壮尔的身份，深入敌占区，追捕裘宝儿；弟弟谢壮尔从效忠国民党到被东北民主联军俘虏，在与哥哥互换身份后，游历中国东北和苏联远东等地，逐渐改变思想，成为一名真正的爱国人士。这是一个"正—反"（最后走向合）的过程。小说中，还有另外一个"正—反"结构，就是谢家和裘家子女间的情感与冲突。谢家为主，裘家为仆，所以，谢壮吾和裘宝儿之间的对垒，除却廓然大公的家国利益矛盾，还有主仆、家族利益，以及两家男女情爱纠葛等伦理矛盾。王霄夫将公与私、大与小、爱与仇、是与非等诸多复杂的矛盾、冲突融入故事情节中，造成整部小说审美层累的多元化和复杂性。特别是《上海公子》的空间场景，涉及上海、重庆、武汉、北平、绍兴以及东北，甚至苏联的一些城市，小说的流动感和跳跃性很强，而每写一地，作家都极善于调动地方文献、风物，描写实地场景，这使得《上海公子》的空间，并不单纯是故事发生的地理空间，其本身就构成极具审美性和历史感的小说的结构性要素（如裘宝儿对"刽—人"的解释，小说对谢家来源地的绍兴地方风物的描写等）。

旅居欧洲的陈增航（阿航）发表了《欧洲时间》。这是一部带有回忆录性质且纪实色彩特别浓的小说，因为纪实色彩特别浓，所以从文体上看，其散文化的色彩也是比较明显的。小说以第一人称叙述视角，叙述"我"（吕璧）、周山、刘观水、万俊、邱丽华、叶碎民等一批青田人偷渡欧洲后在欧洲辗转各国、颠沛流离的生活。为了谋生，他们开过餐馆、服装厂、皮衣工厂，在工地做零工，到最后开大篷车卖散货。陈增航贴着过往的历史写，贴着记忆在写，贴着生活在写，也贴着地面在写。他写早期非法移民欧洲的华人生活的难、苦和辛酸：他们没有尊严，有的只是基本的欲望。陈增航的笔下透着一股狠劲，一股不加任何雕饰地往生活的最不堪处、最残忍处、最原始处写的狠劲。这种"狠"是《欧洲时间》最具有冲击力的地方。从陈增航的行文来看，他对自己笔下的生活和历史是有观照和思考的，他的内心有矛盾、冲突，但是，他却不动声色，以一种貌似最客观又最主观的第一人称叙事手法，呈现出他想要表达的东西。

天涯的《楝树河向东流》是她以宁波为题材的第三部长篇小说。天涯擅长的领域似乎是都市情感方面的题材，《秋分》《左岸之光》便是如此。在这部《楝树河向东流》中，天涯求变的意识还是比较明显的，主要是这部作品的历史空间被打开了，作家不再写当下的都市生活，而是从1973年开始写起，一路写到2019年，以四十六年的时间跨度，去写董家村中董解放一家的故事。小说的核心人物是董家四姐妹，小说通过四姐妹的成长和命运的展开，呈现时代更替和社会变革的复杂面相，其中，有城乡的文化差异和文明冲突，有人际伦理的变迁，有梦想和现实的交互映照，有情感纠葛。天涯的优势，是善于给小说营造氛围，在这部小说中，"楝树河"就是一个带有诗意的意象，反复出现，当然有些时候是满足小说的情节功能，但更多时候，它是作为一种叙事的基调和小说情绪、情感的总体而存在的。楝树喜温暖、湿润气候，喜光；而其性味则是苦、寒。"楝树河"的出现，有其温暖的地方，自然也有其苦寒之处。

二

2021年度的浙江长篇小说创作，历史小说是一个亮点。作家蒋胜男出版了四卷本长篇历史小说《天圣令》。所谓"天圣"，是本书主人公刘娥执政时的年号，"二人为圣"，皇太后与皇帝共执朝纲之意；而《天圣令》则是刘娥执政时颁布的令典。小说以《天圣令》为题，以刘娥为主人公，其实延续的是蒋胜男一贯的写作取向。从此前的《芈月传》，随后的《燕云台》，到现在的《天圣令》，蒋胜男历史小说选择的对象都是历史上具有改革意识的权力女性。自《凤霸九天：政治倾轧中的大宋女王》推出刘娥这一人物以来，如今的《天圣令》再度以更充分的史料、宏阔的视野、充沛的想象、丰富的细节，以章献明肃皇后刘娥跌宕起伏的一生为主线，"全景式"地展现北宋初年，太宗、真宗、仁宗三朝的政治、经济、文化生态和律令制度。《天圣令》四卷对应的是刘娥的四个人生阶段，也就是四个十五年——逃难蜀中的孤女、为真宗收纳金屋藏娇、成为真宗的宠妃、执掌国政的皇后，将刘娥的个人命运植入北宋早期的历史之中，也以刘娥的四个人生阶段，勾连起北宋王朝前期的历史。

　　《天圣令》涉及北宋初年诸多重大的历史事件。北宋上承五代十国的乱世，宋初重文抑武，文化、艺术、思想、经济、法令、科技等至宋而臻于巅峰，特别是真宗与辽国缔结"澶渊之盟"，开启大治之世。《天圣令》写刘娥，就是处在这个基本语境中。小说先抑后扬，开篇的离乱对应的是赵宋建立政权后为统一天下而灭后蜀、南汉、南唐等结束纷乱时局的历史进程。此后，刘娥的命运一如北宋的国运一路攀升。蒋胜男写刘娥，其实是有一个大的历史眼光和文化眼光的。刘娥是宋朝第一个临朝称制的女主，后人常将其与汉之吕后、唐之武后并称为"三后"。蒋胜男写刘娥，主要关注的是刘娥的德行和功绩，"有吕武之才，无吕武之恶"，主政期间，推行经济、货币的改革，修改国家律令。她虽没有在在世时将权力还给仁宗，但终究也没有让大宋江山易主、王朝易姓，并由此将国家引入动荡和内乱。从创作的难度来看，《天圣令》要远比《芈月传》和《燕云台》大，主要是因为和刘娥有关的史料较少，创作四卷本的长篇小说，作家只能靠渲染和想象，特别是刘娥这样的人物，有"狸猫换太子"的民间传说，增加了故事的传奇性、复杂性，自然也增加了写作的难度，但总体上看，蒋胜男能以史实为经、想象为纬，深入北宋历史的内在肌理中，处理好复杂的历史关系和人物关系。

孙红旗的《印舞》延续其《国楮》的写作路径，以地方文化、地方历史人物为写作的对象。《国楮》写衢州开化的造纸，《印舞》则以元代印学宗师吾丘衍（1272—1311，浙江开化人，一作吾衍，通经史百家言，工篆隶，所著《学古编》之《三十五举》，是中国最早研究印学理论的著述，被后世印人奉为经典）的生平经历为纲，演绎其非凡的人生。《印舞》堪称"非遗题材小说"。这类小说，在浙江地方作家中比较普遍，也可以说是浙江的地方性写作现象。在小说人物塑造的方法上，孙红旗喜欢先抑后扬，《国楮》和《印舞》皆是如此：《国楮》中的徐元靖和《印舞》中的吾衍，都出身于商贾书香之家，都是绝顶聪明之人，都在某一阶段遭遇一场大病大灾，最后走向人生开敞处。《印舞》中的吾衍作为真实历史人物，作家对此人的塑造是有挑战性的，其一是涉及史料文献的搜集能力，其二是涉及作家文献史料的处理能力。就第一点来看，小说是没有问题的，小说写到的很多细节，都有出处和来历，孙红旗在虚实、有无之间，来往自如；第二点，因为写的是真实人物，吾衍与彼时的赵孟頫、胡长孺、徐琰、仇近仁等名流多有交往，中间就涉及很多和书学、画学、印学、篆刻理论，以及中国古典的学问系统（如小学）等相关的探讨，这就要求作家在写作中，要花费更多的时间和精力，具备更高的学养，才能处理好小说当中的细节。

王霄夫的《宋徽宗：天才在左　天子在右》（2020）写"诸事皆能，独不能为君"的宋徽宗赵佶戏剧化的一生。宋徽宗赵佶自然是一个很有话题性的人物，但是如何写好这个人物其实是有难度的，因为在一般人的认知中，宋徽宗早已经被定型为"玩物而丧志，纵欲而败度"的失国之君，"君臣逸豫，相为诞谩，怠弃国政，日行无稽"，是宋徽宗的基本形象。王霄夫的小说塑造自然也脱不开这样一个业已定型的宋徽宗形象，但是在写作的方法上，《宋徽宗》还是有很大的创新的，那就是在"天才"与"天子"间保持平衡，在才子气中写帝王气，在帝王身上见他的才子气，作家纵横穿插，写宋徽宗的两面。作家写宋徽宗，同时也是在写一部宋代的文学、艺术、生活史。书中，李师师、周邦彦、李清照、张择端等历史人物纷纷登场。最主要的是，作家能够抓住宋徽宗作为一个帝王和天才艺术家的特殊心性，来塑造和把握这个人物。作为"天子"，君临天下，是要有治才、治术，需要大魄力，也需要有大忍的；但是，作为"天才"的艺术家，艺术的趣味、情调，自由不羁的心性，才是根本，这些和帝王的治才、治术、大忍等，很多时候却是相互消解的。王霄夫就是在宋徽宗的双重身份及其内在矛盾中，把握到宋徽宗不可重复的特殊性，从而塑造出一个具有浓郁悲剧色彩的帝王和艺术家的双重形象。

赵子安的章回体长篇历史小说《江郎传》（2020）很有特色，如果要给这本小说定位，可以把它归为"山岳小说""非遗小说"，或者是网络文学中的武侠修真小说等。小说给世界自然遗产江郎山作传，确实是别具一格。江郎山位于浙江衢州江山城南，素有"雄奇冠天下，秀丽甲东南"的美誉，有中国丹霞第一奇峰，积聚岩、洞、云、瀑等奇绝景观，形势奇、险、陡、峻，本就传说极多。赵子安的《江郎传》以三种元素为底色，构造出小说的形骸：其一，是山岳的自然系统。小说写到江郎山的各种地理事物，如山、峰、岭、洞、坑、涧、井、桥、碑、石、云、雾、花、草、树，以及诸多动物等。其二，是与江郎山有关的历史系统。小说穿插叙述姑蔑、中唐、北宋三个时期，写到不少真实的历史人物和历史事件，如楚灭姑蔑、黄巢起义、方腊揭竿等。其三，是虚构的神话系统。《江郎传》以神话为山岳立传，其中，神、仙、魔、怪自成一个系统。小说在三个层次间不断穿梭往来，虚虚实实，亦真亦幻，作者的叙事控制能力很突出。

《江山1942》（2020）是赵子安的另一部长篇历史小说，小说副标题是"一部反映江山共产党人及江山儿女抗日的革命题材小说"。全书在抗战的大格局中，以1942年"浙赣战役"为背景，重点叙述从5月到8月这段时间，为阻击妄图打通南进福建的交通枢纽的日军而在江山展开的数场战役，重点写到道塘垄伏击战和国民党一〇五师发动的仙霞关阻击战等。小说塑造了姜献华、邓毅生、张广、李克、李胜等一系列人物形象，他们是浙赣边界的抗日核心力量，联合各种抗日力量，消灭南进日军的有生力量。作为一部历史小说，《江山1942》从历史事件本身到人物，很多都是有出处的，实有其人，实有其事；在写作过程中，作家也做了大量的文献考证和实地调查，但这部长篇小说最值得肯定的，不是它的写实，也不是它对历史的尊重，而是作家在"人—地"关系的特殊性中，去把握人的精神、意志和品格，也就是说，作家是在江山的自然、历史、文化土壤中，形塑江山人的民族意志和抗争精神，而不是从抽象的民族精神出发去叙写民众抗日的精神力量。这是小说出彩的地方。

三

李全的《红灯笼Ⅱ　秘战上海滩》，是一部长篇谍战小说，人物和故事情节，延续着《红灯笼》，但显然也有大范围的改变。

作为一种小说类型，国内创作谍战小说的可谓高手如云，单就浙江省内来看，麦家、海飞、畀愚等便是高手中的高手，因此，想在谍战小说领域崭露头角，其实难度还是蛮大的，读者难免会有所比较。不过，李全的优点是善于取势，小说将故事展开的时间节点设定在 1942 年。彼时，世界反法西斯战争和中国的抗日战争均处在一个"变"的历史拐点，在如此的时间背景下处理共产党地下情报组织、日本特高课、汪伪政权的"七十六号"、国民党军统四方力量的斗法等，这就是一个很好的安排。时局之"变"本就暗含着各种不确定性和可能性，而小说的合理就是无理，就是需要有不确定性，特别是外势的"变"，给小说造成一种山雨欲来的氛围，更是强化了小说取势的特点。李全的另一个有意思的安排是人物，国民党、共产党、日本特高课、汪伪"七十六号"四方博弈者均为女性：李茜茜、钮佳悦、花野洋子、许一晗等。党派、国家的利益与一己之命运的关联，各人的心机与计较，都在惊心动魄、危机四伏的暗战中，有时山重水复，或又柳暗花明。小说整体叙事较为流畅。

陈峻的《父亲的 1960》是国内为数不多写 1960 年大饥荒的小说，不是说其他作家没有写，而是说在很多作品中，1960 年的大饥荒都是作为背景而存在的，很少像陈峻这样铺开来写，所以从题材领域来说，该小说是有创新性的。当然，这部小说真正的对象，也不是饥荒，而是"父亲"。作为一部向中国共产党建党百年献礼的小说，作家的写作意图不是去面对那段特殊的历史，而是反观"父亲"在那个特定的年代，如何带领全村三十多名党员挺直腰杆，咬紧牙关，挺过 1960 年这个坎。也可以说，这是一部主旋律小说。作为主旋律小说，《父亲的 1960》当然有传导正能量的意图，但是作为一部艺术作品，小说也有可取之处：其一，结构上，全书大致以农历的节气为各章题目，如大寒、雨水、清明、小满、夏至、秋分等，以节气自身的含义和它们引申的寓意为导引，谋篇布局，以意为先，纳万言于一言，自有其妙处。其二，是叙事方式上以"我"对"我爹"的回忆的形式展开叙述。这一叙事视角，可分析之处甚多，在该书的序言中，吴秀明和陈璧君已分析过这一视角的意义。其三，是小说中对地方性地理事物和风物礼俗的描述，淡化了作品的宣教意味，而有了某种地方性的审美质感。

毛香菊的《师者》（2020）是一部教育题材小说，获得第五届叶圣陶教师文学奖。小说以江南小城为背景，时间上从20世纪80年代一路往下写，写到21世纪初。小说塑造了林如蝶、童大俊、戴成仁、李重天、童玲等两代基层教育工作者的形象。《师者》是一部有历史气氛和有时代厚重感的小说，林如蝶、李重天等系列师者形象的塑造，呈现的是20世纪80年代理想主义、浪漫主义的时代气象在一代人身上的投影，而童大俊、戴成仁等形象的塑造，又反过来让我们看到一个时代的背面——理想、浪漫、激情的落寞。小说触及近几十年来中国教育面临的诸多实际问题，如20世纪教师的收入偏低，教育界内部惨烈的竞争，老师和学生普遍承受的巨大压力，学生的心理问题，家庭教育问题，素质教育问题，有偿家教问题等，小说中都有直观的描写。在小说人物命名上，作者似乎也颇费心机，比如：如蝶者，化蛹成蝶之意；戴成仁，似乎有"待成人"的意思；李重天，则是别有一番天地的意思。

刘文起的《琴馋》是一部长篇、中篇、短篇小说的合集，内中收录两部长篇小说——《杀狗记》和《张协状元传》。这两部作品，篇名都是取自南戏的曲目，而小说内容也是按照原本南戏的剧目内容，经过虚构、扩充情节，改编而成。刘文起写小说的路子，多从中国古典小说吸收营养，如《杀狗记》的开篇，便是交代地名的由来："这地方叫禾嘉场。禾嘉场是小镇，但小镇以场命名，却为罕见。"这种写法，是中国古典小说最经典的手法，在汪曾祺、林斤澜等小说家那里常有妙用，刘文起的写法中，似乎也可看到汪曾祺、林斤澜的影子。传统剧目，特别是《杀狗记》《张协状元传》之类的传统伦理剧，改编极难，一来这些剧目早就深入人心，人物、细节、对白、情感、动作等，人们耳熟能详，改动不易。二来，此类剧目的伦理选择、道德命题等，与现代人价值体系有叠合，也有背离，"重写"意味着必须有现代性的价值审视，如何以现代的价值、美学命意重写这些经典剧目，这是一个复杂的话题。从刘文起的小说创作来看，作家对这些问题是有警觉的。刘文起的处理方法较为机敏，在原有剧目的情节框架内，尽量尊重原剧目，而在虚构部分，塞进去较多个人的现代思考。对刘文起的小说传统笔意、笔法，笔者还想说一句：事实上，小说笔法，有传统西方之别，但却没有新旧之分。中国传统小说笔意、笔法，与欧美小说的路数，各有专擅，没有高下、新旧之分，关键是看怎么用，用在哪。

　　叶胜利（叶缘）本年度寄来长篇小说《深海浪花》和总名为《胜利之梦》的八卷本系列长篇小说。《深海浪花》叙述 20 世纪三四十年代东海边渔民的苦难和困厄，小说聚焦于一个叫腊梅的渔村女子的悲惨命运，写她的婚姻：四岁成为童养媳，十一岁、十五岁又二嫁、三嫁。写苦难，特别是旧时代女人苦难的小说甚多，但《深海浪花》写得深，写得透，写出命运中最坚硬的东西，这是小说吸引人的地方；再有就是写海边，写渔村和渔人女子的苦厄，特别是小说中不时出现的 20 世纪东海渔村的语言、制度、礼俗与生活，还是很有吸引力的。八卷本的《胜利之梦》可以看出作家的格局和视野，因为八卷本内容俱各不同，且写法上也各各不同，很难一一阐释，但有两点是非常清楚的：一个是作家的自传色彩，系列作品连缀起来，可以看出是一个完整的人生链条，作家在自叙或是在以我观时、以我观世、以我观人、以我观物的过程中，不乏深刻的洞见和睿智；另一个是作家文体上的不拘一格和探索的热情，八卷本分"纯虚构小说""非虚构小说""总结式记叙""探索性文集"四种，文以类分，作家自由探索的心性则纯然如一。

2021 年浙江长篇小说要目

一、书

晓　风　《湖山之间》　作家出版社 2021 年 8 月版

杨怡芬　《离觞》　北京十月文艺出版社 2021 年 6 月版

阿　航　《欧洲时间》　花城出版社 2021 年 9 月版

蒋胜男　《天圣令》　浙江文艺出版社 2021 年 9 月版

孙红旗　《印舞》　中国言实出版社 2021 年 2 月版

天　涯　《楝树河向东流》　宁波出版社 2021 年 8 月版

刘文起　《琴馋》　外文出版社 2021 年 8 月版

李　全　《红灯笼Ⅱ　秘战上海滩》　浙江工商大学出版社 2021 年 6 月版

陈　峻　《父亲的 1960》　浙江文艺出版社 2021 年 6 月版

叶胜利　《深海浪花》　四川民族出版社 2021 年 1 月版

二、补遗

柳　营　《我们的旖色佳》　《作家》2020 年第 12 期

王霄夫　《上海公子》　作家出版社 2020 年 4 月版

　　　　《宋徽宗：天才在左　天子在右》　浙江文艺出版社 2020 年 10 月版

毛香菊　《师者》　九州出版社 2020 年 3 月版

赵子安　《江山 1942》　北京日报出版社 2020 年 6 月版
　　　　《江郎传》　浙江工商大学出版社 2020 年 10 月版

关注"人"的书写

——2021 年浙江中篇小说述评

| 郭　梅 |

　　疫情以来，文学叙事与社会现实联系更为紧密，与历史进程、世界格局交汇更深。文学作为叙事的载体，挟带着真善美的力量，正进一步激活人们对外物与心灵的反思与诘问，表达出抽象而又丰满的情感世界。2021 年度浙江作家创作的中篇小说更倾向于鲜明的现实性，文本具有强烈的人本意识，与个体对话，与时代共生，凸显着强烈的共振关系。

一、历史的立场：英雄主义的具象化

　　文学常与特殊的历史事件、时代进程休戚相关。在欢庆中国共产党成立一百周年的大背景下，作家们关注革命传统，讲述抗战故事，将红色叙事包裹进"家国一体"的内核，将革命群体的形象与内涵不断深化，充分彰显了红色文化的张力。这方面的佳作有李庆西的《貔貅行》、海飞的《何来胜》《苏州河》、赵晖的《姑妈的子弹》和苗忠表的《青蟹》等。几位作家不约而同地着眼于革命年代的历史事件，赞颂了潜伏暗处、心怀大义的主人公，尽显人物的精神图谱。其中《何来胜》和《青蟹》都关注战斗者的成长历程，回溯了隐秘战线上的传奇故事。前者颇具武侠精神，作为小说中的主线人物，杜小娥和何来胜的人生截然不同，一个是命途坎坷的孤女，一个是衣食无忧的少爷，但他们皆与革命结缘，从手无缚鸡之力到英勇的革命党人，成长于他们而言更像是凤凰涅槃，只有经历艰难的阵痛方能实现自我的意义。作品呈现的家国之战，始于杜小娥心头的复仇怒火，终于守卫江南大地的民族革命，由此，个人情仇与国仇家恨紧紧缠绕，成为故事中的时代命脉。杜小娥在众人的帮助下成功复仇，也为革命消除了重要隐患，于是，民族革命与个人命运互相交融、成全，呈现出个体和时代相连的镜像感。而《青蟹》中的"我"是一个普通的诊所医生，在泽华舅舅的劝说下，"我"决心加入地下工作者的行列，利用工作的便利，从来就诊的形形色色的日本人口中套取有效情报，而"青蟹"正是"我"的行动代号。此外，《青蟹》还刻画了陈岚、千惠子等谍报人员，他们或付出鲜血，或隐忍等待，无不折射了那段令人感动的时代记忆，彰显出浓厚而坚忍的家国情怀。

无独有偶，海飞与赵晖合著的《叛徒》与赵晖的《姑妈的子弹》都将视线转向名义上的"背叛者"，描述他们举步维艰、卧薪尝胆的潜伏生涯。《叛徒》的主人公朱几是大壶春煎饺店的掌柜，在一次秘密会议的过程中被围捕，组长诸葛黄昏在甄别并枪毙了叛徒刘山明后，令朱几以"叛徒"身份打入敌营，以期找出真正的叛徒。从此，朱几只能将身怀六甲的妻子视作陌路，而刘山明的未婚妻也到上海来找他……对于"叛徒"的定义，海飞在创作谈中如是强调："生而为人，在万事万物中，我们都在忠诚与背叛中徘徊……（朱几）有着众叛亲离的人生，兵荒马乱的爱情，并且成为千夫所指的'民族罪人'，这些沉重的枷锁，套在他的脖子上让他无法喘息。而他必须忍受所有的一切，必须在漫长的黑夜里卧薪尝胆，必须学会戒掉所有的情感，必须让心滴血而矢志不渝。"故事不仅塑造了朱几、沈阳、秋海棠、陈看见等个性鲜明的人物，还通过大量精彩的场景描写让情节鲜活生动，在烧脑的同时亦带给读者游戏般刺激的阅读体验。而《姑妈的子弹》中的许锦年拥有三重身份：中共特工、军统局间谍、汪伪"七十六号"杭州区密电科科长。他的假叛变引起了军统局唐耳朵的记恨——唐喜欢许，得知他"叛变"后，由爱生恨，决意悄然前往杭州实施锄奸刺杀计划，她此举引起了日军小野的注意。于是，许锦年危在旦夕，许妻顾小芸为保护丈夫而与敌人同归于尽。在这场荒唐的刺杀中，不仅包含了危机四伏的博弈，也涵盖了难能可贵的真情，为历史的书写提供了鲜明的注脚。

在波澜壮阔的革命史里，有潜入者，有斗争者，但也有被无端卷入的无辜者。他们虽未曾正面参与抗争，但也在情感的驱使下各自发挥作用，成为时代的觉醒者。特别善用历史叙事的作家李庆西在其《貔貅行》中借史实、戏剧等途径，勾画出20世纪20年代大革命时期的传奇故事。他将历史演义解构成全新的革命经历，并赋予人物不同的特质，让白小楼、吴用等背负重要使命，前往上海采购枪械，斡旋于买办、伶人、革命党和帮会大佬等多方势力之间。可惜，在租界当局和国民党的双重阻挠下，他们功败垂成。之后，吴用被国民党招安，而白小楼则趁势逃离上海，准备积蓄力量，重新投入革命，显示了小人物在觉醒年代坚守一生的江湖道义。李庆西将时代与个人的命运相熔铸，见证了历史与生命之间的互喻互生。而海飞在《苏州河》中塑造的主人公陈宝山是一名一心追求真相的警探，为了追查连环凶杀案的真凶，被莫名卷入了国共间谍之争，在暗流汹涌中踽踽独行。殊不知其身边的知己、兄弟，其实都是卧底，所谓的真情最后只剩一片虚无。在动荡的时代中，所有人都经历着荒诞而真实的变故，在命运的推动下载浮载沉。结穴处，宝山静静地步入苏州河，结束了自己充满波折的一生，他的真诚、柔情与苏州河融为一体，洞见历史的沉淀和变迁。

杨怡芬的《里斯本丸》和陈富强的《黑启动》、石林的《鲁班书》等则以现代乃至未来战争为谱系，呈现新时代军事小说的多样表现方式。杨怡芬以太平洋战争的一次海难为主线，讲述一艘日军运送英军俘虏的"地狱航船"被美军击沉在舟山海域，沿岸渔民积极予以救助的感人事迹。中国人朴素的人道主义与日本军国主义者的残忍行径，在英军幸存者与后来的日本探访者之间所展开的认知过程中——再现。作品本事扎实、思辨密实、叙述结实，提醒人们在打捞被侵略战争摧残和激发的正常人性的同时，还需辨认到底是谁真正守护了人性的光辉，继而商讨我们应怎样长久守护和平与安宁。《黑启动》讲述比邻星人入侵龙城电网系统，使城市陷入瘫痪。此时，休假中的龙城电力公司工程师凡一则偶遇研究反应堆的厉院士，二人默契配合，用核聚变反应堆替代备用的黑启动电源，并通过海底电缆恢复了龙城的电力供应，成功将入侵的外星人驱逐出境。在广阔的时空维度中，作家以科技文明角力为支点，将时代的成果嵌入奇特的想象，创造出隐形飞行器、语言软件等新型装置，凸显了龙城的未来属性。同时，作家也揭示了特定时空环境下的真实人性，书写现代人本精神，展露人性的真挚和温情。而《鲁班书》中的丁大头极具正义感，又有一身好功夫。因清仓公司向海里倒废油、废水，他几次三番去公安局，甚至打算去纪委检举。可惜其一腔热情未曾得到认同，徒弟背叛了他，村民和家人也纷纷指责他。在以清仓公司为首的黑恶势力的迫害下，他家破人亡，妻离子散，本人也在寻找罪证的过程中惨遭杀害。在小说结尾，一众犯罪分子皆被批捕，或许，这是作家有意留给读者的一丝慰藉吧。

二、都市的变革：普通人的心灵变迁

在时空的迁徙中，文学叙事在城乡、生死、贫富的对立下构建摩擦与冲突，并与人物的隐秘心灵深度融合，力图探索普遍而又生动的世情世相。当这种深切的精神关怀植根文本，便展露出人性深处的褶皱，呈现凝重的美感。

在现代浪潮的席卷下，人们纷纷走出乡村奔赴都市，甚至跨越国界奔赴异国。面对陌生的文明体系，他们往往被边缘化，陷入难言的孤寂。杨方的《澳大利亚舅舅》描绘了主人公与毫无血缘关系的八个舅舅的生活图景。在去澳大利亚前，舅舅们在羊毛胡同里无忧无虑地生活，陪伴"我"度过了纯真的童年。然而，舅舅们举家移民后，曾被他们视作乌托邦的异域却让他们严重水土不服——在现代都市里，他们从事的无不是底层的工作，二舅舅常年劳作于野外，六舅舅和七舅舅以刷涂料为生，八舅舅是电工，而大舅舅只能依靠失业金度日。更麻烦的是，除了经济的拮据和社会地位的低下，语言障碍与文化差异更阻隔着他们的心灵世界。于是，他们思乡情深，渴望回归，重新找寻自我存在的价值。显然，杨方构建的舅舅们迁居与返乡的故事，揭示了现代化浪潮下人们精神的贫瘠和心灵的异化。

与之异曲同工的是陈河的《涂鸦》。陈河一直关心温州往事，《涂鸦》中的李秀成本该在国企中安稳度日，但由于南下干部石银池的决定而被下放到贫瘠的文成县工作。于是，他以反抗者的姿态，在各厕所里写下"石银池入土匪"的标语，之后又不断骚扰负责整治他的派出所所长老单，希望改变既成事实。未能如愿的李秀成继而决定与老裘合作开展作坊生产，在温州私营经济的热潮中努力拼搏。两位作家虽选择了截然不同的切入角度和描述方式，但不约而同观照了人物性格的局限性，从时代的纵深处映射心灵，映射出心灵探秘的路向。还有，叶临之《伊斯法罕飞毯》里的帅奎在经历婚姻与事业的变故后，远走中亚。然而在那片宗教氛围浓厚的地区，他却始终未曾找到精神的归宿，直到因故被认定为导致本地向导安娜怀孕的"凶手"，遭受了非人的监禁。在濒死的体验中，帅奎的心灵认知几经裂变，真正达成了内心的和解与超脱。于是，当妻子派律师再次与他接洽离婚协议时，他不再拘泥于财产的分割，转而邀律师同游，让对方了解自己真正在乎的并非身外之物，而是对精神国度的虔诚与朝圣。

马叙在《来自口语之城的秘密居住者》（2020）中虚构了王非律这一口语诗人的形象，描写其出走与背离的创作状态。王非律一开始倾向"形容词写作"，但很快又转向"口语写作"，并为此离开西安。他邂逅了美丽的图书馆馆长陈凉意，对其"口语羞耻"产生浓厚的兴趣。饶有意思的是，陈凉意在王非律的口语化影响下，竟部分摆脱了"口语羞耻"，接受了语言的另一面。而王非律也一改初衷，渐渐脱离强烈的口语意识。在作品的字里行间，"语言议题"在庸常的背景下反复碰撞、生发，此消彼长，充满思辨意味。

阿航的《桃花红李花白》讲述了一个自我救赎而不得的故事。主人公叶观忠年轻时与金苗苗相恋，谈婚论嫁时竟发现苗苗曾是自己间接"害死"的人的女友，他无法面对这种因果关系。为摆脱苗苗，叶观忠默许第三者叶山春追求她，叶山春因此精神失常溺水而亡，苗苗也草草嫁往异乡。人到中年、离婚后的叶观忠从国外回来，找到经济困窘的苗苗，买下一套房子想送给她，但她婉拒了。苗苗复述叶观忠当年说过的一句话：桃花红李花白——那时的他们像桃花一样鲜艳，像李花一样洁白。但一切已然消逝，留下的是不尽的惆怅与忧伤。小说中忧伤的底色既是对往

昔的眷恋，也是对无法弥补过错的抱憾。可与之参看的是顾艳的
《纪念》，小人物杨奇家境贫寒，一心想改变自己的命运，但在奋
斗的过程中误入歧途。多年后，已是厂长的他难忍心中煎熬，决
定袒露过往，在忏悔中完成个体的救赎。

边凌涵的《零》描写双胞胎朱零和朱一：姐姐朱零喜静，鲜
少外露内心情绪；妹妹朱一外向，偏爱与姐姐争抢人与物。朱零
失足落水，朱一下水去救，但泳技欠佳的她只能自救，朱零溺水
而亡，而朱一顶替她的身份活了下来。成年后，"朱零"和杨祈
嘉结婚，但其内心始终被童年的噩梦所缠绕，就连腹中的孩子也
被她幻想成是一对双胞胎女孩，以此逃避内心的道德谴责。然
而，更有趣的一幕发生了——"朱零"在一次醉酒后，向"我"
道出了全新的故事——她和朱一其实相差三岁，当年在计划生育
政策下，母亲为了不影响丈夫的工作，隐瞒了妹妹的存在，并失
手将其捂死。于是，"朱零"在姐姐的死亡事件中完全成了无辜
者。而两年后，杨祈嘉的一通电话则为"我"提供了截然不同的
另一个版本——"朱零"从来没有同胞姐妹，一切其实都来自她
的臆想，换言之，"朱零"和"朱一"都是分身，甚至她所谓的
出轨对象，也是幻想的结果。于是，在分裂的叙述中，一切扑朔
迷离，指向自我认知的探求与确立。"朱零"长期处于压抑状态，
渴望得到外界的认同，不惜分化成多个人格，不断拆解、重塑自
我，以期获得真实的存在感。或许，这种自我焦虑与挣扎就是作
家真正想与读者探讨的主题吧。

三、女性的生存：自我意识的强化

随着女性主体意识的日益成熟，传统叙事的两性关系逐渐得
到嬗变。在作家笔下，女性在细碎的琐事间展现直面人生的自立

与坚强。在《过往》中，艾伟重新解读"母亲"一词，塑造了一个非典型的母亲形象——越剧名伶戚老师因丈夫的剧本《奔月》而走红，声名鹊起。她无暇照顾年幼的孩子，甚至为了名利而委身当地官员，致使丈夫出走、消失，不仅失去了家人的精神支持，更失去了伦理角色的责任感。多年后，她身患重病，渴望再次回归家庭。可此时孩子们已经长大，无心修复破碎的亲情，他们对这段关系的相互逃避、疏离和抗拒，构成了一种畸形的情感关系。艾伟敏锐地把握了人性的幽深与复杂——夏生宽厚，接纳母亲同住，但难消心中愤懑；秋生则心怀怨恨，直接拒绝与母亲会面。而母亲能做的则是不断弥合裂缝、弥补过错。当她得知秋生的对头买凶杀人，就本能地用自己的生命去阻止，于是终于得到了子女的谅解。作品以开放的姿态拆解"过去"，深度拷问和审视人性，昭示了心灵世界的回归与和解。

钱国丹的中篇集《人在天涯》收录了《洁癖》《金石榴》等六个中篇，均聚焦底层女性的悲喜人生，她们多为平凡而伟大的母亲，或是因洁癖导致丈夫出轨的名医何岑洁，或是几经变故独自抚养儿女的秋瑟瑟，或是连续工作一百个小时、忍辱负重的灰灰，她们都在跌宕起伏的人生中越挫越勇，用坚忍、不屈与命运抗争。《金石榴》中的秋瑟瑟本该是无忧无虑的少女，却因父亲的反革命身份而饱受欺压。后又因丈夫犯事被枪决，被迫让出房产，无处容身。在苦难面前，柔弱的她殚精竭虑，呕心沥血，将儿女们培养成才。《人在天涯》里身处异乡、借贷无门的宋紫英，丈夫在外地打工，女儿妞妞患麻疹住院，她奔波于家与医院之间，险遭色狼染指，却并未抱怨，而是竭尽全力将孩子们照顾妥当。钱国丹关注平民的底层化写作，以现实的碎片拼凑出生活的真相和人性的嬗变，作家袁敏如是评价："她的小说往往把人物命运放到重大的历史事件和政治背景中，看似信手拈来，其实都是生活的积累。她的小说中大量来自生活的生动细节丰富饱满了小说的血肉，是她小说中最富有生命力色彩的部分。"

杨方的《黄昏令》重点描述两个女孩间相互扶持的情谊——在上海和伊宁两座气质迥异的城市里，奇曼和夏依的友情绵延生长，成为渗入骨血的心灵印记。在新疆，夏依收获了珍贵的亲情与友情，影响了她的一生。即便后来她俩分隔两地，但仍互相关心，共同找寻人生的立足点和归宿。小说深入粗砺炽热的边地世界，挖掘当地的民俗风情、民生风貌，更延展出超越血脉关系的人情人性，令人感慨。而西维的《自由落体》则构建了女性敏感细腻的心灵版图。小说中的顾玫宝始终处于弱势的焦虑之中，她因母亲严重的精神疾病而自卑、压抑，可在母亲突然失踪后，却非但未曾如释重负，反而陷入了更为焦灼的状态，凸显出现实的冷峻和残酷。

四、秩序的变迁：伦理的现实症候

家庭结构与伦理关系始终是很多作家青睐的题材，他们用多样的审美趣味涉及人伦情理、两性关系、婚姻状态、社会乱象等，在小说中深入细致地勘探人性，直面社会领域的精神难题，真实描摹伦常背景下的现实症候。

徐汉平《祖母的扑满》中的祖父言镇西早年在妻子帮助下购置了几套房产，并将其中最好的 801 室列为激励言家小辈考取好大学的奖品。主人公言许诺在高考中发挥出色，成为县里的理科状元。面对这套价值丰厚的房产，家人间的关系瞬间变得极为微妙，险些决裂。言许诺在母亲的支持下，假借占卜，巧妙地挽回了岌岌可危的亲情。而顾艳的《岁月亲情》则描述在疾病面前，子女对于亲情和责任的两难抉择。两部作品均以家庭关系的裂隙为切口，见证纷繁复杂的人性基底。

东君在《零号情人》中讲述的是一起教授被杀的案件，借用推理的外壳，装载知识分子对于爱情与婚姻的困惑与挣扎。年过五旬外形俊朗的苏教授既有患重度抑郁症、渴望在性爱中死亡的初恋女友，也有怀着他人孩子嫁给他的妻子，同时，他也对扮成乳胶娃娃的艺术系女学生产生兴趣，希望在极度的缺氧中达成性欲的快感。东君通过日常视角冷静地解构了控制欲的不同形态，体现和重塑人际关系的复杂性，映射出灵与肉的终极拷问。而杨邪的《我对雷小锋知道得并不多》也从庸常的生活闲闲着笔，描绘当代人的婚姻怪相，荒诞而写实。故事中的雷小锋一方面为"我"物色对象，一方面又与这些女人纠缠不清，并与美丽干练的妻子貌合神离。这种种，无不直击心灵痛点，具有幽微而强烈的批判意味。

作家们还将社会底层许多亟待外界救助的人纳入笔底，并随之体察小人物生存的伤痛，深挖现象背后的根源，如徐衎的《漆马》关注"拆迁现象"引发的家庭矛盾，王手的《云中飞天》瞩目社会团体的"潜规则"，相国的《乌皮》（2020）则关注留守儿童的心理问题，还有莉莉陈的《总统套房》以残疾人群体为观察目标。

继《乌鸦工厂》《红墙绿水黄琉璃》后，徐衎继续以"拆迁"为题材，在《漆马》里创造了各怀心思的众生相，并构成戏剧化的源头：为了得到更多的赔偿款，卢阿姨与丈夫假离婚，而年轻的"她"成了丈夫的假续弦，与卢阿姨一家在同一屋檐下吃住，甚至还得熟记假丈夫的身体特征，以应对拆迁办的"七方会审"。"她"既是卢家名义上的女主人，也是卢阿姨眼中彻头彻尾的侵略者。卢阿姨在洗澡时打量"她"青涩的身体，而卢家女儿和"她"同床共枕也不曾相互交谈……卢家人种种怪异的念头和行为，反映出心底深处膨胀的欲望。艾伟认为："读到这些地方，我看到了深藏在叙述里的表情，你着迷于一种类似于滑稽的戏剧效果，人物的奇怪念头显得既合理又让人玩味，诗性在这些人物瞬间的缥缈念头间升起。因此，你和通常的底层叙事区分了开来，你不甘停留在庸常的表面，而是破冰而入，发现生活和欲望的苍凉、易碎和悖谬。"《云中飞天》以广场舞盛行为故事背景，描写北大杨组织的舞蹈队吸纳了大量老年人，搞得风生水起。为了入队亮相，不少人开始将阿谀奉承的风气带入舞队，纷纷到北大杨家送水果、陪打牌等，希望借此获得他的青睐。这种种俨然成为潜规则，呈现浓厚的江湖气。花枝攀上北大杨后，逐渐管理起整个舞队。北大杨在花枝的怂恿下，先后赶走了春燕、秋霜等骨干，最终导致舞蹈队一蹶不振。可以说，王手深谙人心人性，用荒诞和暗讽打造了舞蹈队的"江湖风云"，道出复杂的人际关系和社会规则。《乌皮》以永宁寺牌匾被偷前的三十六小时为时间线，展现了乌皮等暂居温州的民工子女的窘迫处境。这些留守儿童由于亲情的缺失而逐渐异化，作家却用轻松的语调展现他们的日常，诉说荒诞表象下的社会命题，令人唏嘘。而莉莉陈在《总统套房》里延续着她对底层人物的关注，将"我""东兴""阿美"等残疾人的命运写入小说。作家以冷静的笔触旁观低微职业人的生存百态，"总统套房"这一意象与底层形成鲜明对比，构思巧妙。

而符利群的《放羊人，屠夫和厨师》将生态文明引向奇幻的写法充满"聊斋志异"般的神奇色彩。她笔下的放羊人、屠夫和厨师是挚友，因羊结缘，分工不同，配合默契——一人以养羊为生，一人以羊血作画，一人以羊肉入菜。有趣的是，故事中的人名如史马迁、吴道夫等，与历史上的名人何其相似，作品字里行间充满奇玄和神秘，却又挟带了乡野的朴野之风，形成历史与现实的对立感，显示出双层意蕴。

还有，不少作品以积极向上的姿态，营造出温暖动人的生命空间，凸显了生活磨砺下的情感张力。符利群《往事下落不明》的主人公是一对发小，作家的语言就像纪录片的镜头，在平实的叙述中，娓娓道出二人多年的人生走向——离厅长仅一步之遥的刘成功最终妻离子散，而好友顾小康则在小镇上娶妻生子，过着朴实平稳的日子。久别重逢后，他们共同寻找旧日记忆，逐渐打开心结，显示出中年人可贵的兄弟情谊。

在如履薄冰的生活重压下，徐建宏用小说《蓝舟》告诉读者道义与善意的力量。他笔下的生意人洪伯特豁达而沉静，即使因好友赵万年携款跑路而蒙受了几百万元的损失，也依然坚守兄弟道义，没有选择将对方告上法庭。在赵万年的老母确诊肝癌晚期后，他还为老太太筹集化疗费用，彰显了道德牵引下的精神坚守。其《我的诺言伤筋动骨》亦是如此，故事中的尤大米重情重义，为讨回好友钱大理的私债而多次拜访梁一平、史冬风等人，希望他们能尽快还款。虽然这些欠债人百般拖延，但当他们遭遇危机时，尤大米又主动伸出援手，帮助他们渡过难关，显示了人性的至善至纯。而杨渡的《日记》则更富青春气息，以白描形式诉说年轻人的青涩恋情，展现了大学生细碎、真实的校园点滴，也呈现了年轻人青涩的情感世界。

总之，在 2021 年，浙江作家们继续深入社会现实，赋予作品全新的时代内涵。同时，他们又以世界性的眼光突破地理的壁垒，以更宽广的视域建构故事，将文学的命脉根植于厚重的生活大地之上，越来越展现出更为包容、开放的写作姿态。

2021 年浙江中篇小说作品要目

一、书

钱国丹　《人在天涯》　中国文史出版社 2021 年 3 月版

二、文

艾　伟　《过往》《钟山》2021 年第 1 期

莉莉陈　《总统套房》《天涯》2021 年第 1 期

边凌涵　《零》《中篇小说选刊》2021 年第 1 期

陈富强　《黑启动》《脊梁》2021 年第 1 期

符利群　《放羊人，屠夫和厨师》《湖南文学》2021 年第 1 期

　　　　《往事下落不明》《野草》2021 年第 1 期

李庆西　《貔貅行》《大家》2021 年第 3 期

徐建宏　《我的诺言伤筋动骨》《十月》2021 年第 2 期

　　　　《蓝舟》《江南》2021 年第 4 期

陈　河　《涂鸦》《十月》2021 年第 4 期

杨　邪　《我对雷小锋知道得并不多》《百花洲》2021 年第 2 期

海　飞　《何来胜》《当代》2021 年第 5 期

　　　　《苏州河》《人民文学》2021 年第 7 期

海　飞　赵　晖　《叛徒》《中篇小说选刊》2021 年第 5 期

东　君　《零号情人》《十月》2021 年第 3 期

叶临之　《伊斯法罕飞毯》《中篇小说选刊》2021 年第 5 期

赵　晖　《姑妈的子弹》《人民文学》2021 年第 9 期

徐　衎　《漆马》《青年文学》2021 年第 7 期

西　维　《自由落体》《作家》2021 年第 7 期

杨　方　《澳大利亚舅舅》《青年文学》2021 年第 9 期

　　　　《黄昏令》《十月》2021 年第 3 期

王　手　《云中飞天》《作家》2021 年第 9 期

阿　航　《桃花红李花白》《上海文学》2021 年第 9 期
石　林　《鲁班书》《文学港》2021 年第 9 期
杨怡芬　《里斯本丸》《人民文学》2021 年第 10 期
杨　渡　《日记》《青年文学》2021 年第 10 期
苗忠表　《青蟹》《今古传奇》2021 年第 11 期
徐汉平　《祖母的扑满》《黄河》2021 年第 6 期

三、补遗

马　叙　《来自口语之城的秘密居住者》《江南》2020 年第 6 期
相　国　《乌皮》《钟山》2020 年第 6 期

向每个呼吸与共的人致敬
——2021年浙江短篇小说述评

| 周　静 |

过去的一年，我省相当一批中青年骨干作家正在进入创作高峰期，交替推出长篇、中短篇小说作品，比如黄咏梅、钟求是、斯继东的短篇小说入选中国作协《小说选刊》编辑部选编的《2021中国年度短篇小说》。他们的创作主题不约而同与信念相关。

更值得记述的是，很多资深作家仍保持良好的写作状态，他们的作品往往较难以当代文学史描述的现代叙事风格来评述，或多或少显得有些不合时宜。然而岁月放眼量，正因他们更多依凭体验而非风格，反而迎来一个自然舒展的创作阶段。无论写作还是世事，且待轻舟过万山。

一

艾伟的《演唱会》重建了一个充满象征的心理世界。小说设置了四个空间场景：灿烂而空旷的明星演唱会、幸运而危险的摩天轮、凌乱而安全的房间、狭小而罪恶的阁楼，对应着生命中宿命般的心理时刻：向往和失望、登顶和跌落、安慰和逃离、伤害和理解，永远出人意料又好像其来有自。小说中的"男孩""男人"，几乎与年龄无关，像贾科梅蒂剔除肌肉感的雕塑，他们从

"不知不觉"变成"后知后觉",尽管行为、思索都显得毫无光彩,但仍像开天辟地一样。这或许是小说题为"演唱会"而不是"摩天轮"的原因。艾伟这个作品除延续当代心理小说的主题之外,其难度和新意在于短篇小说的叙事风格愈加鲜明:以极简的、超越日常生活的人物关系,创造一种既是寓言又是现实的情境,探索难以尽述的意志和行动中的矛盾,并精微地既不让一点点忧伤,也不让一点点荒诞感扰乱人物的心智。在庸常化的影视叙事手法越来越侵入小说创作的情况下,理性的抽象的文学写作会显得很宝贵。

徐衎的《你好,明媚》与乔伊斯的《阿拉比》有些神似。漫不经心的叙事结构暗含某种讽喻式的满不在乎的态度,但与此对立,小说真正展现的是童年尾声的某个下午,小男孩一边目睹成年世界的暴力法则,一边由父亲言传身教逃避力量对抗的自知之明。他跟父亲去看电影的路上,快速失落了熟悉的儿童游乐情景,独自领悟或招架着各种潜在的暴力的人和事,却无法从父亲那里获取信念和力量。在这个意义上,散漫无依、故作轻松的风格可理解为叙事者的自嘲,也是对生命中某些正大庄严或温柔浪漫的东西无从经历、无从描述而表示遗憾。与《阿拉比》相通的还有情节的象征意味。较明显的是父亲乏力的样子,比如小男孩看到母亲给父亲买了两管街头马戏团推销的药酒,小男孩揣测爷爷从自己羸弱与孙子健壮的对比中嗅到死亡,还看到父亲长时间加班耗散了体力,看到父亲忙不迭地接受小流氓的敲诈,又急慌慌地逃离围观斗殴的现场。较含蓄的情节是小男孩对母亲、阿姨和小女孩莫名地厌烦,而父亲常常过于迁就她们。她们以及父亲的善意远称不上美好,恐怕只有题目才合乎小男孩向往的精神图景。

《大家都叫她詹妮弗》(2020)有王手小说最突出的气质,他笔下人物的好，在于没有孤独症文人腔，没心机不偏执，个个是栉风沐雨的生活家，能说会做，勇往直前。他把詹妮弗放在疫情这样的大型超现实现场，人物的刻画保持明亮结实的小颗粒感，比简素的白描有生活质感、有情感分量，也多些距离感，正好符合叙事者和詹妮弗之间远亲不如近邻的交往。随着一个个场景铺开，小区门口、电梯间、业主微信群里，单亲妈妈詹妮弗快人快语，刚健坦荡，凭着坚定的群体归属感，和住户们一起，在特殊时期锚定问题、包容矛盾、善待他人，积极调适社会关系。借着叙事者的耳和眼，詹妮弗从多事的女巫变成渡劫的菩萨，越往后面，越见光芒。在小说结束前，她年少莽撞的个人史不是生命瑕疵，而是凡人普遍遭逢的错失、苦累。她承担错误、重建意志、勉力生活的往事在小说中被留白了——那又怎样？皆为序章。在这个意义上，王手呼应了一个越来越珍稀的声音：身边每个呼吸与共的人，不论过往，唯愿归来。

李庆西的《水浒暗桩》好看，句句不离"人在江湖，身不由己"。所谓暗桩，实是情节的伏笔和人心的金线，见缝插针地觅得原著情节缝隙，给人物加戏，让他们在逼上梁山的路上多闪转腾挪一番，彼此心思毫发琢磨切磋一番，人物性格更显露一点，命运更参透一点。这些简短转圜的片段，似无中生有，开些许生面，比如林冲听了鲁智深的提醒，意识到可能已错买了高俅的刀，次日去太尉府特意换了旧刀，但还是被诬作刺客，何止是盗贼，不禁仰天大恸。还有宋江吴用暗计逼晁盖上梁山抢座，李逵冒失地从宋江屋里带出"为主为臣"的天书。这些读来使人心惊，熟悉的好汉面目倏然变得立体，英雄的盘算也不全出于穷途末路。想到《水浒十讲》，佩服好书真是越读越厚。

孔亚雷《复活》中的主人公是归来者，小说的魄力是设置了一个海滩酒店环境，命名为苏醒者联盟，戏谑地简称"苏联"，外界因素被抽离出这个封闭的小环境，暗示这个故事更偏向理念和思辨。小说细致入微地对常识进行陌生化描写，某种科幻加悬疑的叙事带来的间离感显得温和有度。孑然一身的失忆者沉默又迅速地重新习得感知，性欲启蒙意外地始于阅读中文外国小说中的死亡情节，思考死亡是在俄罗斯之夜的夜店经历之后，接下来不出所料的是一场迅捷的搏杀标志着这个沉浸式的玩家全面复活，挺严肃幽默的结构。爆发点到来之前，独行者杀手被联盟女王魅惑，坐上主席台做傀儡，助欺世者布道。小说叙事节奏上有跳空，人称也有摇摆，结局稍落俗套。

二

东君《今昔咏叹》中的严国庆父子是这次阅读中最有喜感的人物。小说记述一段尚在青蘋之末的中年危机，老严担心回国闲居的朋友老麦挑逗了太太的春心，趁着太太出门旅游，他请儿子下馆子，排解思虑。这四个人物关系似成犄角之势，好比一个三棱锥，以任一人物为顶点，看其余三人构成的平面，皆成讽刺的议题。从老严出发，他感到事情正在起变化：他快要不像一家之主了，太太快要不像太太了，儿子快要不像儿子了，朋友快要不像朋友了。从严太太出发，她正在以独立女性姿态创造自己的自由空间。从老麦出发，他正在激活这个三口之家，刺激他们重新发现自己、了解真相。从小严出发，三个中年人渴望补偿生命中缺失的部分：老严想要权威，英姐想要浪漫，麦哥想要家庭，比他这个高中生幼稚而有活力。这样的叙事结构多轻盈，多郑重，多幻彩，多真实。让人忍俊不禁的还有结尾，老严半真半假地向着行动派迈进了，揶揄了太太，又刻薄了老麦，接下去的故事，自然就超越文字、超越伦理之辨，夺路而走。

　　赵俊的《诗人的婚礼》有坎普风。小说主题可用一个挺俗气的句式概括：当我们谈论婚礼时，我们在谈论什么。小说搭建了两重叙事者，两重目光分别来自一位小说家和一位诗人，他们谈论的是诗人王培和模特葛露芸的婚礼，重现这场先宣布结婚再宣布分手的婚礼。中西合璧的婚礼现场就是一个坎普艺术现场，两位结婚人尽管已决定不履行关于可期的长时段内婚姻义务责任的承诺，但他们仍将"八方来吃瓜"的见证仪式进行到底，各种浮夸程序一应具备，尖叫和眼泪齐飞。小说蓄能逐步升级时，观礼的诗人们渐渐期待破坏性的插曲尽快驱散无聊感，而王培对最后戏剧性的反转场面颇有自信，尤其相信诗人朋友们定对出人意料的人事赞以"好玩"。需要辨别的是，这个小说无意聚焦婚姻价值观的危机，赵俊机智地廓清诗人王培对婚姻的严肃态度与对婚礼的轻浮态度之间的关键区别，他以某种圈子文化内部的默契来限定价值判断的有效性，即探讨审美价值而非伦理价值。小说开篇较多篇幅着墨描述诗人的"好玩"源自对趣味的实践力，表现为严肃地做不严肃的事或不严肃地做严肃的事的能力。在主角王培正式登台之前，第一叙事者诗人已经告知第二叙事者小说家，王培是类似奥斯卡·王尔德的人物，而王尔德是桑塔格《论坎普》中笔记标签贴得最多的人。按图索骥可知，王培欣赏葛露芸就是实践这种坎普风格，即诗人和时尚模特一起完成婚礼必然要真挚地表演矫揉造作，跟现实婚姻生活几乎没有关系。在这个意义上，《诗人的婚礼》抛出一种对待俗世里的大事情的可能性，也指向某种当代艺术实践，其价值显然超越了一个短篇小说情节和人物的基本容量。

　　钟求是的《地上的天空》列居2021年度《收获》文学榜和《青年文学》杂志社"城市文学"排行榜两个榜单的短篇小说榜首。这个城市题材小说有多种读法、多幅坐标，难度和新意在于作者边塑造边消解，让扁平人物搭建复杂而虚空的意义架构。如果按时间或逻辑线重组各板块，叙事暗线的高点是一段奇情：孤单的主人公朱一围，恳求情人陈宛跟他签订了一张来世婚约，突遭重疾濒死时，妻子筱蓓发觉他流露出隐秘的欢欣，仿佛彼岸将至。明线由叙述者、筱蓓和陈宛三重沉郁、犹疑、细碎的声部交错。他们合力处置了朱一围留下的几百册作家签名书，在凌乱的追忆中探寻他生前的内心生活，又小心翼翼地让朋友、夫妻、情人关系翻篇，理智里透出些凉薄。在婚外恋题材和略微落寞的抒情风格之外，小说另有别解。跟着有限的叙事视角，留意情节中跃出常理的痕迹（比如筱蓓忽略或放过了陈宛遮掩身份的破绽）、某些介于写实与虚拟之间的细节（比如叙事者奇怪地猜想朱一围期待出格的情事被人知晓、理解、传诵），或多或少增加了读者共情的难度，磨损了人物形象的确定性。但另一方面，这些未必在现实中存在的人和事，正是作者执意描述的可能性。他们到底属于"地上"还是"天空"，他们是想各自保全还是互相成全，他们彼此同情还是互不相知，他们仿佛莫兰迪画的瓶瓶罐罐，单薄、清冷、平和、慈悲。

黄咏梅的《睡莲失眠》（2020）有相近的主题，写得更内省更细密，其动人之处是一位女性艰难反思，理智切割，耐心等待幽微本性被照亮。小说起点是许戈离婚两年陷于失眠的心理生理困境，情节随即向前后同时推进。向前，她目睹女邻居被命运无常夺走幸福生活，相形之下，她婚姻破碎是三个性格有缺点的人一起触发的，她有责任自纠自救；向后，她承认对不孕耿耿于怀使她变得偏狭，领悟与人相处的边界和分寸，见了自己，见了他人，方才开启身心安稳之门。在形式上，小说借助反复出现的意象，确保丰富清晰的回旋式的叙述层次。比如对面楼上整夜长明的灯光、小区里幽暗的小树林、敞亮的小池塘、成长的蝌蚪、合不上花瓣的睡莲、不孕医院的母婴雕塑等，许戈初次、再次、再下次往复地遇到它们、观察它们、描述它们，标识她一步一步转念的轨迹，足见这个小说在人物情节主题上跃出爱情小说框架的自明和力量。

张玲玲的《夜樱》也讨论人与人的边界，沉郁的叙事却带来阅读愉悦。一唱三叹的和歌结构，既是半透明的凡人烦事在共鸣，也是无始终的叙事碎片在合唱。创作谈里，作者提出"小说也是回答小说的最好方式"，大概不仅仅指向"文本间性"。如果越过她提到的川端康成的《雪国》，探求更普遍的叙事方案，《夜樱》的内核接近公路小说，两个主角的人生像两部车，追逐避让，相遇离开。开篇出现的暴雨过后泥沙俱下的河，给全文埋下主线，文中的男女主角以及他们生命中或走或留的人，都像滔滔水、滚滚沙，不舍昼夜。小说中诸多旁逸斜出的小故事，个个晓畅，却引而不发，说不清哪个是哪个的注脚。若论克制和忍耐的主题，它们回应了主线上失意的结局；若论由点及面的叙事结构，它们模拟了当代芸芸百态。这些众声浅唱，将两个人的情感小戏描画出些时运风光，颇见思量。再看这个小说的难点，在接近离别时，女子独自内省，叙事称谓从第三人称"他""她"转向第二人称"你"自指，好比人把镜像中的自己称作"你"。由于叙事视角突然切换到内聚焦，读者可能对视角越界感到不适，但这种不适感恰恰提示了人的意志可能不可避免地充满矛盾。接下来"你"的独白，一方面将女子的形象塑造完整，另一方面是女子在内心重塑自己的故事：她大概认同本雅明说的——讲故事为了救赎，人关键时刻是自救，即自己寻找意义或承担无意义。她对医生回避了重要的事，选择保持边界，可见理智和情感不是分立的两件事，是同一件事。

三

斯继东的《传灯》记绍兴书法奇人徐生翁未有"传灯人"的遗憾，文本颇有设计感，得古意，又夹方言，文字创新可喜。叙事者称主人公"祖父""爷爷""老店王"，分别标识三条线索：一是书坛交游；二是祖孙天伦；三是鬻书趣事。时间跨度长，史实纷繁，人多事杂，专业性强，主题弹性有限，处理素材难度极高。有一处写得妙：极少出门的爷爷被孙子拉去看甜酒酿的挑子，见木桶上贴着生僻字揽客，认字送吃，靠书法为生的爷爷当然识得，但他看而不语，任孩子们热闹。反过来想，贴字揽客的人，也掂量街面上的读书人不会讨便宜。这段文字朴素活泼，见人见民风。

王手的《永远的托词》和钟求是的《父亲的长河》不约而同地塑造阿尔茨海默病老人形象。与后者旁观的惆怅的文人风格不同，王手笔下父亲的人世间更多些热热闹闹的趣味和在场感。《永远的托词》前面一大半色调明快——王手能铺陈细节，一句叠一句，简净扎实，写出一个"团宠"级别的退休爸爸，老爷子内外兼修的晚年生活无忧无虑到浮夸。相对照地，医学科学难题彻底颠覆老爷子的生活，同时，叙事也受到挑战，像突然堕入表达的困境：这种病状的人，尽管是同一个人，忽而变得无法描述，文字解释系统的精确和有意义之间变得不相容。小说结尾勉力克服这个断裂，用老爷子年轻时的文学梦想、升职梦想填补阿尔茨海默病的巨大空洞。但遗憾的是，文学认知力被科学认知力困住了。

雷默的《弯弯穿越了黑洞》又一次摹写我们理解死亡以及与亲人亡灵相处的异途。小说分两条线展开，一是逝者弯弯的父亲，一是弯弯的妻子。老人执意将儿子骨灰在安葬前先带回老家认路，疯狂地吃下致幻的毒菇，期待与儿子的幻象重聚。这条线索随着两个朋友趁老人中毒迷幻之际带回骨灰而不了了之。另一条线上，妻子的行为似乎更不可理喻，她在两年后生下一个男婴，深信这个婴儿会让女儿相信父亲还活着。雷默设置这些出乎日常又合乎常情的情节并非要阐释亡灵何往，而是创造关于死亡认知的开放性。比如小说中反复出现的黑洞影像提示了时空穿越可能成为理解永生的一个出发点，确切地说，老人的思念与孙女的误解都来自关于永生的信念，而男婴亦象征生活开新篇。此为雷默的无限温情和善意。

界愚的《城里的月光》让人读了揪心。讲述父母面对行为和意志皆愈行愈远的子女感到无比挫败、无限忧伤，接纳或不接纳这般结果，就像从城里到城外，需要思想和情感上的突围，如同重建精神家园，堪比最艰难的修行。界愚写尽了这段经历中的错愕、懊丧、挣扎，特别是叙事语调控制得精微：几乎不吝讽刺的目光投向两个虚荣卑微的老人，跌跌撞撞地获知儿子生意失败、婚姻失败、远遁他乡的现状，忙不迭一边揭一边捂，直到他们从儿子要抵债的房子搬到城外的出租房，笔调里微讽的调子才褪去。比较遗憾的是，界愚几乎没有挑战描述亲子关系的重建，或者家人之间信任支撑的重建，由此展现最艰难也最见人性之光的能量。

子禾的《悬停之雨》大篇幅塞外草场的环境描写如有神助，精准切割了小说中的年轻夫妻消除龃龉隔阂、重建亲密信任的各个情绪节点，更见智慧的是将人类两性相处放逐到草原沼泽、牛马成群、风雨忽至的大自然里，确切地说是从作为社会最小组织细胞的家庭情境中暂时解脱出来，重温初心。叙事节奏上显露幽默的调子，提示人在大自然面前笨拙又可爱的样子。起先两人各说各话、怄着气，一匹赤色烈马闯进来打破了他们各走各道的僵局，第一次惊魂甫定后，两人一起落泪怀念多年前流产失去的孩子，像孩子一样互相宽释了坏情绪。接下来两人走草甸、看白马、望玛尼堆，生命感悟纷至沓来，眼看矫情系数上扬，哪知暴雨骤降，两人在惊吓中又要分崩互骂，但终于一起逃难。好在大自然怜惜，风雨随即偃息，放人一马，互相依偎的男女方知敬畏自然生息中神秘威严的力量。

边凌涵的《暗涌》写得细密，叙事者几乎用显微镜放大感受和思绪，将一位敏感的年轻母亲无法排解婚姻家庭琐事带来的烦恼描述得接近毫厘毕现，精神困境的层次也有所呈现。但叙事者明显被倾诉的欲望束缚了，自始至终只持一个视角，丈夫、女儿都被她的目光牢牢摁着，所言所行被叙事者的思绪一一过滤，基本失去角色的自主性。手法上也可说写得太实太满，仿佛镜头对得太近，由层叠的细节强势支撑的情节缺乏意义的延展性，难以调动画面之外的信息。结果是，叙事者遭遇的无解难题成了叙事本身的无解难题；反过来，叙事的无力感也压制了主题的深广度、清晰度。也许，短篇小说尤其考验作者的认知体系和精神向度。

林森的《诗人》表现疫情期间人与人紧张脱节的关系带来的空虚感、疏离感，探讨这些由应激反应触发的负面感受对人造成的伤害。叙事者坚定地把心理创伤看作一个胸口到背脊洞穿的空洞，"他"无力应对家庭隔离中挤压式的夫妻关系加剧情绪上的变异，更荒诞的是，"他"莫名其妙地发烧，义无反顾地开车逃离家人，仿佛对病毒的巨大恐惧能抵消情绪空洞。值得关注的是，小说区分了孤独症的两类情境：一类是日常的、物质和激情能填补的空虚；一类是生命突遭无法描述的巨大威胁时感知的空虚。叙事者能不计伦理代价地享受第一类空虚，却在第二类空虚面前渴望诗的关怀，以这样的方式指向诗的缺席，真是五味杂陈。

赵雨的《奇术》讲传奇故事有条不紊，亦能在平凡人物和情节里潜藏波澜，引得读者期待平地听惊雷，见识奇术奇人及浩荡时代。但有个难题，奇人叶晓渡的招魂术始终没被描述，可能难以嫁接一个合乎叙事逻辑的超现实语境，导致围绕它塑造的其他人物如城府深的老商人、干练的资深刑警的言行仿佛失落了目标。更可惜的是，叶晓渡的孙子是一个颇能夸夸其谈的角色，也被情节轻轻遣散，没能调动他口若悬河的本事，进而创造一番瑰丽的魔幻与现实交融的经验。所谓"奇"，就显得有些无依。

金岳清的《蚯蚓汤》有鲜明的乡土小说风格，与现代西方叙事精于剖白、投射人物心理结构相比，这个作品继承了乡土文学的美学特质，把人物复杂的内心活动隐于鲜活的语言动作之中，呈现简洁、含蓄、疏朗的风格。在结构上，小说淡化时间线，以空间响应的方式表现主要情节之间的对比关系，好比用池塘里几个涟漪的能量扩散、干涉、衰减过程，模拟一个小村庄里家庭关系、邻里关系的样态。两个救人事件是能量源头：一是口吃的顺顺在海上救了吴连，吴连妹妹吴花为报恩嫁来顺顺家，家人盼着添丁；一是炳善父亲救了池塘里洗澡滑倒的吴花，村里的流言引起炳善夫妇常常斗气。顺顺家波幅宽和，吴花和婆婆食物中毒，及时送医，平安无事；炳善家波澜不断，一点腰痛就折腾着挖蚯蚓煮水、喝童子尿。值得回味的是，作者对两家人都报以理解和共情，即使对村民流言、夫妻吵架也以平常笔调描写，小说表现的心宽心狭都是常人常情。

徐贤林的《人与鼋》是生态文学创作中较少涉及的一类主题。在2020年后，这类主题能丰富我们的坐标系。与寻常的拯救地球、亲近自然不同，小说以老渔民视角描述人与自然搏斗之惨烈，即使将两者的关系人格化，母子关系、朋友关系都显得过于轻佻。小说主角朱晨清从童年到老年，跟大鼋鱼结仇一生，最后拼尽全力同归于尽。作者将人的勇力与自然的暴力放在一个量级上较量，既是对自然的敬畏，更是对人的致意。

谢青皮的《穿光》以影视文学的叙事结构写小说，用网络影视作品中常用的梦境架空故事时空，将相对更精彩的人物、情节映射到超现实的环境，提升戏剧冲突效果，增强审美上的宿命感。但现实主义手法具备的批判力量可能被削弱。比如赵磊炸铁路高架桥、思思投井，两个中心人物、两个中心事件在梦境中显得语焉不详、真假难断。叙事中有不能绕过去的东西，越难穿透，越见功夫。

徐汉平的《鲁庄有约》有乡愁。留在故乡的鲁松根为身在外地或外国的同乡守护老家祠堂，兢兢业业地在"鲁庄有约"的微信群里直播家乡四季风光。小说传递的惆怅，不仅是乡愁，更有人生况味：游子们的乡愁是日常之外的精神抚慰，而鲁松根的乡居是对农村生活的坦然和泰然。弦河的《我想给一个小女孩讲稻花鱼的故事》创造了一条有人类意识的稻花鱼作为叙事者，他不甘心生态稻田的养殖环境，向往会唱歌说话的人类世界，但最终成了酸菜鱼。事实上，这条鱼感知到自我意识后的第一步就错了，他不被人类社会吸引该多好。如果这个作品与信念相关，大概要对标《海的女儿》：火锅里的稻花鱼能望见，意识告别自我，奔向星辰大海。孙敏瑛的《空山鸟语》写乡村老友记，细节平实自然，扣人心弦。描写苏泉友给儿子上坟，路过老伴的坟时心里有怨气，怨她没有保佑儿子，但到了儿子坟前，他下决心出钱把最险的山路修好。这个小说塑造了小事糊涂、大事不糊涂的老人形象。

俞妍的《独钓寒江雪》如果按时间线性讲这个轻简的故事，

篇幅会很有限，目前回旋式的结构将情节容量扩倍，且符合百转千回的人物心理。王锦忠的《出走的呓语》以一个因工作压力而焦虑的失眠者为切入点，勾勒了一幅在严峻就业形势下苟且于命运的小人物众生图。冯丽佳（惊墨）的《海上西门》以独特的视角写人对海岛的深情。在很多现代小说中，人与家庭常常对立，家庭被描述为束缚人的环境和场景，小说的情节冲突往往由此逻辑展开。但在西门岛，人与海岛是最根本的主题，外来人最大的目标是扎根海岛向暴虐又恩慈的大海讨生活，他们通过婚姻迁徙进岛，关于某个人的归属感最终升华成对海岛文化的归属感。

2021 年浙江短篇小说要目

一、书

徐　衍　《仙》　长江文艺出版社 2021 年 7 月版

二、文

艾　伟　《演唱会》　《北京文学》2021 年第 6 期　《小说选刊》2021 年第 7 期转载

钟求是　《除了远方》　《长江文艺》2021 年第 2 期　《小说选刊》2021 年第 2 期转载

　　　　《地上的天空》　《收获》2021 年第 5 期　《小说选刊》2021 年第 10 期转载

　　　　《父亲的长河》　《长江文艺》2021 年第 9 期　《小说月报》2021 年第 10 期转载

海　飞　《猜谜语》　《青年文学》2021 年第 7 期

东　君　《续异人小传》　《长江文艺》2021 年第 1 期　《小说月报》2021

年第 2 期转载

《今昔咏叹》《花城》2021 年第 4 期

《去佛罗伦萨晒太阳》《江南》2021 年第 5 期

李庆西　《水浒暗桩》《山花》2021 年第 8 期

黄咏梅　《蓝牙》《钟山》2021 年第 4 期　《小说选刊》2021 年第 9 期、《小说月报》2021 年第 10 期转载

王　手　《永远的托词》《中国作家》2021 年第 2 期

子　禾　《悬停之雨》《长江文艺》2021 年第 2 期

赵　雨　《奇术》《作家》2021 年第 2 期

《船长》《天涯》2020 年第 6 期　《小说月报》2021 年第 1 期转载

《老车站和东部新城》《青年文学》2021 年第 6 期

斯继东　《传灯》《人民文学》2021 年第 10 期　《小说选刊》2021 年第 11 期、《小说月报》2021 年第 12 期转载

林晓哲　《寡人有疾》《天涯》2021 年第 4 期

边凌涵　《暗涌》《人民文学》2021 年第 3 期

柳　营　《蓝》《青年文学》2021 年第 8 期

林　森　《诗人》《长江文艺》2021 年第 3 期

《往东直走是灵山镇》《江南》2021 年第 4 期

畀　愚　《城里的月光》《长江文艺》2021 年第 6 期　《小说月报》2021 年第 7 期转载

谢志强　《主妇王博颇》《小说选刊》2021 年第 3 期

赵　俊　《诗人的婚礼》《上海文学》2021 年第 6 期

徐　衎　《你好,明媚》《花城》2021 年第 4 期

孔亚雷　《复活》《上海文学》2021 年第 8 期

张玲玲　《移民》《花城》2021 年第 1 期

《夜樱》《小说界》2021 年第 1 期　《小说选刊》2021 年第 3 期转载

雷　默　《弯弯穿越了黑洞》《雨花》2021 年第 3 期

卓　娅　《鱼鲞》《山花》2020 年第 12 期　《小说选刊》2021 年第 2 期
　　　　转载

谢青皮　《穿光》《花城》2021 年第 1 期

但　及　《呜咽》《山花》2021 年第 6 期

　　　　《踏白船》《小说月报》2021 年第 6 期

顾　艳　《迷途》《作家》2021 年第 3 期

　　　　《后院的枪声》《山花》2021 年第 12 期

郊　庙　《无可无不可》《小说月报》2021 年第 7 期

袁　滕　《循环症》《青年文学》2021 年第 10 期

俞　妍　《独钓寒江雪》《长江文艺》2021 年第 4 期

徐贤林　《人与鼋》《北京文学》2021 年第 10 期

徐汉平　《鲁庄有约》《黄河》2021 年第 1 期

　　　　《在章介生最后岁月里戒香烟》《长江文艺》2021 年第 10 期

丙　方　《你笑起来真好看》《江南》2021 年第 2 期

金岳清　《蚯蚓汤》《海燕》2021 年第 5 期　《小说选刊》2021 年第 5 期
　　　　转载

冯丽佳　《海上西门》《天涯》2021 年第 2 期

金问渔　《车站轶事》《山西文学》2021 年第 12 期

孙敏瑛　《空山鸟语》《青春》2021 年第 12 期

王锦忠　《出走的呓语》《飞天》2021 年第 6 期

吴松良　《两门头》《延河》下半月刊 2021 年第 1 期

阿　剑　《纪念孟和郁》《延河》上半月刊 2021 年第 10 期

石　林　《缺只角》《海燕》2021 年第 1 期

刘会然　《曼妙时光》《当代小说》2021 年第 12 期

弦　河　《我想给一个小女孩讲稻花鱼的故事》《边疆文学》2021 年第 5 期

二、补遗

黄咏梅　《睡莲失眠》《中国作家》2020 年第 11 期　《小说选刊》2020 年
　　　　第 12 期、《小说月报》2020 年第 12 期、《中华文学选刊》2020 年第
　　　　12 期转载

王　手　《大家都叫她詹妮弗》《作家》2020 年第 12 期

夜　森　《诺诺与安娜》《长江文艺》2020 年第 12 期

高上兴　《收月光的人》《青年文学》2020 年第 11 期

陈锦丞　《身份》《青年文学》2020 年第 11 期

谢青皮　《欢喜》《青年文学》2020 年第 11 期

看似寻常最奇崛，好诗不过近人情
——2021年浙江诗歌创作述评

| 柯　平 |

一

过去的一年是个多少有些特殊的年头,疫情整体上虽得到了有效控制，但此伏彼起，风声鹤唳，短期内似不大可能彻底根除。这在给社会生活和经济发展带来麻烦的同时，难免也会影响到文学领域，尤其是诗歌界，为了更科学地防控疫情所出台的各种具体措施，使得以往每年数不清的诗会颁奖会作品研讨会之类减到最低程度。尽管如此，诗还在努力地写，书也在认真地读，发表数量相比往年也不见少。不过，这里有个时差问题，去年发表的，不一定写于当年，其中大部分更有可能是"陈货"。具体情况怎么样，估计要到今年年底统计时才能知晓。但有一个良好的倾向可以确定，所谓祸兮福所倚，位卑不敢忘忧国，诗人们的目光更加关注于国计民生，无论作品内容还是语言方式，都明显趋向于朴素与真实。打个不一定恰当的比方，就是想当李白或李贺的人一年比一年少，想当杜甫的一年比一年多了。

二

2021 年的一个可喜现象，是前些年重点关注过的那些青年诗人正在稳健地继续发展着，壮大着，发表的数量与刊物的档次都相当可观。如宁波的饶佳（星芽）、丽水的王江平，金华的卢艳艳，温州的手格、余退、叶申仕、谢健健，杭州的卢山，台州的燕越柠，湖州的赵俊、小书等。与前辈诗人相比，他们的一个显著特色是作品取材于现实人生，诗风明朗简约，表现手法又丰富而多样。我曾经将诗分为说梦话（指过于理想化有点酸的那种）、说鬼话（指艺术感很强不无玄虚的那种）、说人话（指真正敢于袒露内心让读者分享的那种），这些人的创作大致可以归入后面一类，长期以来困扰诗坛的所谓朦胧与晦涩，或看得懂与看不懂的讨论，在他们身上或许是多余的。

想象与语言都迥异他人，作品中时常会显露出某种天才痕迹的饶佳，尽管才二十多岁，从进大学到现在，写作历史也不算短了。2021 年在《人民文学》第 5 期发表的组诗《美学实验》显示了她近年的主要探索，即致力于将日常情境转化为精神物象，使之具有某种寓言的质素。如其中《补牙》一诗的中间部分："他听到陨石在什么地方碎裂/污染了尖刻的喉舌/它粉色的椭圆形是词语的炼金所/医生高举坏牙/好像那是一座奖杯/那是一个僻壤诊所虚弱的全部雏形。"相比稍早的动物系列，无论取材与语言难度，都有重返人间烟火的迹象。

赵俊是 2021 年青春诗会的获选者，这往往被视作一个台阶，但并不代表发出来的作品就是最好的。他是诗坛皆知的一个百变精灵，凭借才气和颖悟，能写各种不同风格的诗，在以往的诗歌大赛中笔者曾多次"上当"，因喜欢而分数打得比较高，等颁奖时才知作者原来是他。《诗刊》2021年12月上半月刊上的《博鳌海景房》十首，大约是他新的尝试：时尚的题材，充满着近乎玄学的思辨和对自我灵魂的拷问，有一部分甚至还采用了标准的十四行诗格式。要对它们做出准确的评价是困难的，至少短期内是这样，因为"竹林和北极星的夹角永远在变。/这是天文爱好者朴素的课外作业，/当自然老师在你的双瞳写下眉批"（《天文爱好者》），而"你无法完成橡木桶在湖底的工作，/保护你的琉璃盏不被氧化，/等待打捞的人开启惊奇的瓶盖"（《沉船》）。

王江平深藏不露，知道的人也很少，2021年他的名字出现在《诗刊》2021年1月下半月刊《双子星座》。这次他拿出的新作是组诗《桥头一号民宿》五首，写的都是沿海地区的日常生活。善于以现代的眼光穿透传统的人事，将先锋性藏于不动声色的叙述中，是他的特色。如作为首打的那首《桥头一号民宿》的开头："晨雨初歇，庭树有了新的模样。橡梁的手指/指向寂静。那儿，云团已经产生/云团里面会挂满干鱼和无穷的可能性。"总能于寻常中发现那么一点儿不寻常，语言朴素、温情，但充满张力。

谢健健的作品2021年发表了很多。在冬天的宝石山，他关注的不是保俶塔的雄奇和吴越国的盛衰，而是山顶一群每天以舞蹈形式进行晨练的老人。这样的视角看似漫不经心，实际上很可能是以一种更隐秘的方式叙述了历史和时间的力量。在结尾时他说："那样的日子似乎很近，/连同眼角的细纹。/不用仔细去听，越腔也会送来一生的曲谱——/老去，调低一小只插卡音响的响度，/在舞步中等待一枚松针落到我们头顶。"（《冬日登宝石山》，《青年文学》2021年第10期）含蓄而温情的叙述中，隐含着直击人心的力量。联想起他在《南塘湾》（《青海湖》2021年第2

期）一诗里的自我形容，说自己像是"一只失去准心的胶片相机"，实在有点过谦了。

小书 2021 年被作为《江南诗》首席诗人推出，可能连她自己也没有想到。她是一个重视自己内心生活的人，写作多年，不温不火，技术方面自己一直在暗中摸索，不轻易受人影响。"必须重建一种精致的平静/必须熄灭这粗糙的恐怖"（《遇见一只鸟的死》），这或许可视作她诗歌的美学原则。至于写作目的则相对是明确的，如同她笔下《夜晚的樱花》所描述的那样："一阵风吹过/淡淡的香气像小火焰翕动起来/像有一阵善意/在所有花朵的默契中涌起。"

外省居杭的子禾 2021 年在《人民文学》2021 年第 5 期发表了《松林》和《秋日幻想》，在《星星》第 7 期上旬刊发表了组诗《淡蓝的雾》，在《青年文学》2021 年第 11 期发表了组诗《逝去的春夜》等。他的诗视野较为宽阔，取材随意，即兴发咏，语言以口语为主，兼有学院背景的优雅，简洁而有表现力。由于年轻，为赋新词强说愁的冲动是难免的，如发表在《星星》的那组诗里的《傍晚》和《白鹭》，往往才入佳境，已戛然而止，但具有较好的质地，起点也高，相信很快就会给我们带来新的惊喜。

三

在上述这些年轻诗人的前面，有一个自 20 世纪 80 年代以来所形成的强大阵容，或称本省的代表诗人，起码有几十位吧，其标准是名字一说出来大家都知道。浙江诗坛的荣誉和知名度，长期以来主要依靠他们的支撑，如果比之以经济，相当于是本省每年的纳税大户，而且队伍越来越壮大，如本来不算最显眼的津渡、泉子、江离、高鹏程、灯灯、慕白、飞廉、陈星光、王孝稽、芦苇岸等，近些年也越写越好，站到了前列。我接受《浙江文坛》年评工作时，他们年龄不过三十左右，曾经年轻而矫健的一辈，现在最小的也过了四十，大的已在五十以上，从西方的经验来看，正处于知性日趋稳定的成熟期，也就是最有可能出好作品的时候。

过去一年中，印象较深的有泉子的《柳丝》（《诗刊》2021年1月上半月刊）、《时间深处的惩戒与祝福》（《大家》2021年第5期），江离的组诗《星图》（《诗刊》2021年1月上半月刊），沈苇的《量子时代的爱情》（《诗刊》2021年1月下半月刊）、《浩浩荡荡的人》（组诗）（《钟山》2021年第5期），叶丽隽的《蔷薇花道》（《诗刊》2021年2月上半月刊）、《太湖晨读》（《新华文摘》2021年第3期），灯灯（胡宇）的《我的心里流淌着月光》（《诗刊》2021年2月上半月刊）、《琴声替换了琴声》（《星星》2021年第10期上旬刊），津渡的《在昆虫的世纪里》（《江南诗》2021年第1期、第2期连载），池凌云的《山中书简》（《诗刊》2021年3月上半月刊）、《我总想对它们施一点魔法》（《作家》2021年第7期），荣荣的《悲欢之书》（《诗刊》2021年4月上半月刊），李浔的《凉山颂》（《诗刊》2021年4月上半月刊）、《草料场》（《诗刊》2021年6月上半月刊），商略的《糖桂花》（《诗刊》2021年5月上半月刊），慕白的《我不知身在何处》（组诗）（《诗潮》2021年第5期）、《江山如此多娇》（《江南诗》2021年第6期），流泉的《梅湾是姓红的》（《诗刊》2021年6月下半月刊），高鹏程的《蔚蓝》（《诗刊》2021年7月上半月刊）、《悖谬之诗》（九首）（《花城》2021年第5期），王自亮的《长江九章》（《诗刊》2021年7月上半月刊），黄亚洲的《黄亚洲的诗》（六首）（《花城》2021年第4期），沈方的《致白鹭》（《十月》2021 年第 4 期），李郁葱《船上的幽光》（《诗刊》2021 年 8 月上半月刊），芦苇岸的《微茫如弦》（《中国作家》2021 年第 8 期）、《作为显学的南方生活》（《山花》2021 年第 6 期），伊甸的《人之诗》（组诗）（《星星》2021 年第 10 期上旬刊）等。

江离的组诗《星图》让人精神一振。个人以为这是他的转型之作，原来的优势尚在，如丰茂、内敛，思绪跳跃，富有磁性的语调，以及良好的控制力等，变化主要体现在语言风格上，显得更为朴素和亲切，甚至在题材方面也更加放开，从心所欲，不拘雅俗。我喜欢其中的《解禁日》，以及写给女儿知微的那首长诗《你是风》。前者后面写到一个在公交站看到的女孩，"蓝色口罩上方是深渊般的眼睛/一个充满吸附力的/漩涡，我感到过往的青春/也在重新汇聚和燃烧"，貌似写爱，等最后一句"一股诱人的烟味从制盐厂门口传来"，才知作者用心良苦。后者记述父亲在孩子成长过程中的付出与获得，既有生动细节，又有精神含义，其中"你拉着我的 T 袖下摆/我就成了被牵引着去吃草的小牛"，简直是鲁迅"俯首甘为孺子牛"的通俗版。

陈星光长期以来坚持即兴式写作，包括视角和语言风格，在时代合唱团里苦苦坚持保留个人的一点音色。2021 年，他的努力终于有了阶段性成果，凭借组诗《浓雾》（二十首）获得了第八届中国诗歌·突围年度诗人奖。王家新在颁奖辞中说："这组诗，大都是我们想读到的诗，也是我们想写而未能写出的诗，它触及诗性最深的根源，语言也带着一种穿透力和刺人的力量。它们属于来自诗人一生历练的命运之诗，并与大地上一切困厄的生命血肉相连。它们真正显现了一位当下中国诗人灵魂的渊源和质感。"此外《青年文学》2021 年第 5 期上的《陈星光的诗》（六首）和《雨花》2021 年第 5 期上的《孤山半日》，也是他的用心之作，重内力而非外功。

　　自 20 世纪 70 年代就开始写诗的黄亚洲，至今已有五十余年诗龄。他略带幽默的口语和超强的捕捉形象的能力一直让人惊叹。《花城》2021 年第 4 期上的《黄亚洲的诗》（六首）不仅保持了这种特色，而且题材也丰富多彩，从甘肃沙漠的芨芨草到海南岛上的妇女植林大队，"今天我仔细观看绿色娘子军展板，从一位植树老妇的面孔中/百分之百认出，她就是吴琼花的女儿"（《海南昌江的"绿色娘子军"》），而在题为《甘肃陇西，浸在花海里的郑家川村》的那首诗中，秦时明月汉时关旁边的古村竟能以养花脱贫致富，显然让他感到非常意外，"我像一只蜜蜂一样坐在一朵花蕊里面喘息/我的喘息并非海拔两千米之故/我是因为震惊"。

　　郁雯写作多年，发表不多，但每次拿出来总不会让人失望。她发表在《百花洲》2021 年第 4 期上的《异地相逢》（三首）和《诗刊》2020 年 11 月下半月刊上的《浏河镇采风录》，读后印象深刻，无论所描写的生活和语言方式，都有明显的个人印记，跳跃而不零乱，唯美而不矫情。如《公车新闻》写自己置身现实中内心无法抑制的胆怯和慌乱，"公车上只有我一个乘客/或许不，满车载着隐形人"，这个开头实际上已经划清了个人与公众的界限。而在《爱的误会》里，一个出轨的男人最终垂头丧气回到妻子身边，"他在漆黑的夜里滑了一跤，白天关闭/他沉浮。像月光的碎末在湖面起舞/妻子站在岸边，给他喂食良药/'我们从不曾分离，永远……'/在消散的袅袅乐曲中，他轻叹：/美妙的谎言，也是一个人间误会"。笔下有一丝淡淡的讥讽，但生活的本相确实如此。

　　叶琛与郁颜齐名，作品数量不如后者，但水准一直很高。《青年文学》2021 年第 3 期上《叶琛的诗》（三首）中那首《夜宿》写得回肠荡气，令人一咏三叹。诗的后半部分说"仿佛与今晚的月色/彼此需要。　也与你刹那的全部/彼此给予/窗外，涓涓水流与盘峰大地/关系稳定。它们是相互渴望的/但它们也因为害怕孤独/而一次次靠近独醒人微弱的叹息里/它们心里暗暗说着话/它们和你一样一定有着/对世间之物进行分类、挑选的欲望"。我不能确定是写艳遇，即使是的话，也肯定超出了肉体的范畴。

四

除以上主流或明星级群体外，还有一些跟他们年龄以及写作历史大致仿佛的诗作者，这一群体人数更多，每年的创作量和发表量也很大，且各具特色和实力，如果使用军事术语，大约是第一梯队和第二梯队的区别吧。但二者之间的界限不是固态的，不说时刻，至少每年都在变化。一个你认为不过如此的人，说不定明年就会让你大吃一惊，刮目相看。2021 年，杭州的蒋兴刚、詹黎平、许春夏，丽水的陈墨，绍兴的骆艳英，湖州的石人、潘新安、吴艺，嘉兴的李平、沈宏，衢州的崔岩、赖子，宁波的飞白、林杰荣，金华的杜剑等，都发表了不少作品，质量上也显示出很好的势头。

崔岩在《诗刊》2021 年 1 月下半月刊《银河》栏目上的组诗《篝火》，《星星》2021 年第 3 期上旬刊上的《风化于时间》（组诗），呈现出他最近的追求，即更关心日常事物之间的关系，并试图揭示它的意义，无论是奶奶用过的一只粗瓷碗，一座老式自鸣钟还是家族遗存的一枚私章。在水边钓鱼，想到的却是"捉住一只飘忽的蝴蝶的全过程"（《灵感》），而两个夜晚坐在火盆前的人，"相互眺望，并终于发现：被映红了的/对方的脸上，长着一张，自己的脸"（《篝火》）。

　　赖子调到开化根雕博物馆工作以后，整天满眼都是树雕和石头，大约遵循文学理论家所谓的要写自己最熟悉的，近年作品取材大半如是。问题是诸如自然、生命、时间、永恒之类的题材，没有超众的天赋的才气，对付起来相当吃力。尽管如此，他已经很努力了，发表于《星星》2021年第10期上旬刊上的组诗《雕刻沙塔》堪为其中的代表，写得空灵、沉着、举重若轻。《中华文学》2021年第6期上的《水杉记》也相当不错。但个人以为不必拘泥于此，陈星光没写过税务大盖帽，泉子诗里也没见过航班误点，写自己内心真正有感、最想发泄的，这才是王道。

　　杜剑在叙述上有自己独到的一套方法，如同艾青说的电工师傅为你家新房埋电线，从厨房到门口灯一盏盏接过去，最后总闸接通，开关一按全都亮了。他在《星星》2021年第6期上旬刊上的《大海的孤单》（外二首）体现了这一特色，其中的《异乡访故人》尤其出色，"回到阔别三十年的建材厂员工宿舍/我不忍心问退休职工周梅英/哪些人还健在/周梅英也不忍心告诉我/哪些人已不在人世/回家后我不忍心告诉父母/只有周梅英一人还健在/父母也不忍心问我哪些人已不在人世/仿佛生命是可轻可重可有可无的东西"，此诗因发表前曾看到过，读来分外亲切。

　　李平的笔下始终充满着对家乡的深情，这是越人最初居住的地方。他比勾践幸运之处在于，当年战败的越王曾从这里被赶走，向子贡哭诉吴人的残暴，夷吾宗庙为平原，而他却能在这文献之邦自由自在地生活和写作。"有一种活过时间的通透和圆润/混浊的潮水里/没有一条鱼放弃向深蓝游动/一群白鸟飞过/让我闲置多年的心找到了空缺"（《春天素描》，《星星》2021年第5期上旬刊）；或者"只有在这时/我才发现，风化的盐渍/已搁浅在鱼鳞塘的皱纹里，仿佛一片海/回到它的内心"（《走到鱼鳞塘的尽头》，《江南诗》2021年第1期）。这些细腻的描述可以证明，对于一个诗人，宁静的观察和感受是多么的重要。

骆艳英的名字 2021 年在很多大赛获奖名单上都见到过，在本省，有好几个真正有实力但被忽略的诗人，她应该是其中之一。我较为欣赏她参加第十一届"岱山杯"全国海洋文学大赛的《海的羊群，海的雪》（组诗），那是真正能翻出新意来的海洋诗，无论语言还是意象，都与众不同，能言前人所未言，如其中的第二小节："这些海水，都是我的字母，我的课本/甚至是我体内无尽的翻滚与汹涌/我用它辨认星空，用最轻的光翻阅它/现在，我走向它，我和我的沙粒走在一起/我想替寒冷的海螺烫平多皱的外套/为它擦去每一个夜晚潮湿的啸声/再替海蛇的灵魂称一称克重。"这样的作品获优秀奖，可见大赛中好诗真是太多了。此外《星星》2021 年第 12 期下旬刊上的《来自西塘的倾听，辨认与呈现》也新意斐然。

还有一些新的陌生的名字。这里的新字并不表示年轻，只是以前发表不多，人们不大看到，如组诗《生活的试验主义》（《青年文学》2021 年第 6 期）的作者泥人。此人真名严华文，温州平阳人，1982 年出生，善于挖掘日常生活蕴含的哲理，如《低矮的天空中》："更多的喜鹊在枝头站成一排/像腐黑的树叶/像乌鸦要把黑连成一片/只有两只喜鹊一前一后地飞着/后面的一只努力赶上前面的一只/好像飞慢一点　天就会加快暗下去。"金华的贾冠妃，笔名红朵，1977 年出生，他的《晨鸟》（外一首）（《星星》2021 年第 1 期上旬刊）也写得不错，一只每天像"闹钟一样准时醒来"的窗前枝头的小鸟，告诉他的不仅是时间，还有生活的艰辛与无奈，"鸟儿看透的世事，每日已告知于我/只是我有时清醒，有时恍惚"。张于荣的名字也是初次看到，他的《镀火》（《诗刊》2021 年 2 月上半月刊）、《诗三首》（《十月》2021 年第 2 期）和《定军山》（《星星》2021 年第 4 期上旬刊），想象力是有的，气势也不小，如《定军山》开头："事物本身，略高于荒野十二连峰/串珠，未被腾挪是憨厚/线装书里抽出一页/春风乱，芳魂开透/那群举着眉尖刀跑动的草/一曲《定军山》，余音未断"，但有些乱，语言的准确性和诗句内部的逻辑关系还有待于加强。

五

女性诗歌是本省的强项，多年来一直这么强调着，不仅稳稳占据了半壁江山，而且其中的那些主要人物，二十年三十年写下来，依然后劲不减。仅就 2021 年发表情况而论，除多年来耀眼而稳健的三驾马车，即技巧全面、刚柔兼济的荣荣，注重诗艺和思想深度的池凌云，感性而深邃、风格独具的叶丽隽之外，善于以简洁的言辞处理复杂情愫的灯灯，才情横溢举重若轻的桑子，深居简出诗艺愈来愈精的冷盈袖，具有良好质地总不让人失望的郁雯，温情而优雅的周亚，潜心修炼气象渐阔的戈丹，寻常看不见偶尔露峥嵘的六月雪，注重内在诗意的应诗雯，自吟自唱多姿多态的风荷，后起直追善写亲情的徐静，消隐过一段时间近又崭露头角的白地和储慧，前者化繁为简，诗艺精湛，后者返璞归真，肌理细密。还有两位外籍定居浙江的实力人物，隐隐有大家气象的玉上烟（颜梅玖），和诗风质朴而内敛、质量稳定的扶桑。此外定居美国的顾艳这两年复出后也相当活跃，洗脱铅华，后力绵绵。

具体作品，如玉上烟的《山中避雨》（《十月》2021 年第 1 期）、《宁静回到我的心中》（组诗）（《作家》2021 年第 6 期），白地的《星星待过的每个地方》（《江南诗》2021 年第 1 期），六月雪的《我有一公斤的安静》（八首）（《长江文艺》2021 年第 2

期），顾艳的《城堡之夜》（组诗）（《草堂》2021年第3期），储慧的《春雨》（《江南诗》2021年第4期），扶桑的《局限性》（《诗刊》2021年5月上半月刊）、《西沙湾》（《十月·长篇小说》2021年第2期），风荷的《余响》（二首）（《星星》2021年第6期上旬刊），桑子的《桑子的诗》（六首）（《青年文学》2021年第9期）、《在火光中》（《十月》2021年第5期），徐静的《母亲与声音》（外二首）（《诗潮》2021年第11期）等，都是值得重点关注的作品，限于篇幅所限，只能述而不评，点到为止了。

六

还有一个更大的创作圈子，几乎遍及各行各业。这既因本省浓厚的文化传统，又有互联网时代提供的便捷，包括部分外省客浙人士，其中高手也很多，增强了本省的诗歌力量。身份既各自不同，写法也应有尽有，他们的作品既发表在国家最权威的刊物上，也发表在自己的朋友圈里。也许，正因身处诗坛边缘或诗坛之外，写作时反能获得更大的自由度，技法哪怕稍弱，情感却更真实。

《衢州日报》的余风2021年在《星星》《诗歌月刊》《诗选刊》《上海诗人》等有大量新作发表，不仅仅是工作需要，事实上作为20世纪80年代著名的远方诗社成员，他的写诗历史开始得很早，多年来也一直没放下，只是不大拿出来发表罢了。

杭州的陈雨吟也在2021年出版了她的诗文集《天是真的》，又有新作《贝尔蒂丝》在《诗刊》2021年3月下半月刊上发表，质量相当不错，可知乃真心热爱文学，不是附庸风雅随便玩玩的。

网络文学研究专家马季发表在《人民文学》2021年第2期的组诗《叙述者》、《诗刊》2021年2月上半月刊的《光影之外》（外一首）和《民族文学》2021年第11期的组诗《去往良渚途中》，总体感觉这是一个正在形成自己诗风的诗人，思绪开阔，言辞温情，取材随意，大有古人万物皆能入诗之气魄，要做到这一点相当不容易。如其中的《光斑》一诗，下半部分是这样的："而我置身于另一个/镜像中的世界/光影斑驳的镜面/像一张过度压缩的光碟/无论我站在什么位置/都是一粒模糊的光斑。"如果我没有误读，描述的应该是自己处身机械时代的感受以及对时间的恐惧。

台州的张弛（皖西周）深受传统文化滋养，不屑浅吟低唱，力求以诗立言，对重大题材一向有着浓厚的兴趣。他的《一面旗帜升起的那一刻》发表在《诗刊》2021年9月下半月刊上，经营数年的力作长诗《远航》也由《诗刊》2021年11月上半月刊选载了部分章节。他的诗有气势，有形象，并不因主题的宏大而忽略诗艺的经营，不失为一种有意义的探索。

诗歌评论家涂国文近年写诗兴趣颇浓，或许是为了让箭法更准，不惜以身试险，客串靶子。在他2021年发表的几十首诗中，《诗潮》2021年第3期《涂国文的诗》（组诗）中那首《运河即景》较为典型："饱胀的乳房　撑开时光的胸衣/乳汁中有阳光和风在喧哗/一艘船　一根隋朝的盘扣/松弛在春天的衣襟上/岸渚像一块斑斓的乳渍/散发着美学的甜香/这时应该有一只鹭鸟/像婴儿之手在母亲胸口飞翔。"意象和语言都相当不错，但立意上似用力稍过，使读者的联想受制于母亲的形象，不能自由发挥。意见不一定对，仅供参考。

贵州仡佬族诗人弦河，目前居住在萧山，2021年以《久远的声音归于静谧》为总题在多家刊物发表诗作。他的诗中有一种挥之不去的忧郁的气息，不仅仅是因为乡愁。无论登越山，还是看西湖，与青蛙对视，或《窥视一滴水落入人间的禅意》，总体印象是有很好的诗的感觉，语言也不错，就是不够狠，如果每首中能有那么一两句让人眼睛一亮的，效果就大不一样了。

一个特殊的诗人，身兼画家与诗人，多年忍受疾病折磨的开化的老狼，2021 年绘画余暇拿出了新作，如 2021 年《神州文学》第 8 期上的《隐士》（五首），从整体上看虽未能臻其极境，但好句不断，几令人目不暇接。如《听琴》里的"琴声啊/这春天垂危的枝条/它到底挂着谁的命运"，《悲剧演员》里的"既然我是位悲剧演员/只能在别人的剧本中/挥一把自己的热泪"，《在古代我是佩剑之士》里的"这深藏的寒光/它熟悉忍耐、预感，一退再退/剑光如同消失的句子/没有人知道它的来历"，都显示了良好的诗才和朴素的思考。

本省其他界域的作家 2021 年也有优异表现，如宁波散文家赵柏田的《大师们》（六首）（《江南诗》2021 年第 2 期），散文家张明辉的《消失的人》（三首）（《草堂》2021 年第 11 期），舟山评论家李越的《巨石之响》（《诗刊》2021 年 2 月下半月刊）。还有台州籍小说家钱国丹在《扬子江诗刊》2021 年第 5 期上的新作，尤其是乐清的几位，如散文家郑亚洪的《贝多芬》（六首）（《江南诗》2021 年第 3 期）和《从此，我将在两个杯子里喝水》（组诗）（《广州文艺》2021 年第 5 期），东君的《螵蛸集》（《中国作家》2021 年第 1 期）。张明辉散文写得好是知道的，写诗应该是锋刃新试吧，发表在《海燕》2021 年第 11 期上的那首《挑刺》令人印象深刻，讲一个儿子为母亲挑刺，"只有针尖挑过的地方/长出一点鲜嫩"，诗到此戛然而止，而那双劳动的粗糙的大手却一直在眼前晃动。郑亚洪文字的优雅与细腻，一直为人称道，当他尝试采用诗歌形式时，显得更为凝练、厚重，因此阅读冲击力也更强。《从此，我将在两个杯子里喝水》（组诗）总共有七首，记录一个患者在医院接受治疗的全过程，无论意象的复杂还是思考的深度，都有不同常人处，需要有一篇专业的评论来解读它们，让"那些多余的灰尘与咳嗽瞬间光鲜起来"，这里只能点到为止了。

还有很多每年都坚持写作的诗人，他们或许并不特别有名，诗作也很少登上国内重要的文学报刊，但也都有各自的特色和佳句，值得一提。如温岭赵文斌在《上海诗人》2021年第5期上发表的《百度自己》，在搜索软件上查看个人信息，发现有很多跟自己名字相同的人，这事大家都有体会，而他却在诗的结尾时说，"我要为许多个自己争光，也要/为千千万万个我逐个赎罪"，能言他人之未言。同样也是温岭的若水，《星星》2021年第5期上旬刊上的《麻雀》写一个老人与一只麻雀之间的默契，"也许他们会交换一下眼色，仿佛突然之间/从对方的眼神里，认出了自己"。不着一字，尽得孤独，依稀有言外之妙。

七

最后，难免有一句每年都少不了的套话，即向那些按作协要求寄来作品的诗人表示感谢，你们的举手之劳，能节省我不少的时间。此外想再次强调一下诗艺的重要性，作为文学中对语言质量要求最高的形式，诗歌的艺术要求同样也是最高的，即必须尽可能借助奇妙的喻体说话，如言穷，小说家说"穷得连裤子也进了当铺"，散文家说"家徒四壁"，诗人则当说"风扫地月点灯"。如何让出现在你笔下的诗句显得更凝练，更神奇，更富有诗意的感染力，既是读者的要求，更是作者的职责，哪怕写不出像"变脸如翻书""枪杆子里面出政权"，或"时代的一粒灰，落在个人头上就是一座山"这样直击人心、充分展示汉语之美，又具有深刻内涵的诗句，那么稍带点洋腔的如"真理在大炮的射程之内"或"奴隶的仇恨嵌进枪膛／一个世纪倒在棺盖上"之类也行。总之，既然你写的是诗歌，就有责任充分展示这一文体之美，不能做到优秀，起码也该合格。就是说，一首诗中如果没有一两句精彩的，不如先放一放，等有灵感时修改了再拿出来，别急着就发微信朋友圈或向外投寄。古人讨论诗歌，讲得最多的就是好句佳句，应该引起我们的重视。

2021 年浙江诗歌要目

一、书

周　亚　《周亚抒情诗选》(中俄文版，李雅兰译)　外文出版社 2021 年 8 月版

二、文

江　离　《星图》《诗刊》2021 年 1 月上半月刊

叶丽隽　《蔷薇花道》《诗刊》2021 年 2 月上半月刊

池凌云　《山中书简》《诗刊》2021 年 3 月上半月刊
　　　　《我总想对它们施一点魔法》《作家》2021 年第 7 期

高鹏程　《悖谬之诗》(九首)《花城》2021 年第 5 期

饶　佳　《美学实验》《人民文学》2021 年第 5 期

陈星光　《陈星光的诗》(六首)《青年文学》2021 年第 5 期

沈　方　《致白鹭》《十月》2021 年第 4 期

金庸的黑暗少年
——2021 年浙江散文阅读札记

| 周维强 |

一

2021 年浙江省散文的年度阅读札记，开篇我想留给两位非职业的散文家：陈军和卢敦基。

陈军先生十多年前是浙江省作家协会的秘书长，著有长篇小说《北大之父蔡元培》、中短篇小说集《日出巴格达》和《陈军吴越风情小说精作选》等。后来参与良渚文化村的小镇建设去了。发表于《书城》杂志 2021 年 6 月号的《不求安乐的弘一法师》，陈军自谦是"歇笔多年后的第一份作业"。陈军歇笔多年从弘一法师这儿落笔开写，想来是自己数十年从建筑到文坛再转战商海的人生体会和社会阅历所使然。一代高僧大德，凡人不到一定的年纪，不积累足够的经历，恐怕不一定能够领会其气度其修养其精神。这篇《不求安乐的弘一法师》，我阅读的是没有给编辑处理过的原稿，材料充实，行文起承转合，从容舒缓，余音缭绕，而文字平易，深得随笔三昧。文章标题原作《弘一法师：我是个应酬的和尚》，发表时改作《不求安乐的弘一法师》，修改后的标题，意思不错，但讲了一个人人都知道的事，少了原标题的舒展，显得有点儿直白，句子的结构也局促。二十多年前，浙江文艺出版社出版"二十五史随笔丛书"，在南山路省作协开研讨会，我第一次见到陈军先生，后来就很少在作协的活动里见到他了。最近几年因为同被聘为省博物馆理事会理事，每年理事会开会能够见面，陈军的发言，语速不快，要言不烦，多有令人受益的。

浙江文艺出版社的"二十五史随笔丛书"，起因是卢敦基先生那时在《杭州日报》下午版开的《汉书随笔》专栏，一个专栏引出一套丛书。卢敦基出身古文献学，实际主持了浙江省大型文化研究项目"浙江文化名人百部传记"的相关工作。工作之余写写文史或读书随笔，是卢敦基的一个兴趣，不是为了评职称或其他功利目的。有学问，有识见，有文采，所以落笔成章，每有可观。2021 年发表在《南方周末》上的《金庸的黑暗少年》，是对金庸第二部武侠小说《碧血剑》一个细节的解读，可以写成一篇文学论文，但卢敦基以随笔出之，融汇自己亲接金庸的认识，对人世的理解，对文学价值的判断，掌故、历史和文学，交相辉映，读来饶有趣味。一个可以写成文学论文的题目，简洁明了地以随笔解决了。我自己也常有这样的体会，一个问题想通了，多半就能比较明白清晰地说清楚，绕来绕去辞费往往是因为自己还没能想明白。卢敦基尝自评此文：意思可打七分，但写作可打九分；扯了不少事情，但安排比较妥当。亦可知，卢敦基作文还是很用心的，看起来是"随笔"，一点儿都不"随"意，布局谋篇、遣词造句是花费了一番心血的。

我以这两位先生的两篇随笔做开头部分，一则是考虑到他们都不是职业的作家或散文家，通常在文学年评里不会进入批评家的视野；一则是想以这两位先生的随笔做一个范本，对文史随笔或读书随笔做一点儿解说。好的文史随笔或读书随笔，看起来是材料的铺陈，仿佛得了一点儿材料都可以写，其实不是这样。好的文史随笔或读书随笔，所取的多半是一个点或一个横截面，但要能够对点或横截面的上下前后左右有贯通的理解，还要有人生的阅历——顺带说及，一个人写小说或散文，或者做人文社科研究，阅历不够也会妨碍其取得成就的。

二

接下来的篇幅，我想给没有或不太在往年的年度阅读札记里出现的散文家留一点儿空间。

徐琦瑶发表在《人民文学》杂志上的散文《说海》，五六千字的篇幅，琦瑶努力以自己的语言或表述风格，叙述海岛、海和人的故事。作品试图把外在于海岛、海和人的标签式说明都剔除干净，只留下自己感受中的海岛、海和人的故事本身。她要以自己的方式"来打开一片海"。这篇作品的文字，也许还可以再作斟酌。举一个例子，最后一节的倒数第六自然段："岛上开始大造民宿了。有人独辟蹊径，把民宿建到船上。通过巧妙的改造，从海上退休下来的旧渔船，就成了温馨浪漫的小屋。入夜，船在海边，人卧其中，满耳都是海水的呢喃，抬首相望，玻璃舱顶之上，是纯净的星空。"删去其中的"大""独辟蹊径""通过巧妙的改造""温馨浪漫"等字词句，会不会使文体更纯粹一些呢？徐琦瑶以小说、散文写作在 2020 年入选浙江省第八批"新荷计划"，我们也许可以对琦瑶的散文写作有所期待。

虞燕的《海岛岁时记》，也发表在《人民文学》杂志上。"岁时记"，这是一个民俗的题目，我们会想起《荆楚岁时记》这样的古书。虞燕的《海岛岁时记》，不是我们常见的老辈人话旧，或模仿老辈人话旧这样的古朴的或比较老派的写法，而是写得活色生香新鲜有趣，好像一个个画面、一个个细节，都可以从纸上跳起来，满怀童趣。四个章节万余字，"忆旧年立夏""风吹艾蒲香""人间七月七""岁终话谢年"，起笔于"立夏是在一阵蛙鸣声中到来的，屋前的蜀葵转瞬涨红了脸，像挂在莹莹胸前的那枚红蛋"。开篇即笔意饱满。全篇散文最后一句，"空气里，炮仗的硫黄味浓烈得那么有喜气"，结束得也干脆利落。

往年浙江省能够在《人民文学》上发表散文的，数来数去也就一两个人，也不一定每年都能发表，2021年仅我所见到的，就有五位浙江省作家的散文作品刊发在这本老牌文学杂志上，其中新人两位，真是可喜可贺。

朱敏江发表在《散文选刊》上的《悠悠茶香》，满溢的是母爱和亲情，叙述有层次有节奏，点画有功力，虽然是比较传统的散文的写法，中规中矩，但有真情，但能精耕，便可观。也举两个例子："茶树每日与阳光和新鲜空气相伴，一年四季皆是绿色。它们一垄一垄地排列，从山脚一直伸展到山顶，远远望去，茶山被一条条的绿玉带所包围。侧着身子挤进间距极窄的茶垄，瞬间就会从浓密高大的茶树上抖落下点点晶莹的露珠。"婉转几笔，茶山图宛在我们眼前。"母亲伸手摸住芽头或叶芽，轻轻一拉一折，柔嫩的茶芽便顺着滑入手中。待到凑成一把之后，它们又欢快地跃入竹篮。不一会儿工夫，母亲的竹篮底便摊开了一层厚厚的晃人的绿。我也尽力伸展手臂，在茶树上细细寻找嫩芽，小心翼翼地采下之后放入竹扁篓之中。"几个动作的点画也颇能传神。

读王力发表在《浙江日报》副刊《钱塘江》上的《东河边的春》。作者居住在清吟街简陋的出租房，推想起来不属于富贵人家，疫情下春天里到东河边散步，"受疫情影响，出门都要戴口罩。好在此时路上空无一人，我便放心大胆地摘下来，狠狠呼吸一口春日气息。刹那间，我遇到一种独特的味道，它就像转瞬即逝的讯息，只在第一次呼吸间才能接收到。我想，已经感受到春了"。作者细心地观察、体会城市的春天："对岸有挖土机正在作业，金属的撞击声大步而来，搅扰了春水，碾过花丛，入侵得心安理得。城市终究是钢铁森林的领地，铅灰色身躯上安放不下一片绿叶。城市的春，大抵是在夹缝中绽放的，虽有些艰难，却也更显示出倔强的生命力。"质朴的写实，不矫揉造作。我们不知不觉被这简洁而有力的对春天对生命的信心所感染。整篇作品的写法，不是新潮或先锋，也不一定可以视作"纯文学"，但置诸《浙江日报》的《钱塘江》副刊，可以说相得益彰。

苗忠表发表在《中国作家》杂志增刊上的《假如给我三天的直立行走》，初看题目会联想到美国作家海伦·凯勒所著的《假如给我三天光明》，但细看内容，则是苗忠表自己的真实的写照，来自自己的真实的生活和体会。作者出生八个月就因小儿麻痹后遗症而导致肢体残疾，人生路上就经历了比正常人更多的艰难，也获得了人们的帮助。作者回顾自己的生活片段，表达了假如能够三天直立行走要完成的愿望。作品不算写得太好，但这个题材本身就有分量。所以我也愿意在这篇年度札记里分出一些笔墨，给予记录。

杨方的散文《进入一座城的方式》，原发《散文》杂志，看过一遍，猜想是一个诗人写的散文，也可能还有写小说的经历。后来看了作者的介绍，果然。语言是有诗歌的洗练的，叙述的方式也有小说的痕迹。一个漂浮在自我的梦境里的诗人进入一座海边古城的自言自语。我想知道会有什么样的人能够来看这一篇散文。顺带而及，"打开……的方式""进入……的方式"，这类句式，这类表达，现在已经用得有点儿俗有点儿滥了，可不可以换点儿不太一样的表述呢？

《小山楼的夜》是青年作家傅淑青发表在《延河》上的散文作品。"小山楼"，一个古色古香、诗意盎然的名字，而且还是坐落在镇江古老的西津渡，那个元代大旅行家马可·波罗长江登岸的地方，那个有近世西洋红砖楼房，英国人设领事馆的地方。我看标题也会像作者一样生出古典的趣味和多种文化的联想。接着往下读，反差越来越大，肮脏的青年客栈，粗俗的中年老板娘和她的年轻的情人，猥琐的住客……场景和细节的精细的刻画，自己的心理活动的叙述："小山楼外，风声不断敲击着窗玻璃。夜色空寂苍茫，细细的上弦月正扬着嘴角朝我微笑。星光淡了，淡得像张祜渐行渐远的身影。云层很厚，天空好似铺了块深蓝色的厚丝绒。我实在没有闲致像张公子一样旅夜怀愁，我的心紧紧揪在一起。我不敢关灯，不敢睡觉，更不敢走出 201 房门半步，哪怕强烈的便意阵阵袭来，我只能死死捂着沉重的下腹，膀胱几近炸裂。小山楼内，喧闹的夜生活刚刚启幕。划拳、喝酒、走路、唱歌等各种杂音交汇着飘进房门。我打开手机自带的音乐软件，插上入耳式的硅胶隔音耳机，开始播放安眠曲，可终究分散不了注意力。这个寂静长夜，荒诞又不真实。"傅淑青说她想写自己在现实中的旅途囧境，表达"人陷在某种困境中的无力感"。能够意识到要从琐碎的具象的写实里有所上升，这是一个作家要有的基本素养。至于这个"上升"是硬贴上去的，还是水到渠成的，则是文学表达的艺术问题了。傅淑青也入选了浙江省作协的"新荷计划"，希望能够在文学写作上继续自然地生长。

郑亚洪是浙江已经成名了的散文家。我上一次在 2013 年度的阅读札记里说到过，这就将近十年过去了。四五千字的《我的"小瓦尔登"》发表在《散文》杂志上。郑亚洪的散文语言已经过关了，散文的文体意识也已没有问题了。但对一位已经有所成就的散文家，我想说的是，可不可以不戴着 19 世纪美国作家亨利·梭罗的"眼镜"来"命名"此时此刻自己身处的浙南山水和表述自己的体验呢？

阿航万余字长篇散文《游走在神奇的南美边角地》刊登在《江南》杂志上。不是公费出国的考察，也不是跟团旅游，是一个诗人的自助旅行，所以就能看到前面两类不太能看得到的人、事和物，虽然有点儿平铺直叙的流水账的感觉，但总还是能够见到通常不太见到的，写一点儿通常的旅行记所不太可能记录的人事，这也就有可以发表以备观览的价值了。

潘江涛发表的园地主要是《钱江晚报》《联谊报》等的副刊，所写题材多为金华美食，或者也可用前些年出版的一部书的书名来概括，即"金华味道"。这些作品，篇幅不长，文字圆熟，比如《桃花鳜鱼》《兰江刀鱼》《游埠肉沉子》，说掌故，谈文史，落点在烟火乡土食物，是为"知味"。文史掌故是这类散文的"调味品"或"作料"，主材是食物本身，所以要自己品尝过，甚至自己也下厨料理，这样的美食散文才能写得有滋有味有声有色，不然只是抄抄资料掉掉书袋，终不得其门而入。我们读李渔、袁枚、梁实秋、汪曾祺的散文，觉得好，也在于此。李渔见多识广，《闲情偶寄》里的"饮馔"，是对自己的饮食美学的总结；由于文字好，又不妨作散文读。袁枚对中国烹饪技术有系统而深入的讨论和实践，《随园食单》是烹饪著作，也是一册美食的小品。梁实秋父亲梁咸熙就是一位美食家，厚德福饭庄的老板之一，梁实秋能吃出味道，也是"家学渊源"了，有美食的经验，又有生花妙笔，《雅舍小品》里谈吃的散文，才能出神入化。汪曾祺所谈食物都是家常小菜、乡间小吃，但汪曾祺能品出滋味，又有一手好文章，美食散文也就读来饶有趣味。潘江涛的美食散文，也是承续了这一脉络，有亲历的体验，文章能落到点上；腹笥又富，故能放得开，不拘泥。述美食前世，落点在美食的今生，能够说今生，源于自己吃过或能够亲手烹制。这些年以乡土美食为散文素材的，还有陈荣力。2021年陈荣力发表在《光明日报》、《钱江晚报》、《扬子晚报》、《新民晚报》、《散文》（海外版）等报刊上的这类散文，写得有滋有味有声有色。

上述十一位散文家，是往年的年度阅读札记里没有出现或不太出现的。故本年度以较多篇幅予以讨论。对这些散文家散文作品的阅读，也给我撰写年度札记，增添了一些信心。

三

在这一部分里，我想谈一谈几部散文集。

那海写作、故宫出版社出版的《故宫草木志》，初以为写的是故宫里的花草树木，开卷才知主要从故宫与草木有关的藏品落笔，起兴生发。推想起来不一定是得见全数藏品真迹，比较大的可能是从故宫藏品的出版物中寻觅图画，连缀成书。这是一个好选题，但也是有写作难度的选题。既要贴切画作藏品，又要能够化开来，生发开去，见性见情；且藏品也不一定件件都能激发起写作者的灵感和兴会，说不定还会有交稿时间的限定，所以一路读下来，有时也会稍稍起勉为其难之感，有时也觉得稍稍平面了一些，略有点儿单调。不过好在也终于完成了全书，所取章节标题颇有趣味，文笔也还是比较雅致有灵性的，所配图片，印制也清晰。

王华琪在浙江文艺出版社出版的《人间草木：王华琪散文》，十四五万字，分为"渔民、父亲、我""夏夜里，那一穗宋朝的灯花""从白堤上走过的往事""秋风鲈鱼催人归""一个人，一座城市"等五辑。从这些分辑的小标题已经可以看出这部散文集大致的取材了。批评家洪治纲教授撰写的序，给了这部作品一个基本的评价，兹作转引："他的文字，轻快晓畅，随性而发，虽未见纵论天下之雄心，亦不觉顾影自怜之感伤，字里行间，渗透了一个文人的诗意情怀，也洋溢着作者的人生智慧。见微知著之中，处处彰显难能可贵的'初心'，宛若雨后空山，清新异常。""这种写作，实质上就是所谓的'日常生活审美化'。"

　　邱仙萍的《向泥而生》由文汇出版社出版。浙江省作家协会副主席陆春祥对这部散文集有一个评语，我也转录一下："邱仙萍的《向泥而生》，极强的比喻象征意义。大地上的一切都是泥土给予，欢笑和浪漫，尴尬和愤怒，悲哀和苦痛，繁荣和衰败，新生和死亡，所有的发生，都在阔大无垠的大地上成了过往。读懂泥土，就是读懂人生。向泥土致敬。"

　　许彤《衢州有意思》列入"浙江有意思"系列，由浙江工商大学出版社出版。和这套系列里前些年已经出版的其他几种比如王寒的《台州有意思》、杨自强的《嘉兴有意思》等的写作体例一样，这本《衢州有意思》也是无章节标题，围绕"衢州有意思"这个主题，六百一十五个长长短短的段子，做四面八方的伸展，讲述衢州这座城市的林林总总，酣畅地体现了随笔写作的长处。这样的写法，好处如前所述，但也容易走偏，比如牵强附会，比如抓住一点无限引申，比如道听途说率尔发挥。当然，这也就是随笔，聊个天，不是考据精确的学术，所以很可能阅读的人也不一定较真。

　　作为图书"浙江有意思"系列的总策划，王寒在 2021 年出版了《江南小吃记》，也仍然是由浙江工商大学出版社出版。钱江晚报记者张瑾华在报道里说："王寒是一个'吃货'，也是一个有趣的人，写出来的文字也充满趣味。王寒不寒，平时有点女中豪杰风，为人风风火火，热情爽朗，写的'吃货'文字既有烟火气，风雅时又极风雅。这，或许正是一种王寒特有的文气。"又说："王寒写江南小吃，不仅讲趣，也讲格。讲格，王寒循的是汪曾祺、沈从文的这一'格'。"这应该说的是"体己话"了。

《藏在课本里的美食地图》也是记述美食的作品，陈峰撰著，山东人民出版社出版。全书分六辑三十四篇。每一篇先介绍美食的课文出处，主体是作者关于这一美食的散文叙述，链接有"美食直通车""知识杂货铺""传统文化故事馆"等。这是一个饶有趣味的选材角度，可以作为学生语文学习的课外拓展阅读，也可以作为地方美食鉴赏的散文小品阅读。

李娟是古代文学博士，执教大学人文学院。文学教授写散文，既能够涵养文气，也应该可以切身的文学写作的体验和经验来更贴切地做古代文学及文学写作的教学和研究。李娟在浙江大学出版社出版的《温柔的河流》，收录的主要是回忆性的散文，是对江南小镇生活的记忆和叙述。集子里的《从前的日子》《长桥秋声赋》《一棵椿树》《岂无青精饭》等篇，可以看出李娟是有白描写实的功夫的。写散文随笔，随意摘取文史材料，不问真伪和出处，点缀些抒情言志，敷衍成篇，名曰"文化散文"，看起来"讨巧"，其实误入歧途。"文化散文"写作另有大道在焉。能够以自己的言语，叙事状物记人，这才是散文的功夫。文学教授写散文写小说写诗歌写戏剧，这在新文化运动后的近世文学史上也是有传统的。今人应该也是可以承续这条文脉的。李娟在"故纸堆"里做学问，还能活泼泼地写散文，可见人的性灵还是能够生机无限的。

吴顺荣《禾风杂忆》由浙江人民出版社出版，收入《闻湖渔趣》《三朝面和满月酒》《小满动三车》等散文五十篇，分为"水乡农事""民俗风情""时令节气"三辑。这些散文写的都是作者家乡——嘉兴文汇港乡间农事和风俗，故曰"禾风杂忆"。文章均不长，读来朴实亲切，应该是《嘉兴日报》《南湖晚报》的副刊所乐意刊登的稿件。

林新荣也在团结出版社新出一册《追着落日到云江》。收在集子里的作品分"云飞江岸白""荆谷那些事""序与跋""石头记"四辑。诗人、批评家涂国文在这部书的序里，称林新荣为"地域文化发掘者、书写者与传播者"；表彰"这是一部融文学性和学术性于一炉的散文集"，"满纸烟霞，旁征博引，稽查考辨，发掘钩沉，展示瑞安奇瑰秀美的自然山水与璀璨渊深的历史人文画卷"。

余志刚散文集《陌生的孔子》写了孔子、韩愈、柳永、朱熹、赵孟頫、李贽、金圣叹、李叔同等历史人物。给这册书作序的朱强说作者是"取了一个冷僻的视角，画了一幅幅俏皮的小像"，"见新意见逻辑见景深"。这是给了相当高的评价了。

最重要的通常都是最后出场。这部分最后要说的是苏沧桑在北京十月文艺出版社出版的《纸上》，涵括苏沧桑历时四年体验潜心创作而成的《春蚕记》《纸上》《跟着戏班去流浪》《与茶》《牧蜂图》《冬酿》《船娘》等七篇长散文。作者"我"沉浸式深入"他们"的生活现场，桑蚕丝绸、传统造纸、草台戏班、茶农生活、养蜂人家、古法陈酿、西湖船娘，以散文记录中国南方劳作者的生活现场、生存实况和情感体验，挖掘生命中的低调朴实，以及风物之美。评论家孟繁华教授给出的评价是："苏沧桑透过历史构造的诗意江南，在民间和生活中看到另一个江南。"《纸上》是2021年中国散文的一个重要收获。

这两年来，浙江省作家散文集子的出版，数量都不能和以前相比了。这些散文集子出版，是令人欣慰的。通常情况下，散文是最接近大众阅读群体的，所以也应该最有可能直接进入图书零售市场。浙江省的散文家不应辜负这个大众阅读群体的阅读期待。

四

　　往年全国的年度散文综述，浙江若有一两位散文家被点到名字已经很罕见了，2021 年的述评，一改综述的布局谋篇，以"地域"视角来作扫描，浙江不仅多达十一位散文家进入年度综述，还被开宗立派称为"浙派散文"了。发表于 2022 年 1 月 7 日《文汇报》的《地域视角下的年度散文》（王必胜撰写）有云："南方散文，可谓现当代散文的高台大殿。江浙沪赣，三湘巴楚，八闽、两广、海南，多为散文丰产地，人才济济，传统文脉，深厚绵延。江浙沪上，山水人文，丰饶潜沉，是散文宝地。"然后又历数浙江散文："浙江现当代散文大家辈出，位列翘楚。当下活跃者承续了浙派文脉，多有响动。陆春祥、赵柏田等人，执著于读史研古，抉剔今用，为他人所难为。陆氏的穷研尽搜，又踏访采风，笔意古雅。另有周华诚、马叙等，关注现实，多有佳作。女性散文是一亮点。苏沧桑的民间文化和旧时工艺的执意寻访，黄咏梅的日常化与情感化叙述，施立松、赖赛飞对海边人文风情的书写，荣荣的生活物事的诗意纪录，以及周吉敏、草白等新人作品，妆成浙派散文丰富景致。"姑作转录。《文艺报》2022年 2 月 18 日发表王清辉撰写的《2021 年散文：时代的气象、大地的恩泽》，浙江也有两部散文作品进入这篇述评，分别是苏沧桑的《纸上》和赖赛飞的《乌塘记》。

　　浙江省散文学会至 2021 年已创会七年了。2021 年，疫情之下，会刊《浙江散文》年度六期依然按时出版，总计发表散文一百五十四篇，多有被《散文选刊》等转载者。2021 年 4 月 23 日，世界读书日，浙江省散文学会会长陆春祥主编的"风起江南"散文系列作品集首发式暨研讨会在桐庐举行，浙江省散文学会一下子推出二十一位会员的二十一部散文作品集。陆春祥说："一次性集中推出二十一部散文作品集，在我省尚属首次，在全国也不多见……"二十一位作者及作品分别是王键《自然物语》、沈小玲《一朵花的神话》、孙缨《羊末的一天》、邱仙萍《向泥而生》、俞天立《素手调艺》、吴合众《万物藏》、董利荣《一瓢细酌》、刘从进《乡土平静》、裘小桦《恰好遇见你》、郑休白《生命的格调》、陆桂云《烟火乡间》、朱云彬《鸟声宜人》、黄治政《情弦上的滑音》、朱之辉《后街的倒影》、王晓武《手有余香》、余盛强《绿了芭蕉》、陈德荣《坐看云起》、陈士彬《故乡的谎言》、胡晓霞《瑞安有戏》、吴丽娟《过咏归桥》、如如《一季稻香》等。浙江新闻客户端为作品首发式暨研讨会发布了题为《以激情抒写的方式向浙江山水致敬》的报道："21 位作者遍及全省各地，作品反映浙江山水，涵盖我省四条诗路文化带的区域，21部作品篇篇精彩，文采飞扬，各有特色，有的精致隽永，有的情深景浓，有的华丽婉转，不同的风格不同的意境，读来令人对山水浙江这片热土充满遐想和向往。"这也是应该在这篇年度札记里予以记录的。

在 2021 年，浙江的散文家笔耕不辍，或在报刊上发表作品，或有作品收入各种选本，或有作品被转载，或有作品汇集成书，或有作品获文学奖，这些散文家的名字也是应该在这篇年度阅读札记里予以记录的：曹凌云发表在《文艺报》《中国艺术报》等报刊上面的散文，多有记写所亲接的温州籍文化人物王季思、莫洛、赵瑞蕻等；孙敏瑛发表在《散文》杂志上的作品，一如既往地宁静沉静；徐惠林的随笔从文史掌故到书画品鉴，渊雅可读；陈富强高产而高质；杨新元兼有新闻人的敏锐和文化人的底气；郭梅治古典文学，散文偶一为之，亦有可观；方向明的《斯人可嘉》，以散文还原了一个丰富多元、鲜活的诗人翻译家形象……

其他列名于后的散文家，作品也多有可诵可品可圈可点，恕不能做一一点评了：陈于晓、牧林铨、简儿、陈家麦、王群、汪群、朱敏、陈利生、干亚群、邹汉明、朱夏楠、陈忠德、顾艳、陈友中、陈大新、艾璞……这些作家的作品，组成了浙江省散文的最广大最厚实的基础，也是文学报刊或时政类报纸、晚报、都市报的副刊的最主要的散文作品供给者。文学是语言的艺术。散文的语言好不好，也是一个写作者能不能进入文学的入场券。散文写作的语言过不了关的，小说或诗歌写作的语言也就基本好不到哪儿去。散文写作之于文学写作，是不是可以类比于西洋绘画的素描、传统国画的笔墨呢？

2021 年浙江散文要目

一、书

邱仙萍　《向泥而生》　文汇出版社 2021 年 1 月版

王　键　《自然物语》　文汇出版社 2021 年 1 月版

王华琪　《人间草木：王华琪散文》　浙江文艺出版社 2021 年 2 月版

那　海　《故宫草木志》　故宫出版社 2021 年 3 月版

苏沧桑　《纸上》　北京十月文艺出版社 2021 年 3 月版

林新荣　《追着落日到云江》　团结出版社 2021 年 4 月版

周维强　《笔下云烟：沈尹默先生题签往事》　浙江人民美术出版社 2021 年 4 月版

王　寒　《江南小吃记》　浙江工商大学出版社 2021 年 5 月版

陈　峰　《藏在课本里的美食地图》　山东人民出版社 2021 年 6 月版

吴顺荣　《禾风杂忆》　浙江人民出版社 2021 年 6 月版

许　彤　《衢州有意思》　浙江工商大学出版社 2021 年 6 月版

古兰月　《一城湖山竞风雅》　杭州出版社 2021 年 1 月版

陆春祥　《霓裳的种子》　漓江出版社 2021 年 7 月版

　　　　《夷坚志新说》　广东人民出版社 2021 年 9 月版

　　　　《天地放翁：陆游传》　作家出版社 2021 年 12 月版

李　娟　《温柔的河流》　浙江大学出版社 2021 年 9 月版

董利荣　《书里书外别集》　经济日报出版社 2021 年 12 月版

赵长根　《小村纪事》　团结出版社 2021 年 11 月版

杨　建　《生命的雕凿》　团结出版社 2021 年 11 月版

邢增尧　《越地诗章散文集》　中国书籍出版社 2021 年 12 月版

余志刚　《陌生的孔子》　百花洲文艺出版社 2021 年 12 月版

二、文

陈　军　《不求安乐的弘一法师》　《书城》2021 年 6 月号

　　　　《蔡元培执掌北大的两种假设》　《随笔》2021 年第 6 期

卢敦基　《金庸的黑暗少年》　《南方周末》2021 年 10 月 7 日

　　　　《雪克老师侧记》　《南方周末》2021 年 12 月 23 日

陈富强　《北纬 30 度》　《钱江晚报》2021 年 1 月 3 日

　　　　《灯塔》　《钱江晚报》2021 年 1 月 29 日

　　　　《风啊，水啊，一顶桥》　《散文选刊》2021 年第 1 期下半月刊

　　　　《安一路九号》　《文学自由谈》2021 年第 1 期

　　　　《"烟花"天里读老舍》　《文学自由谈》2021 年第 5 期

　　　　《如意里》　《杭州日报》2021 年 10 月 15 日

　　　　《鲁迅的大学》　《文学自由谈》2021 年第 6 期

　　　　《灯塔的高度和光芒》等 12 篇　《当代电力文化》2021 年第 1—12 期专栏《钩沉》

陈于晓　《冬雨枯荷》　《九江日报》2021 年 1 月 14 日

　　　　《一滴绿里的包头》　《包头晚报》2021 年 2 月 2 日

　　　　《蓝印花布的流年》　《美文·青春写作》2021 年第 3 期

《太行奇峡：一本流水账》《河北文学》2021 年第 1—2 期合刊

《聆听海抑或极地的梦幻》《东方散文》2021 年夏季刊

《粒粒皆辛苦》《农业科技报》2021 年 7 月 22 日

《每一种声响都有来处》《作家天地》2021 年第 10 期

《在龙游湾，听芦或者听鸟》《乌海日报》2021 年 9 月 24 日

《采风官亭林海》《新安晚报》2021 年 9 月 24 日

吴　芸　《难忘入党岁月》《杭州日报》2021 年 6 月 13 日

《受惊吓的往事》《钱江晚报》2021 年 7 月 22 日

《小米巷》《散文选刊》2021 年第 5 期

《我和薛老师的缘分》《杭州》2021 年第 10 期

《我的父亲是"侠医"》《散文选刊》2021 年第 11 期

孙敏瑛　《春昼》《散文》2021 年第 4 期

乐佳泉　《赭色的帆》《交通旅游导报》2021 年 3 月 13 日

《船工印象》《晚晴报》2021 年 9 月 7 日

苏沧桑　《船娘》《十月》2021 年第 2 期

《冬酿》《草原》2021 年第 8 期

《云起时》《新华文摘》2021 年第 23 期

《月空来信》《解放日报》2021 年 1 月 3 日

《走在西湖边》《人民日报》2021 年 1 月 11 日

《雨水从未停止浇灌》《光明日报》2021 年 1 月 22 日

《水一方》《解放日报》2021 年 2 月 25 日

《一棵树梦见离自己而去的种子》《解放日报》2021 年 4 月 1 日

《知章村三叠》《人民日报》(海外版)2021 年 4 月 26 日

《时光裂缝》《解放日报》2021 年 5 月 13 日

《十字街》《解放日报》2021 年 7 月 29 日

《桃源六记》《光明日报》2021 年 8 月 20 日

《闻风起》《解放日报》2021 年 10 月 29 日

《李庄意象》《十月》2021 年第 5 期

简　儿　《春天的食物》《草原》2021 年第 3 期

　　　　　　《越冬小札》《散文》2021 年第 4 期

　　　　　　《少女草白》《西湖》2021 年第 11 期

刘从进　　《王医生画画》《人民日报》2021 年 1 月 27 日

　　　　　　《空山》《散文》2021 年第 2 期

　　　　　　《四月乡夜》《光明日报》2021 年 4 月 16 日

　　　　　　《山村空镜头》《文学港》2021 年第 7 期

　　　　　　《山村狗事》《延河》2021 年第 7 期下半月刊

　　　　　　《紫芦花》《散文百家》2021 年第 8 期

裘七曜　　《"云中"搬下一个村》《天津文学》2021 年第 6 期

郑亚洪　　《我的"小瓦尔登"》《散文》2021 年第 1 期

　　　　　　《以诗为证》《散文》2021 年第 7 期

王微微　　《门前有条河》《海燕》2021 年第 12 期

陈家麦　　《归汤之堰》《岁月》2021 年第 9 期

　　　　　　《萧红的文学产床》《青海湖·自然人文版》2021 年第 5 期

沈小玲　　《一生一事一叶茶》《人民日报·大地副刊》2021 年 4 月 21 日

　　　　　　《红颜》《读者》(海外版)2021 年第 8 期

　　　　　　《钱塘传奇》《人民日报·大地副刊》2021 年 12 月 27 日

阿　航　　《游走在神奇的南美边角地》《江南》2021 年第 6 期

徐惠林　　《海水龙纹天球瓶》《美术报》2021 年 1 月 9 日

　　　　　　《"景框"也是"心窗"》《深圳晚报》2021 年 1 月 30 日

　　　　　　《中学前的铁匠铺》《联谊报》2021 年 2 月 9 日

　　　　　　《过年时节打年糕》《山西日报》2021 年 2 月 19 日

　　　　　　《雪落东城》《山西日报》2021 年 3 月 12 日

　　　　　　《哞声响亮》《深圳晚报》2021 年 3 月 28 日

　　　　　　《被拎耳朵的兔子》《联谊报》2021 年 3 月 30 日

　　　　　　《过去就活在今天》《深圳晚报》2021 年 3 月 31 日

　　　　　　《说古瓷的身残"值"坚》《艺术市场》2021 年第 4 期

　　　　　　《苏轼画迹》《深圳晚报》2021 年 4 月 7 日

　　　　　　《紧扎的根》《深圳晚报》2021 年 4 月 12 日

《甜蜜如樱桃》《深圳晚报》2021年4月17日
《记忆中的甜如蜜》《深圳晚报》2021年4月21日
《盎然生机》《深圳晚报》2021年4月29日
《外婆》《山西日报》2021年5月7日
《福与蝠》《深圳晚报》2021年5月19日
《遁入"洞穴"》《深圳晚报》2021年5月25日
《"缺"与"足"》《深圳晚报》2021年6月8日
《感恩万物》《联谊报》2021年6月22日
《说说"三白"》《深圳晚报》2021年7月5日
《平安散》《深圳晚报》2021年7月8日
《台阶》《山西日报》2021年7月16日
《无用之用》《深圳晚报》2021年7月19日
《画扇解暑》《深圳晚报》2021年7月27日
《水乡那份仕女情》《深圳晚报》2021年8月12日
《虚实松风》《深圳晚报》2021年8月17日
《掩面而过》《深圳晚报》2021年9月8日
《访校忆旧》《山西日报》2021年9月10日
《蹇驴吟行》《深圳晚报》2021年9月13日
《"没骨"有骨》《中国书画报》2021年10月13日
《玩的是古》《深圳晚报》2021年11月24日
《一轮红日》《深圳晚报》2021年12月15日

金阿根　《我的两位入党介绍人》《钱江晚报》2021年5月10日
傅淑青　《小山楼的夜》《延河》2021年第8期下半月刊
董利荣　《善为至宝一生用》《中国艺术报》2021年1月11日
　　　　《雨中登顶梵净山》《人民日报》(海外版)2021年4月21日
　　　　《大市不只是个村》《人民日报》(海外版)2021年12月29日
叶建强　《骑马田》《少年文艺》2021年第3期
王　群　《龙井问茶》《东方散文》2021年第2期
　　　　《周庄读水》《国家湿地》2021年第4期

汪 群　《乌桕》《春蚕》《湖州晚报》2021 年 1 月 16 日

　　　　《炒年味》《人民日报》2021 年 2 月 15 日

　　　　《牛堤蝶变》《湖州晚报》2021 年 2 月 20 日

　　　　《白茶的春天》《湖州晚报》2021 年 4 月 10 日

　　　　《鸟儿新图》《黄河文艺》2021 年第 4 期

　　　　《灶火》《湖州晚报》2021 年 5 月 1 日

　　　　《老兵周文良》《湖州晚报》2021 年 7 月 3 日

　　　　《小欢姑娘》《湖州晚报》2021 年 8 月 7 日

　　　　《姑娘是个"鸭司令"》《海外文摘·文学版》2021 年第 10 期

　　　　《家竹来新朋》《散文选刊》2021 年第 11 期下半月刊

　　　　《他从古桃城走来》《湖州晚报》2021 年 10 月 30 日

　　　　《塔的"诉说"》《湖州晚报》2021 年 12 月 11 日

朱 敏　《"俗"与"俗的生活"》《联谊报》2021 年 8 月 21 日

　　　　《家风》《联谊报》2021 年 12 月 18 日

吕云祥　《半月依旧照乾坤》《联谊报》2021 年 1 月 9 日

　　　　《日日花前莫病酒》《联谊报》2021 年 2 月 27 日

　　　　《古代官员的"笔记本"》《联谊报》2021 年 3 月 2 日

　　　　《隐者与学者》《联谊报》2021 年 3 月 27 日

　　　　《飘香的虞绍之地》《联谊报》2021 年 5 月 22 日

　　　　《垂钓之意不在鱼》《联谊报》2021 年 6 月 19 日

　　　　《文人与焚香》《联谊报》2021 年 6 月 22 日

　　　　《家乡的夏日》《联谊报》2021 年 7 月 31 日

　　　　《雨中茶事》《联谊报》2021 年 9 月 11 日

　　　　《微恙幸得罗汉果》《联谊报》2021 年 11 月 6 日

　　　　《宋人香事》《绍兴晚报》2021 年 11 月 3 日

　　　　《闻香说桂花》《联谊报》2021 年 11 月 9 日

　　　　《佳节思亲仅重阳?》《联谊报》2021 年 12 月 25 日

陈利生　《年夜饭里的味道》《交通旅游导报》2021 年 5 月 1 日

　　　　《一曲溪流一曲烟》《杭州》2021 年第 5 期

杨菊三　《一件衬衫半世情》《中国散文家》2021 年第 4 期
　　　　《书在购购送送间》《联谊报》2021 年 3 月 20 日
　　　　《一地报纸》《联谊报》2021 年 5 月 1 日

余喜华　《台州麦鼓头》《浙江工人日报》2021 年 3 月 17 日
　　　　《清明话"蓣"》《联谊报》2021 年 4 月 10 日
　　　　《乌稔麻糍》《联谊报》2021 年 6 月 19 日
　　　　《油漆工与作家》《联谊报》2021 年 6 月 29 日
　　　　《兜杠吃》《联谊报》2021 年 7 月 24 日

杨崇演　《独坐》《思维与智慧》2021 年第 1 期
　　　　《消寒》《吉林日报》2021 年 1 月 23 日
　　　　《原地过年赋新联》《联谊报》2021 年 2 月 9 日
　　　　《古人的花馔》《联谊报》2021 年 3 月 2 日
　　　　《梁山好汉爱插花》《联谊报》2021 年 5 月 18 日

草　白　《带灯的人》《人民文学》2021 年第 3 期
　　　　《风景的辉光》《黄河》2021 年第 3 期
　　　　《蓝色博物馆》《散文》2021 年第 5 期
　　　　《舞蹈与絮语》《山花》2021 年第 8 期
　　　　《无有之间》《上海文学》2021 年第 9 期
　　　　《疾病回忆录》《湖南文学》2021 年第 9 期
　　　　《沿河而下》《福建文学》2021 年第 9 期
　　　　《大湖》《野草》2021 年第 5 期

杨　方　《进入一座城的方式》《散文》2021 年第 9 期

王　键　《谈春》《联谊报》2021 年 2 月 20 日

朱云彬　《家是游子的根》《青岛日报》2021 年 3 月 15 日
　　　　《豆瓣酱》《青岛日报》2021 年 8 月 2 日

黄长征　《童年的纸飞机》《散文百家》2021 年第 1 期
　　　　《晚晴雀咏忆沧桑》《清风文学》2021 年第 5 期
　　　　《晨寒心暖》《浙江工人日报》2021 年 11 月 29 日
　　　　《那些年我是这样上私塾的》《交通旅游导报》2021 年 9 月 11 日

苗忠表　《假如给我三天的直立行走》《中国作家》2021 年增刊

徐琦瑶　《说海》《人民文学》2021 年第 7 期

荣　荣　《行走的花朵》《作家》2021 年第 5 期

　　　　《取暖》《美文》2021 年第 4 期

　　　　《荒山一夜两吹风》《美文》2021 年第 5 期

艾　伟　《巨人是安静的》《十月》2021 年第 5 期

沈　苇　《桑的前世今生》《江南》2021 年第 1 期

陈　河　《世上最长的大街》《江南》2021 年第 4 期

陆春祥　《水边的修辞》《中国作家》2021 年第 5 期

　　　　《南村的树叶》《大家》2021 年第 1 期

　　　　《舞台》《天涯》2021 年第 3 期

　　　　《洪篇》《美文》2021 年第 3 期

　　　　《居延在斯》《散文选刊》2021 年第 3 期

　　　　《山中》《钟山》2021 上半年长篇非虚构专刊

　　　　《学而》《北京文学》2021 年第 11 期

　　　　《桐下结庐》《散文》2021 年第 11 期

　　　　《鄱阳的鄱》《人民日报》（海外版）2021 年 1 月 11 日

　　　　《药方雕刻工》《新民晚报》2021 年 1 月 22 日

　　　　《食物相克三种》《新民晚报》2021 年 4 月 17 日

　　　　《"东风"和"姑恶"》《文汇报》笔会 2021 年 6 月 16 日

　　　　《聪明潮州象》《南方周末》2021 年 6 月 24 日

　　　　《桐树下的茅屋》《光明日报》2021 年 9 月 6 日

　　　　《富春山居云水间》《人民日报》（海外版）2021 年 12 月 6 日

干亚群　《写作是另一场孕育》（外一篇）《天涯》2021 年第 3 期

　　　　《蝴蝶的手指》《江南》2021 年第 3 期

　　　　《大年三十熄灯》（外一篇）《上海文学》2021 年第 3 期

　　　　《不能去的舞厅》《美文》2021 年第 6 期

　　　　《拖拉机的叫声》《散文选刊》2021 年第 3 期

王　手　《到处都是我们的人》《江南》2021 年第 2 期

周华诚　《山中月令》《散文》2021 年第 4 期

　　　　《喝茶丢掉形容词》《散文选刊》2021 年第 2 期

　　　　《树荫的温柔》《人民文学》2021 年第 10 期

马　叙　《火车驶过一九七九》《天涯》2021 年第 2 期

　　　　《没有比一条河流醒来更让人惊心》《十月》2021 年第 5 期

斯继东　《宁德行·白衣胜雪》《人民文学》2021 年第 1 期

赖赛飞　《乌塘记》《人民文学》2021 年第 5 期

　　　　《乌塘村轶话》《上海文学》2021 年第 10 期

赵柏田　《上元夜看人间世》《长江文艺》2021 年第 3 期

钱金利　《如匏随水》《散文》2021 年第 1 期

冯　杰　《画某某记》《散文》2021 年第 6 期

邹汉明　《菊花简史》《江南》2021 年第 1 期

詹政伟　《杀羊的理由》《散文选刊》2021 年第 5 期

方向明　《斯人可嘉》《十月》2021 年第 5 期

程绍国　《文成杂记》《江南》2021 年第 2 期

朱夏楠　《保国寺的雨》《作家》2021 年第 3 期

於国安　《南头山的旧时光》《青年文学》2021 年第 7 期

吴文君　《水面的一片落叶》《江南》2021 年第 5 期

沈　珉　《戏城之路》《散文》2021 年第 7 期

徐进科　《雾》《散文》2021 年第 6 期

施立松　《又入人间世》《散文》2021 年第 5 期

郭　梅　《〈红楼梦〉:我的文学引路人》《北京文学》2021 年第 2 期

陈连清　《我的父亲》《浙江日报》2021 年 6 月 20 日

　　　　《水绵绵,情深深》《浙江日报》2021 年 12 月 26 日

　　　　《买手套》《宁夏日报》2021 年 12 月 29 日

张纯汉　《雪溪时光》《散文选刊》2021 年第 9 期

　　　　《农村,我渐行渐远的家园》《散文百家(国学·教育)》2021 年
第 12 期

虞　燕　《海岛岁时记》《人民文学》2021 年第 5 期

　　　　《罾网扳过》《安徽文学》2021 年第 9 期

　　　　《岛上影剧院》《文学港》2021 年第 9 期

　　　　《新风鳗鲞》《人民日报》2021 年 1 月 30 日

　　　　《蒲扇轻摇》《中国文化报》2021 年 8 月 18 日

宋雪峰　《独抱清愁的梅季》《散文诗世界》2021 年第 5 期

朱敏江　《悠悠茶香》《散文选刊》2021 年第 12 期

王　力　《东河边的春》《浙江日报》2021 年 3 月 14 日

方小兵　《无花果》《现代快报》2021 年 3 月 4 日

　　　　《我的书柜》《广州日报》2021 年 7 月 31 日

廖　毅　《茅台镇上闻酒香》《黔南日报》2021 年 3 月 20 日

　　　　《我的闺蜜在佛山》《东海岸》2021 年第 4 期

柴利娟　《药乡里的乡愁》《文学纵横》总第 38 期

陈忠德　《军旅情怀　刚柔相济》《温州日报》2021 年 4 月 26 日

谢丙其　《饭局》《青年文学家》2021 年第 3 期

　　　　《李阿婆的幸福生活》《意林》2021 年第 18 期

　　　　《老蔡种甜瓜》《联谊报》2021 年 9 月 18 日

顾　艳　《又到元旦新年时》《钱江晚报》2021 年 1 月 3 日

　　　　《散步与遐想》《今晚报》2021 年 1 月 5 日

　　　　《融日月之辉，澄明向前》《新民晚报》2021 年 2 月 12 日

　　　　《杭州菜的境界》《钱江晚报》2021 年 3 月 7 日

　　　　《才女朱淑贞》《今晚报》2021 年 3 月 8 日

　　　　《我们与老庄哲学》《今晚报》2021 年 5 月 11 日

　　　　《她消失在大海之中》《今晚报》2021 年 6 月 29 日

　　　　《迷醉在卡梅尔》《羊城晚报》2021 年 7 月 7 日

　　　　《饮酒的女人》《新民晚报》2021 年 7 月 31 日

　　　　《活在永远的时光里》《今晚报》2021 年 10 月 13 日

　　　　《在康奈尔大学想起胡适的恋情》《今晚报》2021 年 10 月 28 日

苏　敏　《生活终归要继续》《天津文学》2021 年第 1 期

《味道》《太湖》2021 年第 1 期

《重生》《滇池》2021 年第 9—11 期

邓根林　《父亲与酒》《鑫海文学》2021 年第 12 期

陈友中　《我的刀与笔》《中国校园文学》2021 年第 9 期

《烧火与教育》《中国教师》2021 年第 5 期

王　英　《父亲在北大街》《连云港文学》2021 年第 2 期

曹凌云　《"钻研古戏文犹如钻研严峻的人生"》《文艺报》2021 年 2 月 5 日

《"驾车人"冯骥才先生》《中国艺术报》2021 年 2 月 10 日

《"牡蛎之乡"的烦恼》《解放日报》2021 年 3 月 3 日

《外公的手抄报》《青春·汉风》2021 年第 3 期

《走读胜利岙岛》《文艺报》2021 年 4 月 14 日

《我心目中的莫洛》《中国艺术报》2021 年 4 月 23 日

《英雄之梦》《文艺报》2021 年 6 月 21 日

《"永远保持一颗童心"》《文艺报》2021 年 9 月 13 日

《夜访鲁迅故里》《中国艺术报》2021 年 10 月 18 日

王　寒　《西风烈　海鳗肥》《解放日报》2021 年 1 月 6 日

《有一口梅花糕——乐足矣》《解放日报》2021 年 1 月 20 日

《"小辫朝天红绳扎"》《解放日报》2021 年 3 月 3 日

《杨梅酒与杨梅干》《新民晚报》2021 年 6 月 29 日

《南方的川豆芽》《新民晚报》2021 年 8 月 7 日

《闲情藕寄》《新民晚报》2021 年 8 月 19 日

《千里海　三重鲜》《解放日报》2021 年 9 月 8 日

《秋分菱角舞刀枪》《解放日报》2021 年 9 月 22 日

《台州人怎么称呼老婆?》《解放日报》2021 年 12 月 8 日

《二十四节气》24 篇　《太原晚报》2021 年 1—12 月

孙亦飞　《志摩　我不愿打搅你的梦》《神州》2021 年第 1、2 期

潘江涛　《遍地黄金》《钱江晚报》2021 年 1 月 24 日

《牛年颂牛》《钱江晚报》2021 年 2 月 21 日

《桃花鳜鱼》 《中国自然资源报》2021 年 4 月 2 日

《兰江刀鱼》 《浙江日报》2021 年 4 月 4 日

《夏吃"苦"》 《钱江晚报》2021 年 6 月 13 日

《咸咸淡淡一撮盐》 《钱江晚报》2021 年 9 月 5 日

《今朝有酒》 《青年文学》2021 年第 7 期

《秋啃"白"》 《联谊报》2021 年 9 月 7 日

《小酌》 《青年文摘》2021 年第 19 期

《落汤青》 《联谊报》2021 年 11 月 13 日

《杭帮菜的故事》 《文化交流》2021 年第 10 期

《兰江蟹》 《联谊报》2021 年 11 月 16 日

《小鱼从容古今游》 《中国自然资源报》2021 年 11 月 18 日

《游埠肉沉子》 《联谊报》2021 年 12 月 14 日

李仙正 《三次换装》 《中国发展观察》2021 年第 15 期

《西子湖光》 《国家湿地》2021 年第 4 期

《有电啦》 《浙江工人日报》2021 年 6 月 19 日

吴松良 《三座桥》 《西部》2021 年第 3 期

《在都兰》 《青海湖》2021 年第 8 期

陈　峰 《盛夏的木莲冻》 《散文百家》2021 年第 8 期

胡曙霞 《桂花小令》 《散文百家》2021 年第 3 期

《新年祈愿》 《吉林日报》2021 年 1 月 4 日

陆建立 《百年路工　访书达人》 《海上宁波人》2021 年第 1 期

《东门老街》 《慈溪日报》2021 年 3 月 7 日

陆建立　宓天玄 《韩金奎:海上京丑"一只鼎"》 《上海滩》2021 年第
　　　　　　 3 期

王叶婕 《光阴岁月里的三藏经》 《联谊报》2021 年 3 月 13 日

《桃花与篾匠》 《联谊报》2021 年 3 月 20 日

《睡在水底的金坑桥》 《温州日报》2021 年 4 月 17 日

《乡村匠人》 《联谊报》2021 年 11 月 6 日

《岁月里的土楼》 《联谊报》2021 年 12 月 25 日

陈荣力　《越地绝味》《散文》(海外版)2021年第6期

《"葫芦"笔记》《野草》2021年第5期

《霜染朱柿红》《人民日报》2021年12月25日

《螺蛳之味》《光明日报》2021年4月30日

《母亲的越剧》《文汇报》2021年4月28日

《我的扁豆情结》《文汇报》2021年9月12日

《街角的小店》《浙江日报》2021年4月4日

《华家池里的鸳鸯》《新民晚报》2021年12月9日

《88年前的新年梦想》《钱江晚报》2021年1月3日

《镜子背后雷默烹的那一条"鲤鱼"》《钱江晚报》2021年5月9日

《"盲盒"菜园》《钱江晚报》2021年7月8日

《独树一帜咸烧饼》《扬子晚报》2021年1月1日

《仿如异类龙凤饼》《扬子晚报》2021年1月8日

《一方风物绍兴香糕》《扬子晚报》2021年1月15日

《缠缠绵绵香瓜子》《扬子晚报》2021年1月22日

艾　璞　《乡村电影》《联谊报》2021年5月8日

《黏知了》《联谊报》2021年9月11日

《与书签结缘》《联谊报》2021年3月20日

周维强　《吴雷川：一诚足以消万伪》《联谊报》2021年1月19日

《先生风度》《钱江晚报》2021年3月14日

《不作八股制艺而开新学风》《南方周末》2021年4月1日

《书房变迁记》《浙江日报》2021年4月4日

《吴雷川乱世鬻字谋生》《南方周末》2021年5月6日

《光绪年间两个举人的日记》《南方周末》2021年6月17日

《王桐龄：风雨入沧溟》《联谊报》2021年6月29日

《陶行知说"杭州大学"》《钱江晚报》2021年7月25日

《旧事新说》《东海岸》2021年第3期

《先生之风　山高水长》《联谊报》2021年9月7日

《赵万里三访天一阁》 《钱江晚报》2021年9月12日

《"青椒"赵万里的朋友圈》 《南方周末》2021年9月23日

《"道不行"和"道不尊"》 《联谊报》2021年10月26日

《忽必烈一朝的三个理财大臣》 《温州文学》2021年秋卷

《丰子恺：运河的桨声》 《光明日报》2021年11月26日

《关于沈尹默先生的札记》(三则) 《西泠艺丛》2021年第11期

《丁韪良回忆录里的清兵演习》 《联谊报》2021年12月28日

《学林新语》7篇 《光明日报》专栏

静听雪花吻梅花

——2021 年浙江杂文述评

| 朱国良 |

纵观一年来我省杂文作者们跃马横刀投枪的态势，让人很是欣慰。特别是老作者们不忘初心，所作文字老更成；且喜新作者们长征接力，清新文章显深沉。他们任世事浮躁，病毒作孽，怎么也掐灭不了心头如火的豪情，如潮的激情，面对是是非非、恩恩怨怨，他们总是一抒胸臆，一吐为快。他们甘于寂寞，乐于耕耘，全仗"书生报国有刀笔"的襟怀，全凭"不待扬鞭自奋蹄"的执着，为浙江的杂文占得了可喜的一席之地，为杂文大家鲁迅的故乡赢得了一份光彩。

我很敬佩我省坚持杂文创作的作者们，敬佩他们的披荆斩棘，敬佩他们的操守和懿德，敬佩他们的思想和文化。"杂文浙军"的耕耘者们出没于文坛之中，去石培土，蓄肥施水，以辛勤的劳作，培育绽放出"不求人夸颜色好，只留清气满乾坤"的独特之花。在这些长于思索，勤于投笔的人中，我看到笔健气雄的有：俞剑明、赵青云、徐迅雷、赵畅、桑士达、董联军、赵健雄、任炽明、赵宗彪、吴杭民、殷爱成、张建康、丁斌等人。还有近年来杂文创作颇丰、渐为人们熟知的"老手新人"，如王厚明、余喜华、黄田等。这些文友不仅给本省的报纸杂志撰文写稿，而且雄赳赳气昂昂走出浙江，闯荡江湖，在全国许多名报名刊上开疆拓土，辟有一方天地。每有佳作问世，常闻大作转发，直叫别方同道人士直呼：浙江物华天宝有特产，人杰地灵出人才。

读杂文名家赵青云先生近年来的杂文，让人深切地感受到其"三性"突出，那就是文章具备深邃的思想性、深广的知识性和深沉的可读性。思想人人都有，深深浅浅而已，但要在思想之海、哲学之林中悟出一些个道理，不是每个人都能做到的；那些只为苍生说人话，敢于直面说真话，既为社会唱赞歌，又替假恶丑挤脓毒的思想，更不是人人都具备的；能有所悟而写下不同凡响的真知灼见，也不是一朝一夕的事。可这样的要求，青云先生是做到了、做好了。他的许多文章思想性占第一位，因思想深刻而传扬。他深切感受到：花里胡哨的行文、花拳绣腿的作文，读者是不会心动，留下深刻印象的。思想要从书本上省悟，在学习中积累，在生活中提炼，在历练中升华。他近年来创作的百篇文章，大多有思想的引领，给人以行为的引导。作文难，言之有物不易，言之有理有思想更难。陆续读了赵青云的百篇文章，让人感到内中充满思考的结晶、思想的能量和思维的魅力。

青云先生的文章，充盈着知识性。有知识支撑的文章才有味，有文化支持的文章才耐读。没有诗意的生活大多无趣，没有知识贯穿其中的文章大抵枯燥。他的百篇文章不仅呈现思想站在高处，更有知识贯穿其中，或以新鲜的史料开篇，或以名人的佳话展开，或以钩沉的典故佐证，或以扎实的论点贯穿，从而给人以心智的启迪，给人以文化的熏陶。这些文章，充满了浓郁的书卷气。扫却烟酒味，多些书卷气，这本就是他为人处世的一则信条。当然，这书卷气是包装不出来的，也不是作秀就能作出来的，书卷气只能是长年累月"读"出来、"养"出来的。读了他的文章，让人领悟到：杂文亦可以海阔洋洋、山峰巍巍，读书识史、醒世启人的杂文往往有韵味，多回味，人爱读，留得长。

青云先生的文章还饱含着可读性。杂文要让人感到"好读""耐读"，这是不容易的，这取决于写文章的人的深厚功底和文风笔调。青云先生的千字文章，大凡都是浓缩的短，但都有浓郁的味，深藏着厚重和宽广，内容都是丰富的，内涵都是丰沛的。这些文章不似时下的时评杂谈，以时效取胜，以说教唬人，而是用清朗洒脱的文字，以促膝谈心的方式，以煮茶品茗的态度，表现沉淀积蓄的思索，给读者以思想与文采相结合的精神享受，产生共鸣。

一个人能几十年在宝贵的业余时间拨冗写作，而且达到了"板凳要坐十年冷，文章不写半句空"的境界，真是不容易的，但赵畅做到了。每年他总有一百多篇文章在全国各大报刊问世，量多质好，他开的这家"文化超市"是真正的"好又多"。

赵畅如一位耐于"马拉松"又能百米冲刺的健将，勤奋著述，孜孜不倦，散文杂文成了他在文坛驰骋运用自如的兵器。他的文章好读耐读，没有官气官话，用语言来包涵思想。精于杂文写作的高手，凡事皆可成文，随感而发，赵畅即是如此。他的文章用事实说话，涉猎广大，题材广泛，借史典佐证，以古鉴今，并以清朗而有力的文采耀人，很是耐看，而其中不少读史读书读人的杂文，纵论书海史山，指点江山人事，一番妙语纵横，更是让人受益良多。读了他的文章，让人感到：杂文本可以海阔天空，山高水长的。

杂文家董联军也是杂文界的一员武艺高强的骁将，杂文在他手中已成了一种运用自如，足可嬉笑怒骂的文体，既能刺贪刺虐，又能品书论史，也能抒发为人处世的深切感悟。他虽然公务繁忙，但是源于对文学的那份挚爱，他总是沉潜书海笔耕不辍。过去的一年，他又在全国各地的报刊上发表了较多的杂文佳作。

缕析他的杂文之魂，是立意深远，是抒发深刻，是说理通透，是行文通畅。他还往往引用古今人事为殷鉴，暗喻褒贬，至于那些重在理论思考的作品，看似文笔轻松，但都蕴含着作者对人生、对社会的看法，特别是他善于表达人的道德修养建设方面的真知灼见。读到董联军的这类作品，能得到思想上的滋补、品质上的滋养。旁征博引，上挂下连，信手拈来，意思丰赡，在娓娓道来中引领读者进入思想深处和人性高地，非文章高手、运笔妙手，是达不到这样的境界的。

杂文家张建康，往往凭借一腔热情，依仗真情实感，提出真知灼见，而让人刮目相看。建康先生做官作文，都有成效建树。他在工作之余，坚持写作，笔耕不辍。2007年，他便有杂文集《砚边清言》由人民日报出版社出版，得以入选"读书思廉"推荐书目。还有散文集《凝眸往日时光》，由浙江文艺出版社出版，广获好评。现在放于我案头的有他又一本杂文集《思逐风云》(2020)，举凡一百一十篇杂文，让我顿补风云之养！

思想是杂文的灵魂，杂文的魅力其实就是展现思想的魅力。杂文是一种关注天下、观照社会、聚焦生活、呵护生命的写作。张建康始终坚守寂寞耕耘，百般锤炼之下，他的杂文充分展示了思想深刻的特点，展现了为民鼓呼的情怀。张建康的杂文是软软糯糯、文文气气的，他的思想漫谈和世事纵论，表达的是真知灼见，抒发的是真情实感，让人乐于亲近，易于接受，读者能得到思想上的启迪，获得品德上的滋润。张建康的杂文短而精、新而美、言有物、论有趣，而且充满了爱，字里行间有一份强烈的使命感和社会责任感，心中装着民生民众，装着公平公正，为的是让社会多一点和谐，多一点和善，让生活多一分和气，多一分和美。

写杂文真正比拼的还是作者扎实的基本功，即其思想、学识和文字的功底，有了这种"三合一"的功底，才能释放出让人受用的功效。不论是激浊扬清小文章，还是革故鼎新大手笔，张建康的文章做到了这些要求，因此他的杂文自成一体，别具一格，以清雅高洁为特色，读来酣畅快意。

"文中含辣、字里显锋"是殷爱成近年来一直坚持的文风"颜值"，也是杂文界对其文作的最佳赞语。赏读近年来殷爱成的文章，如同登梯，感受到其文学素养不断提升，文章逐年进步，每年总会有新的文采"绿洲"，让我毫不吝惜宝贵"空间"进行评述。

殷爱成落笔总是显露着"为伊消得人憔悴"的创作勇气，关注世事暗流、关心人间冷暖，文章言辞尖锐、满腔慷慨，似匕首，以逻辑之功触准神经，如灸针，以探究之术点中穴位，如投枪，以推理之力有的放矢，充满"正气感"；表达总是锋芒展露、论辩形象，骈散结合、妙趣横生，泼辣犀利、峻岭凛然，字字贬斥、句句鞭挞，章节里总是以幽默的风采直刺顽疾，以战斗利器刺向社会"痛点"，读出"时代拷问"和"灵魂拷问"，充满"批判性"；文字总是以善意的微笑揭露乖讹，以含蓄的文采狠怼人世矛盾，显示出思想的丰富性，唤起追赶的紧迫性，让人醍醐灌顶，充满"冲击力"；收篇总是庄而能谐、庄谐并作，意味深长、耐人寻味，充满"战斗性"。

他创作的《跪舔自信何在?》着眼当下、针砭时弊，论据贴切、论证严密，视角独特不冷僻。《"恶意返乡"寒人心》思想深邃、眼光犀利，以虚统实、以实带虚，把脉疗治，挥斥成文。《"双减"谁是胜者?》关注痛点、释放能量，合而能开、开而善合，嬉笑怒骂皆成文章……朴素的气息背后彰显出精神和情怀，浓郁的文采中彰显出功力和才气。

殷爱成作品之所以能不时在各大媒体占据要席，是因为其紧跟时代发展步伐，既是文字之"工匠"，开宗明义、主旨鲜明，借古论今、考据严谨，条分缕析、美丑品析；又是思想之"医师"，破立结合、层层推进，有所思考、有所主张，语言犀利、正反对比，达到"杂而含文""文中显杂"，读来让人魂魄洗礼、阅后使人精神净化，引人思索、促人警醒，让人拍手称快，成为文苑中一簇独具特色的带刺玫瑰。有理由相信，在新的征程中，殷爱成会直面人生冷暖、正视鲜血淋漓，不断"生产"出更多启人醒世的文字，呼唤人们秉持良知，揭露丑恶、提升文明、共铸和谐。

杂文言之有理难，自成风格更难。王厚明的杂文，几十年锻炼磨砺，今已自成风格，自成一家。他的杂文，诚如国防大学余远来教授评述的那样：

其一，言辞宏大，纵横捭阖。他的文章少有个人情感的婉转迭唱，多是修身齐家的自躬自省；少有风花雪月的感性抒发，多是纵论天下的围炉夜话。既有忧国忧民、感时伤世的奏疏政论，又有探微知著、予人警醒的宏阔言论，读之则有凛然之气、浩然之风。

其二，针砭时弊，切中要害。杂文作者都希望能够借以发声而为时代把脉、为生民立命、为弱者代言，厚明的杂文始终有着强烈的问题导向，尤其是对于不正之风、懒政之流、丑恶之现象等的鞭挞、批评更是有如疾风骤雨，频频见诸笔端。《勿让人性良知蒙羞》一文从谢晖酒后被偷拍和补课家长事后举报两件事说起，指出把信任当把柄、把帮助当攻讦的做法是丧失人性良知和灵魂的行为，而后纵论古今中外对这种现象进行了深入的剖析，厘清了"举报"和"告密"的边界，指出了道德和伦理的基本规范，倡导在灵魂深处播种真诚、让人性光辉照亮灵魂，这一种切身体己之思，对于今天的社会建设尤其重要。

其三，引经据典，涉猎甚广。厚明的杂文很少就事论事，直白说教，多是旁征博引，娓娓道来，少了一些犀利，多了一些哲理，有几分锋芒，又有几分回味，无不彰显出其说理的深度、知识的宽度和历史的厚度，处处显现出其逻辑的说服力、语言的亲和力和情绪的感染力。《"白菜碑"与"遗臭碑"》一文，运用对比的手法，讲述了铅山县县令笪继良体察民心的"白菜碑"和民国时期路南县县长许良安搜刮民脂的"遗臭碑"的故事，反映出了"人心就是最大的政治"这一主题，倡导广大官员要多怀"白菜情结"，尽力服务人民。

其四，行文严谨，丝丝入扣。厚明行文特别注意推敲标题、锤炼词句，注重逻辑周严，开头多从故事入手，或从现象切题，过渡多引用经典名言，诠释便纵古论今，直指现实问题，收尾点明主旨，干净利落，绝不拖泥带水。其杂文读来有句工严整、严丝合缝之感，同时还不失沉博绝丽、美感生趣。他的不少散发于全国各大报刊的文章，通俗简练，层次清晰，不冗余，不繁复，充满理性魅力和情感张力。

随着《水浒谈》专栏的收官，余喜华又以"东江河"的笔名在《台州日报》新开了《儒林人物》专栏。自 2021 年 5 月开篇以来，以每两周一篇的方式连载，这一年里，《儒林人物》专栏共刊载了十二篇，这是《台州日报》对余喜华这类书写的肯定，也是余喜华杂文写作走向成熟的标志。

吴敬梓的《儒林外史》通篇的主旨，就是批判封建科举制度的虚伪性和对读书人的毒害，已经入木三分，因此评论书中之人物，再批科举制度一二三，显属多余，实无必要。余喜华的儒林人物评仍以《儒林外史》中的各个人物为主题立篇，以人物所处的时代背景为底色，从人性、人格、人文的角度楔入，以人们普遍遵循的价值规律、道德准则为尺度，加以评判，视角独特，别具一格。如此一来，周进、范进们的坚持不懈，刻苦奋进，终于实现人生目标，便不单单是迂腐，而是值得肯定的，应予尊重；严监生的勤俭持家、省吃俭用，临死伸两根指头的寓意，便不只是守财奴的吝啬，也有可取的借鉴意义；马二先生马纯上的半工半读，坚持举业，不忘初心，便有了激励人的闪光之处。

形象性是文学作品的基本要求，杂文也不例外。近年在杂文创作上颇有成就的黄田认为，杂文语言如果不讲究生动形象，就味同嚼蜡，像一篇干巴巴的议论文或时评。写得非常生动和深刻的议论文或时评，才能算是一篇比较优秀的杂文。因此，在写杂文时，他尽量使用一些比喻句来增强语言的可读性和生动性。《杂文月刊》2021年第1期刊发了他写的一篇《好马不妨也吃回头草》，结尾处他把人比作好马，把单位比作草原："如果你是一匹'好马'，跳槽到新的单位感到不适应或不如意，不妨再回到老地方，那里仍然是一片广阔无边、绿草茵茵的草原，任你自由奔驰。"这样描写使杂文显得含蓄有味，更具有文学性。发表在《杂文月刊》2021年第11期上的《人生要常备"五副眼镜"》，在说到用望远镜来看人生时写道："人生正如登山一样，站得高，方能望得远。只有拥有远见的人，才能看到未来。如果只关注眼前的一亩三分地，又怎能看到远方的星辰大海？"这样把人生比作登山，比纯粹的摆事实讲道理更通俗易懂，耐人寻味。

我是颇为认同黄田这番认识的：写杂文还要适当讲究语句的节奏感，就像读辞赋一样，语句整齐，连串排比，朗朗上口，铿锵悦耳，气势磅礴。比如上述这篇《人生要常备"五副眼镜"》最后："用哈哈镜笑看人生，就是要保持'泰山崩于前而色不改'的淡定，拥有'宠辱不惊，看庭前花开花落；去留无意，望天上云卷云舒'的豁达，坚定'山重水复疑无路，柳暗花明又一村'的乐观，具备'可上九天揽月，可下五洋捉鳖'的豪迈。""这'五副眼镜'，我们平时要灵活运用，不断总结提高，才能站得高，望得远，看得清，悟得透，行得正，才能避免误入歧途，跌进暗沟，才能砥砺奋进，阔步向前，顺利抵达成功的彼岸。"当然，这些句式要恰到好处地运用，上下连贯，一气呵成，才能形成排山倒海之势，使杂文更有说服力和艺术魅力。

一位杂文家说得好：杂文如同杂粮亦即粗粮。粗粮细做，入口味好，易消化吸收，不失杂性，则更受大众欢迎。杂文在保持杂性禀赋的同时，又要求精耕细作，杜绝粗制滥造，如此，其有效力和影响力才会日益彰显。纵观我省一年来的杂文创作，可圈可点之处较多，亮点特点不少，靠了杂文作者的辛勤耕耘，辛苦劳作，浙江的杂文也有了较好的收成。万里东风春敲窗，一庭紫气福临门。热望在新的一年中，我省新老作者齐努力，多多创作无愧于时代，有益于社会，思想性、艺术性、可读性俱佳的为人喜闻乐见的精品力作。

2021 年浙江杂文要目

赵　畅　《摆脱贫困，中国气派与精神的礼赞》《解放日报》2021 年 2 月
25 日

《如何交到"能说心里话的基层朋友"》《解放日报》2021 年 3 月
17 日

《品味"宁静"有回甘》《人民日报》2021 年 3 月 23 日

《厚道，为官之道》《解放日报》2021 年 4 月 12 日

《为何要对品质有"洁癖"》《解放日报》2021 年 4 月 25 日

《先驱的"绝笔"里能读到什么》《解放日报》2021 年 5 月 6 日

《甘做提携后学的"铺路石"》《解放日报》2021 年 6 月 3 日

《"好八连"何以天下传》《前线客户端》2021 年 7 月 11 日

《为何要"死磕"民生小事》《解放日报》2021 年 8 月 17 日

《批示岂是"要"来的》《解放日报》2021 年 8 月 20 日

《贪官的"智商"高不高》《解放日报》2021 年 8 月 24 日

《"逍遥群"岂能随便入》《解放日报》2021 年 9 月 1 日

《拒绝"好好先生"》《解放日报》2021 年 9 月 7 日

《自信与自尊》《前线客户端》2021 年 11 月 1 日

《"用了 13 年的公文包"和"253 个名牌包"》《解放日报》2021
年 11 月 30 日

余喜华 《"黑"宋江》《台州日报》2021 年 1 月 2 日

《少不读水浒》《台州日报》2021 年 1 月 30 日

《王冕的傲骨》《台州日报》2021 年 5 月 15 日

《幸运的周进》《台州日报》2021 年 5 月 29 日

《乐极生悲的范老太》《台州日报》2021 年 6 月 12 日

《严监生：千日斫柴一日烧》《台州日报》2021 年 6 月 26 日

《奢侈贪婪的严贡生》《台州日报》2021 年 7 月 31 日

《贪图虚名的蘧公孙》《台州日报》2021 年 8 月 14 日

《不务正业的杨司训》《台州日报》2021 年 8 月 28 日

《假贤士权勿用》《台州日报》2021 年 9 月 11 日

《伪侠客张铁臂》《台州日报》2021 年 10 月 9 日

《藏污纳垢娄公子》《台州日报》2021 年 10 月 23 日

《不舍初心的马二先生》《台州日报》2021 年 12 月 11 日

《近墨者黑的匡超人》《台州日报》2021 年 12 月 25 日

《节约粮食不只在餐饮》《浙江工人日报》2021 年 6 月 5 日

王厚明 《从群众语言中汲取养分》 2021 年《解放军报》第九届长征文艺
奖（杂文）

《甘做人民的"口罩"》 2021 年江西省第 23 届江西报刊网络新闻
奖三等奖

《敢讲真话见党性》《解放军报》2021 年 1 月 5 日

《"品质"追求见品格》《山西日报》2021 年 1 月 5 日

《学无止境》《中国纪检监察报》2021 年 1 月 22 日

《建党百年要办"实事工程"》《人民法院报》2021 年 3 月 2 日

《毛泽东的语言艺术》《学习时报》2021 年 3 月 29 日

《做一粒好种子》《中国组织人事报》2021 年 5 月 26 日

《责不可失,位不可越》《领导科学报》2021 年 8 月 30 日

《为大公守大义求大我》《江西日报》2021 年 9 月 30 日

《换伞的智慧》《河北日报》2021 年 10 月 29 日

《大师的妙语》《团结报》2021 年 11 月 13 日

《细节里有"国之大者"》《中国青年》2021 年第 18 期

《有静气,制利害》《中国青年》2021 年第 23 期

《真相是一面镜子》《杂文选刊》2021 年第 5 期

《刘墉的妙答》《演讲与口才》(学生读本)2021 年第 4 期

《太宰的管理智慧》《演讲与口才》(成人版)2021 年第 7 期

《闻一多一心一口见勇毅》《做人与处世》2021 年第 10 期(上)

《文艺的想象空间》《做人与处世》2021 年第 10 期(下)

《齐宣王悯牛》《思维与智慧》2021 年第 3 期(上)

《齐国有事我来办》《思维与智慧》2021 年第 6 期(上)

《孟子的比喻》《思维与智慧》2021 年第 11 期(上)

黄　　田　《好马不妨也吃回头草》《杂文月刊》2021 年第 1 期

《读书何必"悬梁刺股"》《杂文月刊》2021 年第 5 期

《管理者要善于发现员工的优点》《杂文月刊》2021 年第 6 期

《人生要常备"五副眼镜"》《杂文月刊》2021 年第 11 期

《文学创作呼唤"工匠精神"》《杂文月刊》2021 年第 12 期

《就地过年年味不少》《生命时报》2021 年 1 月 16 日

《匿名捐款人的大善》《生命时报》2021 年 2 月 5 日

《浙式孝道未免太自私》《中国老年》2021 年第 9 期

詹苗康　《砸缸靠的是智慧还是勇气》《联谊报》2021 年 2 月 9 日

《杂文选刊》2021 年第 4 期转载

《唠嗑闲聊并非杂文》《徐州杂文》2021 年第 2 期

《哉过已哉》 《联谊报》2021 年 6 月 29 日
《有货和过度包装》 《联谊报》2021 年 10 月 12 日
《杂文写家的个性》 《徐州杂文》2021 年第 4 期

向时代和人民致敬
——2021 年浙江报告文学创作述评

| 朱首献 | 徐浙凯 |

  展时代风貌，领时代风气，写时代华章，为时代喝彩，是新时代作家最核心的使命和担当。2021 年适逢中国共产党成立一百周年，也是"两个一百年"奋斗目标的历史交汇年和浙江省高质量发展建设共同富裕示范区的开局之年。在这个具有特殊意义的年份，我省报告文学作家凝心聚力，积极响应时代的号召，一面从历史深处汲取写作资源，一面从社会现实捕获创作灵感，创作出了一部又一部思想性、艺术性、时代性、人民性俱佳的优秀力作。从总体上看，城乡基层小康文明建设是我省报告文学作家本年度关注的焦点之一，涌现了不少记录浙江人民为全面建成小康社会而奋斗的优秀之作。这些作品鼓人心、提精神，深情讴歌我省人民在奔向小康之路上困则思变、敢为人先、艰苦创业、激流勇进的创新意识与拼搏精神。2021 年也是浙江人民抗击疫情的不平凡之年，书写疫情防控阻击战中体现出的伟大抗疫精神同样是本年度我省报告文学创作的一大主题。除此之外，在传记创作方面，我省报告文学作家本年度也获得了不小的突破。在延续为先进人物、政坛楷模、文化精英作传的基础上，部分作家将目光聚焦于普通百姓在时代巨变中的生活轨迹，这些小人物传记同样有着感人至深的艺术魅力。本年度我省报告文学创作佳绩的获得，离不开朱晓军、张国云、孙侃、李英、陆原、顾志坤、陈富强、

浦子、方格子、李中文、胡友大、徐家骏、邓根林、方金华、陈泽民、许静、朱吉荣、艾璞、郑志勋、周文毅、王英、刘培良、张纯汉、白马、汪胜、施建平、卢曙火、孔繁强等新老作家的辛勤笔耕，他们的创作如实展现了我省在全面推进乡村振兴与实现共同富裕过程中的伟大成就，传达出我省人民对脚下这片土地的深情以及对未来生活的美好向往的心声。

一

实施乡村振兴战略是党的十九大作出的重大战略部署，是关系全面建设社会主义现代化国家的历史性任务，也是新时代"三农"工作的新旗帜与总抓手。抓住时代脉搏，展现我省新时代乡村建设的生动面相，描绘浙江乡村振兴的宏伟蓝图，是报告文学的时代责任。本年度我省报告文学作品中不乏以乡村振兴为主题的优秀之作，朱晓军的《中国农民城》、张国云的《中国有个理想大地》就是其中的佼佼者。

《中国农民城》讲述了浙江龙港从小渔村发展为中国第一座农民城的真实历史。作品开篇别出心裁地将深圳与龙港进行了细致的对比。同为中国城建史上的奇迹，当深圳五十三层的"中华第一高楼"国贸大厦以惊人的速度封顶之时，千里之外的龙港还是荒凉的滩涂。深圳的建设倾全国之力，龙港则在缺乏国家大量投资的情况下自力更生、独辟蹊径，依靠群众集资，实现了从小渔村到农民城、从农民城到超级大镇、从超级大镇到县级市的华丽蝶变，为中国城市化与共同富裕提供了以人民为主体、原生自发的浙江路径与经验，为乡村振兴战略的实施提供了实践样本。在结构营造上，作品采取双线并置的方法，成功呈现了龙港在短时间内实现快速发展的原因。第一条线索以陈定模书记为代表的基层领导为主，记述了他们为龙港的建设与谋求共同富裕所作出的突出贡献。第二条线索则将目光对准了开明开放、敢想敢干、艰苦创业、锐意进取的龙港人民。双线之间有张力，有映衬，有交织，有互现，极大地提升了作品内在结构纹理上的艺术性，有力地凸显了主题。在人物塑造上，作品抓住灵魂人物，用心刻画，通过一系列关键性的细节描绘，成功彰显了人物的性格气质，揭示了人物内在的精神风采。如在陈定模主动从相对发达的钱库调任到贫困的龙港这个情节中，作品就抓住了陈定模向县领导立下军令状"我不要钱，让我大刀阔斧地干就行。三年后，我还你一个镇"这一细节，精准展现了他不畏艰难险阻、砥砺奋进、自强开拓的性格气质，为全作定下了主基调。事实上，在此后的几年里，陈定模践行了这个军令状，他带领一群志同道合的拓荒者，冲破禁区，在龙港率先实行土地有偿使用和户籍改革，尝试进行人口梯度转移，调动了人民群众的积极性，逐步聚集起人才与资金，为建立起全国闻名的"农民城"打下了坚实的物质基础。再如在拆迁工作情节中，面对拒绝拆迁的钉子户，陈定模以"心要细，嘴要甜，脚要勤"为原则，站在村民的角度去思考、去分析、去劝导，"走破鞋子（登门拜访），讲破嗓子（做思想工作），最后卖一点面子"，最终使城镇建设得以顺利进行。作品正是通过这些细节为读者塑造了一个敢闯敢试、大胆创新、务实廉洁、一心为民、耿直能干的优秀基层干部形象。此外，作品还记录了普通龙港人为梦想力拼苦搏的奋斗史，成功塑造了一系列龙港振兴的基石形象，彰显人民创造历史的精神，如勇猛泼辣的绣花女陈智慧、走南闯北的销售员杨恩柱、深山割胶的陈瑞星、收购废料的杨晓霞……总之，该作文字简练，描绘生动，不仅大手笔再现了龙港的创城历程，也向读者呈现了一份建设共同富裕示范区的先行者的报告，是名副其实的思想性与艺术性有机融合的佳作。

《中国有个理想大地》反映的是嘉兴南湖世合田园小镇"理想大地"建设的历程。2009年，世合集团最终决定在中国共产党的诞生地嘉兴南湖开启具有划时代意义的"浙江嘉兴世合新农村建设"项目。作者作为该项目的亲历者，见证了该项目的审批立项以及施工的各个阶段，这种身份的特殊性使这部作品具有极高的史料价值和现场感。该作在结构布局上层次分明，步步为营。开篇从"一粒种子是怎么落在南湖"写起，终篇以"五彩缤纷的理想大地"止笔，意在强调今日晖光日新的南湖离不开当初播撒下的种子，前后呼应的结构布局，让读者从乡村振兴之路中感受到强烈的民族自信力以及听到中华民族伟大复兴的坚实的脚步声，足见作者谋篇布局之妙。其余各章则主要记述了世合集团披荆斩棘建设田园小镇、文化教育、健康银发、绿色农业这四大板块的过程以及小镇居民们真实的居住体验。值得一提的是，作者在全书的中间部分宕开一笔，另辟专章介绍了世合集团董事长丁广铉先生的外婆张心漪女士。作者在多方收集资料的过程中无意间发现张心漪女士是曾国藩的曾外孙女，她继承了曾家"勤奋、俭朴、求学、务实"的优秀家风，时时以"莫问收获，但为耕耘"这八字格言来规范家庭成员。从这样的家庭背景出发解释了丁善理与丁广铉父子能够成功创业并将企业做大做强背后的深层原因，不得不令人佩服作者的巧思。除此之外，世合集团"理想大地"项目是以"政府引导、市场运作、联合开发"模式而展开的造镇大业，它的建成离不开浙江政府与世合团队的通力合作，作者因此在文中也为读者立体化地呈现了两组人物形象：浙江领导干部善于谋划、以民为本、开拓进取的公仆形象和世合团队干在实处、走在前列、勇立潮头的奋斗群像。作品不仅主题鲜明、结构巧妙、内容充实，在艺术呈现上也别出心裁。作者在各章节的题记部分都引用了一首契合文意的古诗，正文部分则依据情节场景的不同选取了《论语》《孟子》《红楼梦》等文学经典片段穿插点缀，且巧妙化用杜甫、陶渊明、苏轼、李商隐等人的名作，使行文颇具传统文化气息。此外，作品中对各类修辞手法的灵活运用也增强了作品的文学性。总之，该作在主题上立意高远，在布局上裊然有致，在语言上神味隽永，在艺术上生动形象，甚具时代气象与思想深度。

陆原的《在桦溪仰望孔脉宋韵流淌》是一部关于孔子后裔及孔氏文化传承的作品。作者开篇为读者清晰地梳理了孔氏后人为躲避战乱而定居桦溪的全过程。"死，葬之以礼、祭之以礼"部分则是对孔氏家庙与祭孔典礼的描写。在孝道文化传承方面，孔氏后人始终遵守先贤有关"生，事之以礼"的要求。如果说孔国军回村侍奉父母、孔樟秀的三个儿子轮流悉心照料老人，是"小孝"，那么桦溪村创办居家养老服务中心则可以称得上是惠及全村老年人的"大孝"。总之，该作内容充实，文笔清丽，风格古雅，为读者展现了孔氏后人在桦溪这方青山绿水间"耕读传家，自强自立；与世无争，淡泊名利；岁月静好，乐在其中"的美好生活。

李英的《让龙港告诉世界》以满腔热情记录了龙港近两年的迅速崛起。龙港由镇改为县级市，是中华人民共和国历史上的首例，是新时期我国推进新型城镇化综合改革的标志性事件。作品全面记录了龙港的前世今生和发展巨变，并用真情告诉世界：龙港人民用智慧和勇气交出了一份新的答卷。此外，李英主编的"金东20年"系列文丛，分《改革综述篇》《经济发展篇》《人文特色篇》《民生幸福篇》《新城希望篇》五册，以事实为依据，大量引用了史志、年鉴、新闻报道资料以及部门提供的数据，全面客观地反映了金东设区二十年取得的成就和经验，准确描述了金东发展的历程和足迹。该作翔实可信、鉴往知来，在形式上以真实记录为出发点，是纪实文学写作的一次探索创新，成功地融文史性、纪实性、可读性为一体。李英的《下姜村的故事》则是选取了三任下姜村党支部书记的故事，记录了农村基层干部带领村民走共同富裕道路的发展历程，让人们看到了乡村振兴的未来。

科技是国家强盛之基，创新是民族进步之魂。浦子的《谁与挽弓射天狼——浙江省科协争当"重要窗口"模范生工作纪实》正是站在这样的思想制高点，全面客观地记述了浙江省科学技术协会的各项成就，是名副其实的对浙江省科协人敢为人先、团结协作、艰苦奋斗、奋力拼搏精神的真实写照。作品在结构上采用了倒叙的方式，以"习近平总书记发来贺信"一节先行引出"2019世界青年科学家（温州）峰会"的成功举办，之后再以从容不迫的笔调，对举办峰会的浙江省科协及其近年来作出的各项成果进行详细介绍，例如建立院士工作站及智库、服务于长三角一体化、下基层进行科普宣传、多方延揽海外人才……上述章节虽各有千秋，但均围绕科协"搭平台、办实事"的主题展开，而科协之所以能取得如此大的成功，离不开自身严格的队伍建设，因此作者在最后一章将目光转向科协内部，详细论述了科协在加强规范管理、改革治理方式方面的各项行动。除了记录具体的工作成果之外，作者还通过生动的故事与细腻的笔触呈现出众多活灵活现的人物形象。例如，科协党组书记郑金平在刚上任时便发现科协办公环境极为脏乱差，他认为这绝不只是卫生问题，而是影响到机关员工的工作风气的大问题。为此，他特意带领中层以上干部爬了二十多层楼梯，让大家亲身感受到卫生条件之恶劣，以极大的魄力提出全面维修办公场所这个从未有人做过的项目，从改变周围的环境开始，改变干部队伍素质与工作作风。为办好首届科学家峰会，朱泓雨带了十套换洗衣服直接住在办公室；宣传组的女将们"三过家门而不入"，她们的家人只能深夜探访……这些真实的事例在书中错落分散，却又和谐有致，让人动容。总而言之，作品题材独特，形式新颖，情感真挚，细节感人，真实地再现了科协人锐意进取、忠于职守、牺牲小我、甘于奉献的时代先锋精神，具有较高的艺术价值。

陈富强的《一盏电灯的光荣史》介绍了我国电力事业从无到有的发展历程。作品从19世纪末格兰特访华开始写起，尽管当时已卸任美国总统，格兰特还是受到了极高的礼待。访华期间，美方特意从英国运来一台小型引擎发电机供其使用。格兰特的到访加速了中国电力工业的萌芽。三年后，三个英国商人通过招股筹银的方式成立了上海电气公司，并于同年点亮了中国的首盏路灯，中国电力工业由此诞生。此后，有轨电车又成为上海街头一道亮丽的风景线。在作品接下来的部分，作者则将电力工业的发展与民族复兴的历程结合起来论述，不仅记述了"中国电力工业摇篮"杨树浦发电厂的今昔之变，还宕开一笔写到了既是电力工作者同时也是革命者的王孝和、何敬平与国民党反动势力顽强斗争的英雄事迹以及在解放南京的渡江战役中起到重要作用的"京电号"。这使全作既有时代切面的全景勾勒，又有历史方向的纵深叙述，令读者自然地体会到作者蕴含在文字中的爱国主义精神与民族自豪感。《此间星火燎原——长篇报告文学〈火焰传〉节选》则是对共产党员电力服务队日常工作的真实记录，作者以简洁平实的文字向读者介绍了服务队的主要队员以及他们工作的不易，是一部展现基层电力工作者时代气质与精神风采的力作。

顾志坤、郑志勋的《一心为民书忠诚——追记上虞区长塘镇桃园村原党支部书记冯百忠》通过对冯百忠兴水利、办学校、扩耕地、广积肥、破旧习俗、推行火葬这些典型事件的记述，成功地展现了这位优秀村党支部书记艰苦奋斗、实干担当的争先意识，胸怀大局、敢为人先的表率意识，廉洁奉公、无私奉献的为民意识，是书写基层党员干部的优秀之作。

胡友大的《致富金蛋——美丽浙江建设中的徐樟塘样板》是对义乌徐樟塘村从地瘠民贫到产业兴旺、生态宜居、乡风文明、治理有效、生活富裕这一历史巨变的全面记录。作品以坚实的材料、生动的描绘，全景式地展现了徐樟塘人民在基层干部的引领下穷而思变、艰苦奋斗的全过程，为美丽义乌、美丽浙江、美丽中国提供了可资借鉴的"徐樟塘样本"。

二

报告文学不仅要能讲故事，还要能立精神。优秀的报告文学不仅要向读者传递鲜活、真实、生动、感人的故事，而且还要能够为读者点亮心中的灯火，在他们的内心浇筑一座精神的丰碑，树起一面信仰的旗帜。孙侃、邹跃华的《改革先锋谢高华：一个勇于担当的共产党人》就充分做到、做好了这一点。该作展现了改革先锋谢高华一生改革，改革一生，引领时代潮流，敢于担当，为广大人民群众找到打开幸福生活之门密码的人生历程，书写了一部改革开放的先行者、先知者的奋斗史诗，铸造了一座改革开放排头兵的精神丰碑。谢高华是名副其实的改革先锋、时代楷模，是浙江精神的一面旗帜。他平地惊雷，带领义乌人民群众辟出一条温饱之路、改革之路、美好生活之路，他身上体现出的敢作敢为、勇立潮头、善作善成是浙江精神的生动诠释，也是时代先锋的真实写照。古人说："观物者审名，论人者辨志。"谢高华押上"乌纱帽"建小商品市场，改革税收制度，提出"四个允许"，改"一把刀杀猪"为"多把刀杀猪"，开全县表彰大会为

"投机倒把"个体户平反，大规模兴建水库，成功改造低产田，把指标余粮存在农民家里，允许农民以合理的价格出售自留柑橘增加收入，斗胆卖水、搞"特区"等，都是他的"改革先锋"之"志"具体的表现。作品用力辨志，精准地抓住了谢高华身上这些耀眼的精神闪光点，以翔实的笔法和传神的描绘成功地凝练、阐释了谢高华作为改革先锋的先锋性，全面展现了一位改革开放先行者的奋斗史诗。该作在文学上最出彩的地方就是它在材料的处理上干净利落，精心裁断，巧设布局，精制提炼，每一份材料的处理都紧扣该部分的立意和主题，都以精准彰显人物的精神、气质为旨归。正是这种材料剪裁技术上的妥帖、纯熟，使作品的叙述有节制、重布局，技术火候控制得非常好，形成了作品在叙述上环环紧扣、紧致绵密的艺术格调。总之，这部作品以精湛的艺术手法和对改革先锋者的由衷敬意为时代先锋立传，实属一部建构时代精神、引领时代潮流的实力之作。

孙侃的另外一部新著《这里是南湖》是他弘扬红船精神"三部曲"的收官之作。该作气雄健，文激荡，大气象展现了南湖广大党员干群坚定政治方向，凝心聚力擦亮红船金字招牌，当好红船精神护旗手，以实干践行初心、以实绩诠释初心、以实效照亮初心的新时代南湖人的创业精神。整体上看，作品在材料上取材精当，在结构上布局整饬，点、面、线、体相互补充、彼此配合，在主题上紧扣红船精神、厚植人民情怀，立意高远，引领力突出，在手法上注重博征典籍，荟萃群言，碎金积玉，可谓一部心营意造、情深法工、讲好南湖故事、传播红船精神的精品力作。

朱吉荣的《漩涡中搏击——高占祥在河北的人文情怀》记述了高占祥为建设河北所作出的突出贡献。作品以高占祥的"文化先行"治理理念为先导，分别展现了他微调浇花培育英才、甘当伯乐扶掖青年、为传统曲艺搭桥铺路、开展"五讲四美"系列活动、军民共建文明村、加快城市园林建设、拓宽办学育才渠道等文化治理方略。作者不遗余力多方收集素材，客观、真实、详略得当、张弛有度地呈现了高占祥为河北建设呕心沥血、忘我工作的优秀形象。除了记述高占祥在工作岗位上的勤政、敬业之外，作者还另辟专章向读者介绍了高占祥书记的文艺才情。退休后的高占祥依旧关注文化事业的发展，致力于文化艺术研究，开展文化公益活动，以实际行动践行其作为共产党员的责任与使命担当。作品主题鲜明，内容充实，层次合理，逻辑顺畅，成功地塑造了一位夙夜为公、执政为民、敢于搏击、爱民惜才的我党高级干部的形象，展现了共产党老革命家的豪俊风采。

艾璞的《老马识途》以坚实的材料与生动的笔触对全国公安二级英模马长林二十六年的职业生涯作了全景式的描绘。作品在细节的刻画上非常用心，成功地通过一系列关键性的细节描写彰显了人物的性格气质，揭示了人物内在的精神风采。如马长林到罗师庄报到之后发现没有警务室，只能在村委会旁边找了个车库暂时安顿下来，更令人震惊的是，这个临时警务室的空调室外机在他上任的第三天还被偷走了。作品选择这个细节绝不只是为了突出马长林没有做官的架子，更重要的是要表明罗师庄严峻的治安形势与管理上的混乱无序。为改变这一状况，马长林在酷暑天背着自制的人工音箱大汗淋漓地行走在街头巷尾，向村民介绍治安防范知识及出租房登记的好处。历时三月，他背带坏了三条，肩膀上磨出的水泡结成了厚厚的老茧，他的实际行动取得了百姓的信任，罗师庄也逐步从治安乱点转变成了平安示范区。作品正是通过这些细节成功地塑造了一位耿直能干、一心为民、乐于奉献的社区民警形象，歌颂了优秀基层工作者不忘初心的时代先锋精神。

邓根林的《跑腿书记》（2020）是一部以龙游县石佛乡大力山村党支部书记卓彦庆为蓝本的作品。作品不隐恶、不避讳，真真实实、原原本本地塑造了一位追求理想、勇于担当、为民负责的基层党支部书记形象。作品在布局上详略得当、层次分明，在内容上紧扣"跑腿"二字，有效凸显了作品的主旨。立身有本，作传求真，为了保证作品在细节处的真实性，作者前前后后几十次到卓彦庆工作过的地方进行采访，严谨的写作态度让人敬佩。总之，该作通过对普通乡村党员干部卓彦庆的事迹描写，弘扬基层工作者心系群众的品格作风，以榜样的力量打动人，以生动的故事启迪人，堪称是书写基层党员干部的典范之作。

陈秀春的《乡村女支书杭兰英》以浙江省绍兴市上虞区崧厦街道祝温村党支部书记杭兰英为对象，成功塑造了一位干在实处、走在前列、勇立潮头、甘心奉献、务实廉洁、一心为民的中国新时代农村党支部书记的感人形象，讴歌了以杭兰英为代表的上虞区广大党员干部和人民群众不忘初心、敢为人先的时代先锋精神和硬着头皮、厚着脸皮、磨破嘴皮、跑破脚皮的奋勇拼搏精神，谱写了一曲朴实生动、激动人心的新时代乡村振兴前行者的生命之歌，描绘了一幅弘扬我国社会主义新农村建设瞩目成就的壮丽画卷。该作布局精心，起承转合井然有序。第一章"天降大任"可谓起势，交代杭兰英的家世以及她是如何一步步赢得民心、走向祝温村的当家人的岗位的。第二章至第四章则为"承"，集中展现杭兰英一心为民，切实解决好群众的操心事、烦心事、揪心事，同人民群众心连着心的书记工作日常。第五章至第九章为"转"，以他者的眼光打量祝温村的瞩目成就：杭兰英和祝温村人民群众在建设美丽家园中提交的亮丽答卷。第十章为"合"，也是尾声，作者将自己的感受融入对祝温村的赞美、对杭兰英的由衷敬佩之中，深化了作品的主题，也提升了作品的立意。

周文毅的《姚仁汉：情洒天山育桃李》记述了援疆教师姚仁汉为库车当地教育事业所作的重大贡献。在教育学生上，他根据库车实际情况，先后推出导师制、集体备课制、随机听课制等制度，极大地提升了教学质量；在教师培养上，他依托宁波镇海中学百年积累的教育资源在库车二中建立名师工作室，使其成为当地教师自我提升和专业成长的长期发展平台。作品细节生动、语言平实、情感真挚，成功地塑造了一名"情洒天山南麓，乐育各族桃李"的援疆老师形象，讴歌了姚仁汉身上"特别能学习、特别能吃苦、特别能干事、特别能团结、特别能自律、特别能奉献"的援疆精神。

刘培良的《查济民传》记录了中国香港著名的爱国实业家与社会活动家查济民先生的传奇人生。对人物进行正确而恰当的定位是写作传记的前提。该作以翔实的材料分别从思想正、业务精、胸怀大三方面展现了查济民先生的爱国情怀。在思想上，查济民先生是坚定的爱国者，他以实际行动践行实业报国之愿，在抗日战争期间积极参与民族救亡运动，为香港的顺利回归与平稳过渡献计献策；在业务上，他是优秀的实业家，时刻关注世界纺织行业走向，虚心学习国外先进技术，远赴非洲扩大纺织版图；在胸怀上，查先生则广泛参与社会福利事业，创设基金、崇文重教、培养人才、福泽桑梓。除此之外，作者还记录了查先生的家庭生活，其与妻子同甘共苦、相敬如宾，培养的子女亦个个龙骧虎视，这些补充信息让读者更为全面地认识到查老性格中除务实以外的温情与诗性。作品以历史为经，以事件为纬，展开查济民先生的人生华章，不仅寄托了作者对查老的崇敬与哀思，还借其辉煌的事业与非凡的人格激励当代青年在当前中华民族伟大复兴的关键时期，以查老为楷模，胸怀宏伟志向，展现青年英姿，是不可多得的力作。

　　张纯汉的《报取春阳三月天——全国五一劳动奖章获得者、三花控股集团董事局主席张道才的创业故事》记述的是三花控股集团董事局主席张道才的创业故事。作品共分为五个部分，作者首先在"少年岁月"部分简要介绍了张道才的家庭背景以及创业前的工作经历，其中代课老师这份职业深刻地影响到张道才后期在创立与管理企业过程中对人才的敬重。"命运转机"与"曲折经历"则是作品的主体部分，记述了张道才将三花从默默无闻的乡镇农机小厂缔造成全球制冷空调控制部件王国的历程。最后"探索者的足迹"与"赤子的回音"两部分则分别记述了张道才的国际视野与社会责任感。作品主题鲜明，层层递进，成功地塑造了一个脚踏实地、矢志创新、追求卓越、不忘初心的优秀企业家形象。

　　白马的《世之奇女：三毛》以翔实丰富的文献资料及匠心独具的叙述视角详细记录了三毛的红尘岁月、文学世界、情感世界、大陆深情、乡亲亲情、离世之谜，向读者真实且全面地呈现了三毛的传奇人生。作者不仅阅读了三毛的传记资料一百五十多部，而且多次造访三毛祖居，采访三毛姐弟和叔叔，大量的一手资料真实记录了三毛在其生前最后的岁月里所经受的身体上的不适以及心无所依的痛苦。上述不为人知的历史资料使该作具有不同于其他三毛传记的真实性与可信度，填补了三毛研究的空白。此外，作品在叙事上别出心裁地从三毛故乡定海小沙以及其祖父陈宗绪的生平事迹出发，注重从祖辈根脉里寻找到三毛的流浪情结与率真善良的基因，不得不令人佩服作者艺术眼光之敏锐。

　　许静的《羊晓君，一个完美主义者的自我和解》成功展现了富阳山水文化对羊晓君书法人生的哺育，以及他对富阳文化建设作出的独特的贡献，作品语言平实，情感丰富，真实、生动地展现了书法家羊晓君不寻常的人生历程。

三

关注普通人的命运，是方格子创作的鲜明标识。她的《我有一条江》以生活在富春江两岸的江上渔者、山村纸人、革命老兵、赤脚医生等普通百姓为对象，通过普通个体生命的悲欢离合的展现，以小见大地折射出近百年来中国波澜壮阔的发展历程。诚如作者所言，中国社会的一路发展，一定有不计其数的人，或多或少地参与过中国的革命斗争，他们是中国大变革时期的小人物，默默付出，从未被提起，从没人知道他们曾经付出过什么。历史并非总是有着很好的"记性"：富阳本地的历史学者们对富阳籍的革命者何桂英、程仕耕、季珍、傅潮佩等人的革命事迹知之甚少，作者通过扎实的田野调查，真实还原了这些普通革命者横刀立马的激情人生，使作品呈现着特殊的人文韵致。在作品中，作者擅长以生动的细节刻画人物。例如《我的大河》中的孙立标挨了日本兵两记火辣辣的耳光，这让他在疼痛中感受到屈辱，加之需要保护弟弟与村里人，因而萌生了要当兵去炸日本人的船的想法。这处细节真实地写出了底层百姓被迫卷进战争的原因：他们没有那么大的家国情怀，没有那么高的政治觉悟，有的只是保护身边人的那份冲动和责任。孙立标晚年向人讲述自己的抗战经历，到动情处号啕大哭，更是真实地体现了他的至情至性。除致敬普通富春人的血性外，作品还展现了他们在经历苦难后的豁达与坚韧。《故事江西》中的董汉迪、《第一本笔记本》中的丁奇文、《项君家传》中的项墨庄、《一脉双溪》中的傅潮佩、《后河西路的洪医师》中的父女等，他们都以隐忍与内敛的品性原谅了那些曾给予他们苦难的人与事，作品通过对他们的人生故事的记录，赞美了在时代洪流中普通人浸润在骨子里的真诚与良善。该作不仅成功地刻画出一系列栩栩如生的人物形象，同时也向读者展示了富春江地区独有的民俗与物产。例如《江上渔者》记录了渔民过年时请菩萨的物件"三根香，两支蜡烛，一刀肉，一条大鱼，三荤两素"，以及孙来桥根据日月、潮水甚至泥鳅的活动情况判断天气的独门绝技；《永沉江底》写到了品种不同的鱼，除了常见的鲫鱼、鳊鱼、鳗鱼、鲥鱼外，还有长不大的当地居民称之为"潮姑娘"的潮鱼；《一脉双溪》则记录了"沤料、浆灰、蒸煮、漂洗、舂料、抄纸、焙纸"的制纸工艺流程，"微含清香，薄如蝉翼，柔韧如丝，纤密如水"的制纸标准，以及造纸人庄富泉能在一米开外认出一张纸的原料、出产时间、产地信息的技艺。这些民俗风情有力地展现了富春江的独特地域文化，为作品增添了别样的风采。除此之外，传统与现代，典雅与刚劲，不同风格的语言在文中亦相互激荡，互相映衬，增强了作品的艺术性。例如作者在《富春史尧臣》中连用"吹、捏、牵、甩、贴、晒"六个动词描述晒纸过程，干脆利落，颇具韵律；在《项君家传》中引用诗句"柴门倚杖看流水，云外归樵接牧歌"来形容乡村的幽深与静谧，引用清人吴苑《重修渔梁坝记》中的"水厚则徽盛，水浅则徽耗"，将坝下水流急缓与徽商生意兴衰联系起来；文中更是随处可见富阳方言"柯壮丁""肚皮饥""伊姆妈日夜哭""老早时光""心肝囡子"以及许多俚俗但不乏幽默的民间俗语，令读者回味悠长。

施建平的《抗疫之歌——浙江省海宁市工商联凝心聚力众志成城抗疫纪实》是疫情背景下的纪实佳作。作品详细地记录了浙江省海宁市工商联及民营企业家们以高度的政治自觉、高昂的战斗姿态、强烈的社会责任感，日夜奋战在疫情防控前线的全过程，有力地展现了海商义字当头、利放两边的家国情怀。该作应时而作，为时而歌，数据翔实，文字洗练，在从容不迫的笔调中彰显了浙江海宁在防疫期间所展现的协同作战的力量与气魄，具有极高的现实价值。

徐家骏的《战斗在杭州地铁的老兵》（2020）记录了地铁公安干警王卫兵在抗疫期间的先进事迹。作品从王卫兵年轻时带领连队抗击 SARS 的经历开始写起，以测量体温、查看行程码与健康码、摸排行动轨迹、陪伴隔离人员谈心以及送饭送菜这类真实的发生在读者身边的小事为例，细致地刻画了王卫兵对待疫情防控工作的谨慎、严格、认真、负责。作者擅长以细节描写打动读者，正如英国文学评论家伍德所言，"一个普通的观察之后紧接着一个出挑的细节，突然令整个观察丰富有力起来，好像作家之前不过是在热身，而现在文笔突然怒放如花"，令读者不自觉地为王卫兵坚守岗位的高尚品格而感动。该作格调崇高，以小见大，真实地再现了以王卫兵为代表的基层工作人员在抗疫前线的倾力付出，也表达了作者对中国人民战"疫"必胜的坚定信心。

老作家卢曙火一直以来扎根科技战线，坚持以文字记录科技追梦人的精彩人生。《董方玮：做一个亦文亦武科协人》如实地记叙了董方玮从体育人到科协人的转变过程以及在其成为科协人之后所作出的各项亮绩。除此之外，作品还记录了董方玮对书画摄影的热爱，该作以线条式的白描手法展现了董方玮"风清风正真心待人，尽职尽责用心成事"的工作态度与坚定决心，语言平实自然，艺术效果突出。《护桥穷智谋　巧布烟幕弹》则把保卫钱塘江大桥行动置于中华民族抗击日本帝国侵略的时代背景下展开叙述，作者以丰富的史料真实地再现了地下党与科技工作者在风雨飘摇的年代为抵御外侮、迎接解放、保卫城市而倾尽全力的那段历史，使作品具有不同于普通科普文的时代价值。以上两部作品共同展现了我国科技工作者高超的专业素养与优秀的精神风貌。

徐家骏的《非遗文化说义乌》是对义乌非遗文化及其背后守护者的忠实记录。作品主要分为传统美食（红糖、红曲酒、梨膏糖）、文化曲艺（小锣书、道情、花鼓、婺剧、罗汉班）和手工艺术（盔帽制作、剪纸艺术、风筝赛事、陶艺制作、木雕文化、木活字印刷术、百子灯）三部分。在记述具体的非遗文化时，作品对其历史起源、演变过程、发展困境、发展现状、未来前景均进行了具体的呈现和思考，源流清晰，发人深省。如果说对具体非遗文化的记录是作品的"肉"，那么传承、发扬这些非遗文化的非遗人则是作品的精神之"骨"。无论是红曲酒酿造传人朱兰琴、婺剧名家楼巧珠，还是剪纸技艺传人朱新琦、木活字技艺传承人王氏家族等，作品成功展现了义乌非遗人追求卓越的工匠精神和在平凡中创造不平凡的骄人业绩，具有极高的审美价值与现实价值。

中共地下党员李白是电影《永不消逝的电波》主角李侠的原型，但却鲜为人知，在与李白同时英勇牺牲的十二名烈士中，还有年轻的共产党人朱聚生，他的事迹人们知之甚少，即使是在朱聚生的家乡海盐，也没有多少人知道他，甚至他的女儿对他也是印象模糊。王英从尘封的史料中挖掘出了朱聚生烈士的生平事迹，完成了作品《黎明前的抉择——朱聚生传》。作品为革命烈士朱聚生短暂而悲壮的生命谱写了华彩的乐章，并以多角度的对比全方位地再现了朱聚生的伟大人格。出身于殷实名家的朱聚生原本可以安稳度日，可他却选择放弃祖业，以笔为刀，投身革命。具有高度政治敏锐性与超前意识的他始终以启迪民智、唤醒民众为己任，通过办学校、办报刊的形式传播进步思想、培养进步青年，主编与撰写了大量介绍抗日前线战况与揭露时弊的文章，同日本帝国主义侵略者以及国民党反动派展开了顽强的斗争，坚定不移地为共产主义事业而奋斗终生。作品成功展现了朱聚生为国家牺牲个人利益的崇高品质，文字挥洒自如，寓意深远，读来令人荡气回肠。

方金华的《"茶山就是我的家"（致革命前辈）》讲述的是方志敏烈士的女儿方梅寻找其父以及其他革命者在茶山的革命足迹的故事。作品成功展现了茶山村民对红军烈士的敬爱之情，并成功地塑造了一群纪律严明、关心百姓的红军战士形象。作品语言平实，洋溢着革命英雄主义的精神。

陈志荣的《工匠吴玉泉》记述了吴玉泉从电影放映员成长为电机维修专家的创业经历。作品前两章是对吴玉泉成长经历以及青年时期工作经历的简要介绍。吴玉泉在担任电影放映员期间凭借刻苦钻研的韧劲学会了电动机维修技术，为其后续创业打下了坚实的技术基础。作者对这份职业及其影响加以详细展开，而对其他部分的叙写则较为简单，这使作品主次分明，重点突出。三至七章是对吴玉泉创业生涯全面而客观的记录，是作品的主体部分。从修理部到制造厂，从小水泵到大电机，在水电维修、扩容改造、生产制造这条创业之路上，吴玉泉一步一个脚印，走得踏实而坚定。业务、场所、技术这些难题，吴玉泉都遇到过，他甚至还经历了危及生命的火灾，但正如作者所言，"困难对于弱者，是一座难以逾越的高山，而对于强者，则是一块砥砺意志的磨刀石"，吴玉泉以常人难以想象的坚定意志，排除万难，东山再起，由此可见其性格之坚毅顽强。八至十二章是对吴玉泉在社会活动方面的记录，通过对其大力开展职业技能培训、成立水电工业科普教育基地、担任政协委员为百姓发声以及其他各类公益行为的描写，作者向读者展示了吴玉泉强烈的社会责任感与家国情怀，使其形象更为立体丰富。全书结构清晰、材料翔实、细节生动，成功地展现了吴玉泉这位国家级技能大师身上执着专注、精益求精、一丝不苟、追求卓越的工匠精神以及服务社会、履行责任的担当意识，其高尚的匠人品格必将激励更多劳动者争做技术型人才，成为推动经济稳步发展、提升人民生活品质、实现中国梦的坚实力量。

孔庆云口述，孔繁强整理的《1949，我在大西南追歼敌人》记录了其父孔庆云在大西南追歼敌人的经历，主要包括安居镇的战斗、交火误会、查获敌人的军械库、青岗坝围歼杨森第 20 师四场战斗。该作细节生动，语言朴实，刻画精准，生动展现了以孔庆云为代表的解放军将士舍生忘死的革命意志、不怕牺牲的英雄气概，是口述史中的佳作。

从总体上看，本年度我省报告文学作品对时代热点、社会焦点的关注度进一步提升，充分体现了我省报告文学作家在新的时代积极介入社会现实的自觉意识、人文关切和投身时代热潮的使命感得到进一步提高。但毋庸置疑的是，本年度我省报告文学创作中也存在着以下有待改进之处：首先，题材选择的差异化不够突出，过于集中于某些题材和类型，这一方面是由于时代热点强大的吸引力造成的，另一方面也需要我省报告文学作家们将自己的文学视野投入到更广大的社会生活面相之中，努力去发掘时代热点，寻找社会的焦点；其次，个别作品在写作上有程式化的倾向，对创作材料的消化、升华也有待进一步提高，这需要我省报告文学作家们勇于突破自我，继续坚持艺术创新，敢于挑战艺术惯例，同时也要进一步保持严谨的创作态度，不仅选材要严，开掘也要深入；最后，思想力依然是制约个别报告文学作品质的提升的瓶颈。文学思想力的提升不仅要求作家加强思想的历练和理论的修养，而且，要深入分析时代、解剖时代，提高对时代的认知。总之，"文变染乎世情，兴废系乎时序"。文艺创作不仅关乎人民群众的精神生活，还关乎民族国家的发展振兴，期待我省报告文学作家们在 2022 年继续坚定信念，砥砺前行，创作出更多兼具思想性与艺术性的优秀作品。

2021年浙江报告文学要目

一、书

朱晓军　《中国农民城》　人民文学出版社、浙江人民出版社2021年12月版

张国云　《中国有个理想大地》　九州出版社2021年9月版

孙　侃　邹跃华　《改革先锋谢高华：一个勇于担当的共产党人》　浙江文艺出版社2021年3月版

孙　侃　《这里是南湖》　红旗出版社2021年7月版

李　英　"金东20年"丛书　文汇出版社2021年6月版

浦　子　《谁与挽弓射天狼——浙江省科协争当"重要窗口"模范生工作纪实》　浙江教育出版社2021年10月版

白　马　《世之奇女：三毛》　北京燕山出版社2021年3月版

朱吉荣　《漩涡中搏击——高占祥在河北的人文情怀》　南京出版社2021年8月版

王　英　《黎明前的抉择——朱聚生传》　浙江工商大学出版社2021年7月版

徐家骏　《非遗文化说义乌》　中国书籍出版社2021年3月版

陈秀春　《乡村女支书杭兰英》　浙江工商大学出版社2021年6月版

陈志荣　《工匠吴玉泉》　中国科学技术出版社2021年12月版

刘培良　《查济民传》　中国文史出版社2021年11月版

方格子　《我有一条江》　浙江文艺出版社2021年7月版

二、文

陆　原　《在桦溪仰望孔脉宋韵流淌》　《中国作家》2021年第12期

李　英　《让龙港告诉世界》　《海外文摘·文学版》2021年第12期

　　　　《下姜村的故事》　《人民日报》　2021年3月24日

陈富强　《此间星火燎原——长篇报告文学〈火焰传〉节选》　《脊梁》2021年第3期

《一盏电灯的光荣史》《中国电力企业管理》2021 年第 9 期

方金华　《"茶山就是我的家"（致革命前辈）》《人民日报》2021 年 5 月
　　　　25 日

顾志坤　郑志勋　《一心为民书忠诚——追记上虞区长塘镇桃园村原党支
　　　　部书记冯百忠》《上虞日报》2021 年 7 月 3 日

胡友大　《致富金蛋——美丽浙江建设中的徐樟塘样板》《时代报告·中国
　　　　报告文学》2021 年第 9 期

孔庆口述,孔繁强整理　《1949,我在大西南追歼敌人》《文史博览》
　　　　2021 年第 10 期

卢曙火　《董方玮:做一个亦文亦武科协人》《浙江科学文艺》2021 年第
　　　　1 期

　　　　《护桥穷智谋　巧布烟幕弹》《浙江科协》2021 年第 10 期

施建平　《抗疫之歌——浙江省海宁市工商联凝心聚力众志成城抗疫纪实》
　　　　《时代报告》2021 年第 8 期

许　静　《羊晓君,一个完美主义者的自我和解》《中国艺术报》2021 年
　　　　11 月 26 日

张纯汉　《报取春阳三月天——全国五一劳动奖章获得者、三花控股集团董
　　　　事局主席张道才的创业故事》《时代报告》2021 年第 12 期

周文毅　《姚仁汉:情洒天山育桃李》《传记文学》2021 年第 6 期

三、补遗

徐家骏　《战斗在杭州地铁的老兵》《时代报告·中国报告文学》2020 年第
　　　　5 期

邓根林　《跑腿书记》浙江工商大学出版社 2020 年 12 月版

突破模式：讲好故事，写活人物，用妙细节
——2021年浙江小小说述评

| 谢志强 |

　　微信互联网时代，给小小说以巨大的展示空间。阅读2021年浙江小小说，梳理其中创作脉络，可以明显地看出作家在创作中生成的常用模式跟国内小小说现状同步，相对集中于两种表达方式上，即注重人物的写法和倚重故事的写法。

　　其实，模式也没有什么不好。每个经典作家都有创作模式。比如，海明威式、契诃夫式、卡佛式、欧·亨利式、汪曾祺式……那是可辨识的风格，只是存在如何灵活借鉴和使用的问题。模式也是一个作家和一种文体趋于成熟的标志。但模式是一把双刃剑。

　　在气氛、气场、气息中写活人物，以契诃夫、汪曾祺的小说为典范，看似随便，那是苦心经营的随便；在情节、情感、情变中讲好故事，以欧·亨利、星新一为示范，精心设置悬念，铺垫和渲染，均全力服务于结局的意外逆转。前者散文化，后者戏剧化。关于结尾，我称前者为敞开式结尾，后者为封闭式结局。两种所谓的模式，要写出新意，取决于细节的妙用。细节元素的运用，是小小说的突出特征。两种模式，也体现出作者看待和表现世界的方式和观念。

　　世界小说的发展，已明显地出现了一种新变化：情节的弱化和淡化，多以碎片化的形式出现。汪曾祺说，我以为散文化是世

界短篇小说发展的一种趋势。作家蒋子龙在 2021 年推出一组小小说并也发表了相同的观点，他宣称，已到了写笔记小说的时代。我阅读浙江小小说，也切实地感到，江南水乡尤为适合笔记小说来表现。一方水土养一方人，也养一种文体。

小说在漫长的演进中，已有若干的故事模式，已有众多的人物谱系，已有各种表现手法，已有基本的探寻母题，仿佛该玩的已被玩完了，小小说也融入其中。但是，如何发现小小说独特的表达方式，写出所谓的"不一样"的新意（不敢妄谈创新），我时常觉得，如同孙悟空翻筋斗（情节），一个筋斗十万八千里，得意之余，却无奈地察觉，仍在如来佛的掌心之中，唯有那泡得意的猴尿（细节），算是有了"新意"。此为写作隐喻。阅读中，我禁不住跟国内外的经典小说的故事模式、人物谱系等进行对照，将 2021 年浙江小小说放在小说众星灿烂的背景中加以考量。

一、写活人物：气氛、气场、气息

小小说最为突出的表现，是对细节的独特运用。运用一个有能量的灵动细节，可以支撑起一篇小小说。细节能够彰显小小说的美学。所以妙用细节，写活人物，是小小说作家创作的硬道理——贴着人物运动中的细节写，节奏、空灵、意蕴就在其中。

赵淑萍的《戏中寒》，一个"寒"字，十分了得，写出了一个京剧票友的形象。马天芳是京剧名角，到青岛这个戏码头，票友点了《南天门》，最能考验名角戏功的一出戏。戏码头的票友品位高。辛达不但是个戏迷，而且对马天芳的身世背景了如指掌。戏迷和名角相遇，能擦出什么火花？许多小小说写人物"做什么"，那是故事流程。加拿大作家门罗在乎人物"怎么做"，就是唯一性。作者采取对比反差的手法：戏中寒冬，且大雪纷飞，戏外酷暑，摇扇驱热，戏里戏外，冰火两重天。票友辛达做何反应——其怎么做，成就了他独特的形象。一是名角谢幕，观众热烈鼓掌，但辛达却喝倒彩，票友们以为他采取此法接近名角。二是名角马天芳放下架子，谦虚地请他指点迷津。唯辛达看出了漏洞：戏中大雪纷飞，曹福衣衫单薄，应当打寒战，怎么可以大汗满面？三是辛达提出要求：允许鄙人客串一回，既满足夙愿，也切磋剧情。四是辛达演曹福，举手投足颇有马天芳的韵味。重要的是，当观众的马天芳没见他出汗，看出的是他表演出的"寒"——瑟瑟发抖，马天芳屈尊拜他为"一戏之师"，越放低姿态，形象就越高，写出辛达形象的同时也写出了马天芳的形象。五是，寒是气氛，是气场，也是气息，作者让一个"寒"字贯彻到底，从戏里带到戏外，酷暑得了寒症，卧床入院，辛达终于了结了平生的心愿。名角与票友的友情由"寒"造成了热，扣住"寒"字又再进一步，马天芳回沪后寄来中药，却治不好寒症，寒症持续半年之久，入戏该有多深？病愈后，提起《南天门》和马天芳，辛达还会"不自禁地打寒战"，入戏入道，一步步往"寒"的深处掘进，人物和细节配套运行，一个痴迷的票友形象诞生了。结尾敞开，余味深长，一个票友和名角的友情故事，核心在于有内在张力的细节："寒"的能量。作者的《最后一次上讲台》叙述舍与得之间的选择：那位教师还是在乎无利无名的讲台，而且是最后一次的人生圆满。

岑燮钧的《戴礼帽的女人》，讲述了一个关于牵挂的故事。作者将故事的骨架沉隐下去，浮现出的是"礼帽"，礼帽飞旋并罩住了整篇小小说。背景放在全球性的新冠肺炎疫情之中，设定小城东门外的两爿店，两个女人，涉及双方的孩子，对比着叙述，语言从容展开，有气氛有气场，尤其那个名酒专营店戴礼帽的女人，一年四季戴不一样的礼帽，引起了隔壁烟杂店的女人模仿。两个店的女人，闲与忙，静与闹，沉隐的故事的表与里，显与隐。人物看似无事却有事，叙述看似随意却精心。终于，戴礼帽的女人在英国读博士的儿子回来了，先在楼上，却不亮相，有似无，来又去，此为"留白"。表象悠闲、清静、高雅，却通过礼帽传达出了苦楚，真相是女人以礼帽遮住脱发、白发，那是愁白的头发。烟杂店的女人的模仿，就成了错位，以为礼帽是时髦，却不知是凝结的忧愁，是母亲牵挂海外之子的结果，同时，真相也颠覆了目光能见的幸福和悠闲。这是作者叙述的特点：那戴礼帽的女人，看起来阳光灿烂波平浪静，却能让读者感到她内心的暗流涌动，险象环生。这是雷蒙德·卡佛小说的"内在紧张"，纯粹讲故事是"外在紧张"。《泥炮》讲述父母关系破裂，儿子杨小鹿表达情绪的方式是玩泥炮。泥炮响彻整篇作品。结尾实转虚，泥炮在幻想中回响。礼帽、泥炮的细节与人物紧密相贴，大于已写出的"小"，就生成了隐喻。写小小说不也讲究"不一样"吗？但要警惕像烟杂店的女人那样落入"不伦不类"的俗套。

赵淑萍、岑燮钧、蒋静波、汪菊珍等作者，均由散文转为小小说创作，且转得自如而稳妥。散文化，或称笔记体，表现江南水乡物事，颇为妥帖。蒋静波启动"女孩与花儿"系列，每一篇以花喻人，花与人互为关联，选择了童年视角，展开日常生活"无事"的诗意。2021年，此系列创作达到高潮，计发表十五篇。《女孩与花儿》（三题），写时空中的花儿，天上、头上、傍晚，还是能看出隐喻的故事中两点之间的线条：《天上的莲花》中，从"我"是奶奶的拐杖，到奶奶能快速地行走；《头上的玫瑰花》中，从上海外婆捎来头花，"你"戴上就成了最美的女孩，到"最难看"的妹妹戴上就成了最美的姐妹；《晚归的海棠花》中，从妈妈叫姐妹俩给姑妈捎信，到最后察觉"忘记带信了"。两点之间的叙述成为表达的主体：重视过程，弱化目的。《天上的莲花》写了小姑娘望着各种莲花的存在：菩萨或坐或立在莲花上，手上、衣上的莲花，包括奶奶黑衣上的莲花（隐含着爷爷去世的故事）。"我"对村庄荷塘熟悉的花朵满是疑惑："为什么荷花到了这里被称为莲花？"——包含了小女孩成长的故事。很强势的奶奶到了"这里"怎么会那么弱小？——传递出的是对生命的敬畏。不过，中国人在乎的是"天"——天意、天道。回家途中，奶奶指天：那云真像一朵莲花。孙女不敢说像一头牛、一间破屋。既有意味又开放的结尾。如果说《天上的莲花》是奶奶倾诉的话，那么，《头上的玫瑰花》则是没戴花的小女孩的倾诉。对象锁定那个戴着外婆捎来的玫瑰花的女孩，一言一行，仿佛是一段段的独白，话语流动中，发现并实现了美的传递。《晚归的海棠花》也写了一对姐妹，因为"像"，分不清谁是谁，谁对谁错。明明捎信，却进书店看书。小说在乎过程，消解了目的。其间有一个细节：偷出父亲学校死掉的兔子，做"葬兔仪式"，还哭。三篇三种花，作品写出了人物追求美好的诗意，同时，还隐隐蕴含着对生命的敬畏和怜悯。

汪菊珍的《晃荡的楼梯》属古镇东河沿系列，通过小女孩好奇的视角，写了明朝古宅的豪华气氛、阴森气息，还将传说（光禄第豪宅是严嵩送谢阁老夫人的生日礼物）、神话（马桶里的大白鼠被说成神怪）、风俗（江南婚礼的风俗）等元素自然地置入，透露出原生而又悠长的历史。小说中私宅已转为公房，其中一个房间，楼梯又高又窄，住着一个老光棍，突然结婚，小女孩看新娘子，却始终没看见。一个古宅中老光棍的故事叠加了一个新娘子逃离的故事，小女孩的有限视角里，隐去了男女之事（各种说法如解不开的谜团），只留下一种对高的恐惧：那摇摇晃晃的楼梯，高处不胜寒。作者贴着女孩的视角，前后对比老光棍的形象：照常扛着锄头，人却衰老了。古宅新人，人衰宅在。楼梯的晃荡，是个意象，晃出了时代变迁，荡出了人物的命运。笔记小小说，如汪曾祺所言：气氛即人物。

小小说写人物命运还有独特的方法：扣着人物众多举止中的一个突出特点，将人物与细节紧紧相连，取其一点，省略其余，化繁为简，不求全面。吴鲁言的《枕上书》紧扣一个字——书，而《呆头鹅阿珍》则紧扣住"呆"。《枕上书》主人公是九十八岁的朱老爷，是一个书痴，四世同堂。关于"书痴"，我记得德国作家西格弗里德·伦茨《我的小村如此多情》第一章"嗜书魔"写了七十一岁的祖父临危读书的沉浸；意大利作家卡尔维诺《一个读者的奇遇》，面朝大海，女人相伴，却有沉湎在书中的那种定力；乌拉圭作家多明盖兹《纸房子》，那个书痴被压在倾倒的书堆里，书成了他的坟墓。这一系列重量级的书痴形象都是作家将人物放在极端的环境里，采取夸张的手法去表现。吴鲁言写了中国的书痴，而且是一个乡村（已改造成城中村）里的农民，特别之处在于是从日常生活中呈现人物。开头写他与狗对话（谈论生死问题），接着与人对话（谈论孙辈上大学话题），四十八岁的孙子来报告"不一样"的好消息，朱老爷却认为都一样，其反应是抽出垫屁股的杂志拂袖而去。作者用一连串的动词——掺、挡、抽、掸、走，表现朱老爷活到这把年纪的内心孤寂，被称为老伙计的狗加强了他的孤寂。书为媒介，他看、枕、想的都是书。小小说还回溯八十年前的洞房花烛之夜，书为枕，意外的大火烧了书——作者没点明时间，却是隐喻了时代背景，甚至在村里与人争论、口角，都是文绉绉的书中的句子——一个满腹经纶的乡村书痴形象：对生命敬畏，对世事宽容。结尾呼应开头，还是与狗唠叨，并且，孙子又来转报好消息：侄孙子媳妇有喜了。他"无用"的书"有用"了，生命在延续，日子照常过。写小小说，平常日子难写。《呆头鹅阿珍》里，过了大半辈子的农村妇女阿珍，表面呆，心里明，心里想着这个家。作品用了一连串动词写人物：跑、收、兜、搬、藏，越活越像个小孩。当了奶奶，她把儿子开车送来的城市物品搬进屋，邻居问她什么东西，给我吃点行吗。她回应：也没啥东西呀。进一步发掘细节：村里人习惯端饭碗到院外吃饭聊天，阿珍却向来在屋里吃饭（以前穷，现在富了，都如此）——其实她不呆，能藏得住。"呆"延伸出了收和藏，均落实在"家"里了。经过多少风风雨雨，还是保持着那种活法：过日子，朴实，勤劳，精明。

红墨一改往年刻意追求小小说情节的骨感，《奶》的叙述，如春水漫灌久旱的田地，泥土发出滋滋的吸水声。对比手法构建起小小说的结构。作品讲述两个哺乳的女人：奶水丰沛的桂花有娃，乳汁枯竭的傻女失娃。孤儿大头没喝过母乳，他看、闻、追女人的乳房，乳房是母亲的替代，没母乳，他用枣子、山果替代。缺失什么，就关注什么。母乳是爱的开端。作者写了大头发现牛桂花乳汁过剩，挤入水沟，水像海水一样蓝，乳汁像漩涡中的花朵，小鱼浮上来吃花蕊。重复描述这个细节，使得奶水成为一个意象，具有生命的能量。饥与饱、溢与枯形成了对比，仿佛给缺失母爱的孤儿补了人生起步的一堂课。《枪》同样采取了对比手法，因为玩长枪，一群小伙伴的关系经历了顺从与疏离的变化。两篇小小说题材均为乡村的童年往事。

赵悠燕《寻针》之缸针显现在文本四分之三处，此前写了姓白的书生来崖村谋生。商家慕名来收购书生种出的烟草，书生仿佛走的是共同致富之路，让村民的烟草长得跟他种的一样好。悬疑是他在山上独处，不与村民来往，那箫声透露出"不一样"。这篇作品写得不一样，就凭一支箫（表达命运）、一根针（作为诱饵）。其实，这是个类似博尔赫斯《等待》的故事。等待、寻找是小说的母题，同时，带出决斗或复仇的故事。终于，寻针的灰衣人出现了，类似博氏的《遭遇》那把超越时空的刀，来者死在书生刀下，而那枚魟针统合了所有或显或隐的故事（包括宫廷、海盗、致富）。魟针的功能为：一是海上绑肉票之用，二是有防止烟草蹿秆之效，三是等待灰衣人的诱饵（寻找的必然性）。《寻针》及《窃香》等，采用的是笔记小说的方法，颇有冯骥才《俗世奇人》的传奇色彩。欣然看到，生活在海岛上的赵悠燕在文学上终于"靠海吃海"了，独特性也体现在题材上。

过去，远水救不了近渴，当今，远水也能救近渴。刘兆亮《碌曲》中的碌曲，是中国版图上的一个小点，但是，那天王先生的一辆装葡萄的货车被扣住，却引发了超越时空的大循环、大流动。小小说由一点切入：凌晨，雨声，"我"在浙江被手机叫醒，二舅的货车在内蒙古大草原的国道上被扣住——超载，"我"作为记者，与内蒙古报社联系，车放行了，于是事情就这么解决了。二舅忘了按挂机键，传来老歌，浪漫而有诗意。这个跑长途贩运的故事，扣留，放行，故事的线条清晰、单纯，结尾有点小意外，二舅把碌曲的行政归属弄错了，碌曲不属于内蒙古，而是属于甘肃。葡萄由乌鲁木齐运往昆明。二舅跑运输，给在上海的儿子购房还贷，跑一趟又有了几块砖，一面墙——农村人的算法。碌曲一个点像触动一个网络，牵涉了那么多地方，作者着重写关系。各种关系（关系的主体是中国式交换），如同一张巨大的网。叙述的突出特点是绕，缠是变体，生成了一个贯彻全篇的意象。开端二舅打开电话，先不求助，而是套近乎——可见"我"是亲戚中唯一一根救命稻草，这奠定了整篇作品的叙述基调，像绕口令一样绕，还引出了"我"小时候落水被救的经历。其中还有叙述的变奏：直接引述、间接引述。那话语的绕如同"我"小时候被河里的水草缠住了一样，就像一个故事之袋，装了数个绕的线团，使得这篇作品丰饶、有趣，简直牵一发而动全局。人物的小名鸽子也颇有意味，那是信鸽。中国式的语言的"绕"，把人物"绕"活了，把难事"绕"成了。

写小小说，某种意义上是写"记忆"。吴亚原已退休赋闲，其小小说多为老年题材。以往被忽视的经历，不是以"故事"的形式，而是以细节的形态，犹如晚空中的繁星闪烁：樟树、印花、麻饼、芙蓉、汤团。每一篇的每一个细节均与人物有关，天地物事，生死别离，命运沉浮，有诗意，有温暖，有悲悯。这也是活到这般年纪的人才有的人生感悟和微妙发现。《河边的错误》，题目让我想到余华的同名小说。吴亚原将记忆回跳到"十二岁"。作品背景为"大跃进"年代，大食堂终结，废弃的食堂改为村里的代销店。店边有一条河，傍晚，"我"去看河边的风景，店员去河边淘米洗菜，恰恰小芳潜入店里偷麻饼，"我"帮店员捉小偷，小偷竟是大他四岁的小芳姐。这是饥饿的缘故，但是，民间的道德决定了小芳"没面子"，这导致了母女俩的不幸命运：小芳嫁给了一个老光棍，不再回娘家。跛脚婶牵着小外孙的手出现在代销店。结尾，小外孙女有句话：外婆，麻饼真好吃。对大人而言，麻饼有难言之苦。麻饼在时空中穿过了三代人的记忆。此作着力点在"我"的愧疚困惑，那是中国式赎罪的变体。所谓的错误，是"我"也尝到饥饿的滋味，却参与了抓捕行动——小女孩站在"饥饿"的一边，以噩梦、发烧、寡言的方式自罚。那个麻饼的意象，像月亮一样升起，诗意以悲悯为底。

毛佐明的《西坝侯》，主人公姓侯，是坝工的头，管水闸，人称西坝侯。他收了个徒弟二猴。河涨开闸放水，师徒面临着选择：先放官船还是先放民船？官船体大，民船体小。人命关天，先放民船，师父挨了官员的鞭子。浪大，天黑，那坝口的三盏红字的大灯笼和师徒的形象相互辉映，塑造了一个不唯权势敬畏生命的管闸人的形象。开头若从河水涨、师徒选择切入更妥。

作家首先要有发现的能力——发现世界和自我，而发现自我更难。安纲和徐均生用文学的方式发现自我。徐均生借助一面镜子，用魔幻手法，发现的是社会层面的那个"我"，遵循的却是现实道路和逻辑。安纲不用媒介，直接呈现潜意识中的那个"我"。他是梦境的实录者，做梦的"我"和记录梦的"我"，像庄子梦蝶。（安纲的《蝴蝶》也写了梦里他是一只蝴蝶，追随一群蝴蝶，却察觉他跟蝴蝶"不一样"，他恢复为人，蝴蝶落在他掌心，突然蝴蝶说他是一个胆小鬼。一气之下，他要捏死它，却发现掌心空了——其中的意味读者自可投射。）安纲的梦幻小小说写日常生活，有着超越现实的色彩。"我"记起碎片化的童年梦境和游戏，长大了，"我"会注入精神的光芒：象征、隐喻、寓意。但童年时，"我"没那么多"想法"。《文学港》杂志同一期刊出了安纲两个系列：第三人称叙事《森林》（17 节）、第一人称叙事的《寓言》（43 则），像一面镜子的六十枚碎片，均为梦境实录。复制梦境，也是发现自我。《森林》里，只写了一次森林的遭遇，百余字。作品大多是写城里的生活，幽暗神秘的梦境如森林——有了象征意味。《森林》将"我"陌生化，以"他"的视角去发现。《寓言》写"我"看分身的多个"我"，还贴了个标签：寓言。只显谜面（梦境），不写谜底（寓意）。其中一则《一个超现实主义的镜头》，写一个小男孩，拿树枝在路中画了个圆圈（这不亚于孙悟空用金箍棒画的那个圈），那个圆圈就陷下去，像井一样冒出水，男孩一个猛子扎进去，又爬上来，反复数次，这个小男孩的游戏是画个圈，往里钻，他没惊诧于自己创造了奇迹。读者可以反复回放这个镜头，能联想到什么？读安纲的系列小小说，不妨参照另外三个文本进行对比阅读：危地马拉作家蒙特罗索的《黑羊》、墨西哥作家阿雷奥拉的《寓言集》、意大利作家曼加内利的《100：小小说百篇》，其中有共通的元素和共同的发现，但也"不一样"。文学创作不就是追探"不一样"吗？

二、讲好故事：情节、情感、情变

国内小小说有个误区，曾将"意外结局"（欧·亨利模式）列为小小说三大创作原则之一。其实，那不过是一种表达手段，短篇、中篇、长篇小说也常见此种"意外"，并不属于小小说专利。我不排斥"意外结局"，重要的区别在于：是刻意设计还是自然呈现。

我猜，杨静龙构思《前夫》，就已确定那个意外结局，就像博尔赫斯落笔前已见其如小岛般的小小说制高点。《前夫》中，阿奇嫂是一个哭灵师，而且，够档次。一是，夫妻俩办了个"送送你"公司；二是送亡灵，还唱灵曲。灵曲、菊花、红包、野兔的细节和哭灵师的形象配套，使人物形象饱满，又使《前夫》得到升华，还构成了难得的意象。死亡，是生命的黑暗，但是，小小说写了黑暗的同时又放出光亮。此为小小说的高贵品质，暗中见亮，丑中有美，恶里示善。小小说要有亮、善、美之光，杨静龙做得相当妥帖。可贵的是，细节放出了独特的光亮。一是灵曲，穿插了五段。阿奇嫂的能耐是，能够针对特定的情境、特定的对象，现编现唱，像吟唱诗歌。小小说是将别人的故事讲成自己的故事，将自己的故事讲成别人的故事。哭灵渐入佳境，哭别人转入哭自己，同时又带动或感染在场的人一起哭，似乎混淆了角色。结尾含蓄地点出了相同的遭遇，阿奇嫂其实哭的是"前夫"。二是红包。钱与情。阿奇嫂前边点了"优惠"，哭后又拒收，"前夫"的情结起了作用。三是菊花。菊花茶由热到凉，而情感隐隐地由凉到热，传递出阿奇嫂的心灵的温度。四是野兔。熄了车灯，给惊慌的野兔让道。四个细节，前后呼应、延伸，像群星环绕月亮——细节的闪烁，使得阿奇嫂形象有了光，又蕴含着对生命的敬畏和悲悯。这就是小小说，以小示大——写出大情怀。细节还使《前夫》有了独特性和丰富性。作者并不刻意写那个意外结局。妙在，"前夫"不在场，作品却通过阿奇嫂写出了"前夫"。《眉上的字》同样采取先抑后扬、先铺后抖的方法，写了人物的失与得、苦与乐。那支能消除眉上川字的不存在的笔，颇有意味。

这些年，徐均生保持着不懈的创作和探索的热情。《我之我》使我想到帕慕克的小说《我脑袋里的怪东西》。徐均生的怪异想法和其小小说中的人物的超常表现，都是"怪东西"——另一个"我"具象化，像双胞胎。文学和科学也是双胞胎，每一次科学（自然、社会）的发现，会以不同的方式影响和开拓文学，使之进入一个新领域。弗洛伊德发现了潜意识，打开了文学一扇幽暗之门。《我之我》——"我"和另一个"我"，实际是显和潜的意识的表现，只不过徐均生用一面镜子照见了"另一个我"，让两个"我"相互对话、相互影响。关于双重性，博尔赫斯有多篇小说进行了探索，《我和博尔赫斯》《另一个人》均写了博尔赫斯与另一个博尔赫斯相遇。徐均生可能受过启发，只是两个像双胞胎的"我"交流中，不是像博氏的小说"往上升"，而是往下落——回落世俗，以显"我"的形态，体现了新闻报道式的正能量：关心孤寡老人、捐书给希望小学、见义勇为。这是让人物在社会层面行动，而抽空了微妙的人性。《英雄之英雄》以另一种方式探索了双重性问题。剧作家的剧本体现了英雄情结，让女英雄经苦难，遇险情，每次都化险为夷，剧中的英雄，现实的演员和剧作家，是作者的多个自我的外化，仅在政治层面的正能量上运作。与先进人物的报道、表彰的区别在于，小小说探索的是唯有小说探索的存在。

　　徐水法的《丰源布庄》属于东街系列，背景为抗日战争。日本鬼子来了，布庄还是照常营业，可是，古长城的商铺纷纷关闭。掌柜孙大庆还为日本鬼子捐献冬衣布料，此为轰动全城的布料事件，他无疑是汉奸了。抗战胜利，众人要揪出汉奸，县长却称他为抗战功臣，原来，布料事件仅是表面现象，真相是孙大庆进货时将一批急需物资运到抗日根据地。胜利前后的形象形成了反差，掌柜或假或真不紧不慢的微笑前后贯穿。

　　吴宝华善于经营传奇色彩的故事。《仿古赵》的故事发生在清朝乾隆年间。台州永安县县衙边的古玩街，一间小门面，一块金字匾额——仿古赵。店主赵友明公开显示一个"仿"字，不藏不掖。一个青年要他仿制春秋时期的小铜鼎。这个故事前半部分停留在同类故事的俗套和模式之中。青年将仿制品出售，赵在朋友家看到，价格也跟赵预估的一样：一千两白银，这是真品的价格。情节展开的独特之处在于，赵不点穿，而是委婉地表示"借我把玩两天"。赵的精明进一步显示。不出他的所料，那青年又抱着真品前来仿制，他截留了真品。高手对决。青年取回仿品，发现两只鼎内有蝇头小字：仿古赵。而且，赵承认将真品交给了朋友。因此，断了青年以假充真的财路。作品的关键是赵对待真品和赝品的独特做法，他亮出牌子——仿古，坚守职业道德。假是假真是真，不容混淆，巧妙地维护了古玩的流通规则：公正、公平。处世板直与灵活相结合，仿古赵这个人物活了亮了。此作获2021"武陵杯"世界华语微型小说年度奖特等奖。吴宝华的《麝》把故事环境放在大兴安岭的林场，人物与动物的故事也是人与自然的故事。其小小说总能让过去的阳光照亮现在——现实意义。林场老职工马建军讲了两次与麝相遇的经历，使我想到福克纳的经典小说《熊》：一个小孩一生重复邂逅森林里的同一只熊，那是一只赋予象征意义的熊，邂逅成了一种神圣的仪式。吴宝华截取了两段邂逅，讲了邂逅同一只麝的故事，一次九岁时跟父亲猎麝，危急时刻，雄麝吞了香囊（麝香比黄金还贵），另一次是五十八岁时，已封山育林，严禁狩猎，马建军救出一只陷入石坑的雄麝，麝"吐"出了麝香，是回报。同一只雄麝，相隔近半个世纪，构成情节的链条：吞和吐。可谓圆满的设计。我对小小说出现巧合持有警惕，当然偶然中包含着必然，但是，此作巧合需要多大概率才会发生呢？何况，麝的寿命一般为十五年。作品真伪也在此区分。吴宝华的作品，可以"一鱼两吃"，既可作为故事，也是小小说，两种文体均可挂靠。

博尔赫斯认为世间的所有故事仅有若干种模式。怎么写出新意？2012年2月27日夜，我读西班牙作家法布拉以卡夫卡经历为素材的小说《卡夫卡和旅行娃娃》，其后记引用了阿根廷翻译家埃拉的话：卡夫卡是当代社会最伟大的发现者。画线画到"发现者"，我的笔奇怪地没了墨水，像卡夫卡耗尽了生命最后的能量那样。卡夫卡跟一个丢失了布娃娃的小女孩相遇，他找不到布娃娃，就用他去世前的三个星期以旅行的布娃娃的名义给小女孩艾希写了二十多封信，他担当了"布娃娃邮差"的角色——这是一个美丽而又温暖的故事，一个爱的奇迹。其实，卡夫卡的生命也被小女孩点亮了。1924年6月3日，四十一岁的卡夫卡因肺结核死于疗养院。

陈秀春的《空巢人家》也讲了一个类似的温暖故事，主要元素也相似：写信、小孩，只不过是当今中国的故事。名叫凌丁的小男孩是一个捡来养的孤儿，养父养母死于外出打工的途中。那是一个只剩老人和小孩的村庄，"我"开小超市兼快递收发点，"我"叮嘱在远方城市的女儿给凌丁寄邮包和信件，以其母亲的名义。确实，爱的阳光照亮了小男孩的心灵——他的学习有了动力，考上了大学。至此，情节与卡夫卡亲历的故事分岔了——展开情节的方向涉及作家的精神能量。卡夫卡博大，布娃娃没出现；陈秀春收小，让"我"的女儿出面收养小男孩，还加载了女儿结婚多年没能生育、曾拿了照片去学校门口印证过小男孩等细节。这样一来就坐实了情感转为情变或多或少带有功利性。一虚一实，关系着作品内蕴的一大一小，且题与文不够匹配。

褚永荣的《艳遇》简直是一场"大众力学"：身体之力、情感之力，各种"力"在公交车里或显或隐地运作。开头，人物听见小区门口一只喜鹊叫（到结尾，再看开头，可发现，人物的精神脆弱，维系在喜鹊的鸣叫），心情大好，忽略了工作的不顺（读者自会投射各自的不顺）。交通高峰期，公交车急刹车，车厢内的乘客趁势用力。第一人称的"我"以为出现了"艳遇"，而且，女方符合"我"的审美。"大妈"委婉地提示要下车却不下车，情感的力走向反感。好与坏的正反颠倒，力的运行走向各自的反面，车厢内仿佛起了一场无形的沙尘暴。作者着力写了视角中表象的力，隐了大量潜在的力，抵达了那股恶力的结果：裤袋被割了一个口子。颠覆了"艳遇"之美，像《红楼梦》中的风月宝鉴，照出了人物的丑与美。这种颠覆，在《传家宝》中以另一种方式呈现：父子关系的颠倒，时间空间颠倒，辈分称呼颠倒，作者通过日常生活的物事，以饮食、出行、交往来切入，却能感到父与子在时代变迁中的不同价值观的错位，那"传家宝"是那么无力无奈地断裂。

任迎春的《逃》中，大学毕业的女主人公之逃，就主题而言，可以与爱丽丝·门罗的小说《逃离》对比阅读。门罗的《逃离》中有一只灵动的小白山羊，任迎春的《逃》出现了相貌如爸爸的"一脸粉嫩的女婴"。那个爸爸就是房主。女大学生看中了距离工作的公司近，且在繁华地段的二十平方米的柴火间，还加上了一点，此地段能最大限度地满足一个女生喜欢购物逛街的天性。这暗合了房主不断送物的热情。此作的情节先铺后抖，作者也像房主一样有预谋地精心设计。房主无论精神上还是物质上都能迎合女大学生的"天性"，仿佛量身定制。他发挥自己的才艺，将一间柴火间的墙绘出了辽阔而诗意的虚拟效果：月亮、星星、大海、草原、花朵。随后，隔三岔五，送来不锈钢架子、收录两用机、绿色的驱蚊草。她有了住在自己的房子里的感觉。进而，房主又送粉红碎花的睡衣。她的反应是脸颊飞上羞涩的绯红。"那一晚，他的眼神让她失眠了"——这是房主"设计"的效果，以物传情。接着一个年轻的妇女推着婴儿车出现，推翻了女大学生的情感定式。于是，她离开了这个城市。仅房主给她造成的尴尬，还不足以使她逃离城市，难道不可以换间出租房吗？因为，她是大型企业的财务，生存的条件没问题。作者构思的情节线条是：租房到逃离。其实，不写逃离城市的这种封闭式意外结局会更加含蓄、敞开。此作无意中有个妙处：堆杂物的柴火间和手风琴管乐器并置，这是一个有意味的小空间。题目可为"柴火间"，暗示情感之火，逃并非此作的重心。

徐豪壮的《背影》截取四个情节写了友情的故事。同村同窗的李某和庄某，命运的轨迹分岔。庄某逢节还乡，看望年老的父母，延续着两人的交往。庄某步步高升，关系发生变化：起初相见，两人拥抱（友情）；后来，双手交叠，地位的差别使李某恭敬起来（使我想到鲁迅的《故乡》中的闰土），城乡和情感的距离由近及远，庄某由科长而高升为所长，然后退休，祭拜已逝的父母；结尾双方紧紧握手，仿佛回归儿时的友情，老李望着庄某远去的背影隐没在暮色之中。握手之前，有一个细节颇有意味：老李眯眼瞅着老庄的白发，"像滚雪球似的滚过来，越滚越大，压得老李大口喘气"。动词"滚"和"压"，以及接着的"挪"和"让"，表现出在村里开小店（兼收废品）的老李复杂而又微妙的心理。那么，紧紧握在一起的手仅是表象，一生仅留下一个暮色苍茫（人到晚年）的背影，而且，背影成虚空，透出了人生的沧桑。

张晓红《高高的广玉兰》中，一棵大树，两户人家，带出友情的故事。广玉兰树是重要角色。大树像巨大的绿伞，给两户人家挡风遮阴。树是跃峰的父亲四叔所栽，一半的树冠长在东明家。两家人的孩子跃峰和东明长大了，进城了，还保持着友情。同在一座城，却交往甚少，他们只是结伴回乡，情系大树。四叔摔伤，假借树的名义召唤儿子回村，因为树带来了生活的尴尬。其实四叔是采用含蓄的方式表达感情。但是，儿子跃峰齐根锯掉了大树。作品的结构是倒叙，先写结果，再写原因。开头写了大树被锯倒，结尾呼应，消除了麻烦。不过，真相是反而增加了四叔的悲伤，他挂着拐杖，哭诉树的死亡，仿佛是他害了树——最后的希望破灭，后辈可以"永远不回老家"了。大树的命运和人物的情感息息相关。

安林英的《逃婚》表达了与任迎春的《逃》同样的主题，叙述了相似的故事。在那个唯成分的年代，《逃婚》的主人公凤面临着选择：她的家庭成分是地主，她爱出身贫农还欠了债的小木匠（嫁贫农，可脱离地主家庭），可是，父母已答应将她嫁给出身富农的男人，并收了彩礼。贫穷与富有，政治与婚姻，恰与当今的价值观相悖。于是，凤和小木匠逃离。怎么处理逃离后的生活？作者如此设计：祸上加祸，苦难加码。小木匠车祸身亡，儿子摔跤折腿，然后突转，喜上加喜，当初富农的儿子已成了包工队头儿，给予了资助。时代正值改革开放，兜了一大圈，一个大团圆。但消解了为爱"逃婚"的精神力度。

　　这类故事的表达值得思考：故事情节的展开往往隐含着若干种难以跳出的模式。杨静龙的小小说之所以能跳出模式，写出新意，是因为他着意经营了细节。我把这类小小说归结为"一件事"的叙写，其流程为开端、展开、高潮、结局。结局多为封闭式。远山含黛《纽扣》的主人公痴迷地收藏纽扣，情节到达四分之三处，作品突转为廉政主题，构成纽扣与升官、纽扣与腐败的因果关系。这样的安排缺乏充分的逻辑支撑，人物如此不合群，玩纽扣就能升为局长？成也纽扣败也纽扣，纽扣这个细节运行是否还有另一种可能的方向？方颖谊的《农民工小张》写了一台挖机的事。放在疫情的背景下，小说展开打工进行曲：城市与乡村。小张受伤仍坚持在城里，唱响复工进行曲。结局的调子不是文学而是新闻：小张，好样的，我们城市的发展离不开你们呀。让我记住的是自立自强的小张与挖机的关系有一段写得很妙，在他的眼里，挖机拟人化了——那是他借钱购机的时候。曹隆鑫的《爱摄影的副镇长》也写了一种癖好，将摄影与致富挂钩，形成一种因果链——为乡村脱贫致富。作者设计了高强度的戏剧冲突，把本不相干的人物聚合在一起，又不约而同地集中在一个热点上，在满满的正能量上展开叙事，结局是"大量游客的蜂拥而至"。此作承担了新闻通讯（先进人物事迹）的职能。邓根林的《一辆"老爷车"》假戏真做，结局来了个反转。俞卫萍的《奶妈》以哺乳期的"我"的视角展开，讲述母亲当奶妈的故事。开头就设计了巧遇——白发老人为了孙子卫国寻找奶妈，转入卫国将奶妈当亲妈，又转为卫国参战失忆，却认出奶妈的白发，交代式地写了奶妈与卫国之间漫长关系的流程，尽管用了众多大词为光环，但缺少细节的亮点。可见，人物、故事都需要细节来照亮。

　　沈海清的《最后一件陪嫁》设置了一个欧·亨利式的意外结局。文娟出嫁，母亲送了一件陪嫁——耳塞，叮嘱夫妻发生争吵，要女儿戴上耳塞（隐去了父母争吵的故事）。传授的是为妻之道。期待怎么在家庭生活中运用耳塞，是此作打开情节的方向。丈夫是养老院院长，文娟提出要去养老院帮他分担工作，丈夫没同意。丈夫的生活很讲究，喜欢食炒鸡蛋。文娟做了韭菜炒鸡蛋，丈夫唠叨，第二天，做了洋葱炒鸡蛋，丈夫又唠叨，第三天，两样都端上来，丈夫又挑剔，到了失去常理的地步。每一次文娟都戴上耳塞听音乐。我以为这种情节"失真"了，这却是丈夫对妻子的一种考验，因为，养老院工作不但又苦又累，还要有好脾气。耳塞最初的小功能转延为社会性的博爱，"失真"也转为合理。写出了人物的性格，同时也写出了爱心。一个温暖而又和谐的故事，由耳塞这个细节点亮了。

2021年浙江小小说创作，在新冠肺炎疫情紧张的气氛中，多有温暖，多有亮光。五年前，在述评中，我有过一个统计：倚重故事的写法占百分之八十以上。2021年，注重人物和倚重故事的小小说的比例，大致为四比六。作家在创作中越发注重人物形象的塑造。作为一种肯定与推荐，列出年度小小说精品个人排行榜作为本文的结尾：1. 杨静龙《前夫》；2. 赵淑萍《戏中寒》；3. 岑燮钧《戴礼帽的女人》；4. 蒋静波《天上的莲花》；5. 吴鲁言《枕上书》；6. 吴宝华《仿古赵》；7. 刘兆亮《碌曲》；8. 赵悠燕《寻针》；9. 张晓红《高高的广玉兰》；10. 汪菊珍《晃荡的楼梯》。

2021年浙江小小说要目

一、书

吴鲁言　《鲁言鲁语》　浙江工商大学出版社2021年6月版

岑燮钧　《族中人》　宁波出版社 2021 年 7 月版

二、文

赵淑萍　《戏中寒》《故事会》2021 年第 10 期　《小说选刊》2021 年第 9
　　　　期选载

　　　　《最后一次上讲台》《芒种》2021 年第 10 期　《作家文摘》2021
　　　　年 10 月 29 日　《小小说选刊》第 22 期选载

岑燮钧　《戴礼帽的女人》《小说月刊》2021 年第 8 期　《小说选刊》
　　　　2021 年第 10 期选载

　　　　《泥炮》《宁波日报》2021 年 3 月 9 日　《小说选刊》2021 年第
　　　　6 期选载

蒋静波　《女孩与花儿》(三题)　《微型小说月报》2021 年第 2 期　《小小
　　　　说选刊》2021 年第 14 期选载

汪菊珍　《晃荡的楼梯》《天池小小说》2021 年第 9 期

吴鲁言　《枕上书》《天池小小说》2021 年第 11 期　《小小说选刊》2021
　　　　年第 15 期选载

　　　　《呆头鹅阿珍》《天池小小说》2021 年第 23 期

红　墨　《奶》《微型小说月报》2021 年第 2 期

　　　　《枪》《小小说月刊》2021 年 9 月上半月刊　《微型小说选刊》
　　　　2021 年第 20 期选载

赵悠燕　《寻针》《小说月刊》2021 年第 3 期

　　　　《窃香》《小说月刊》2021 年第 1 期

刘兆亮　《碌曲》《金山》2021 年第 3 期

徐水法　《丰源布庄》《天池小小说》2021 年第 21 期

吴亚原　《河边的错误》《三门峡日报》2021 年 9 月 29 日

毛佐明　《西坝侯》《天池小小说》2021 年第 9 期

安　纲　《森林》(17 节)　《寓言》(43 则)　《文学港》2021 年第 1 期
　　　　　　　　　　　　　　　　　　　　《文学港》2021 年第 1 期

杨静龙　《前夫》《小说月刊》2021年第11期　《小说选刊》2021年第
　　　　12期选载

　　　　《眉上的字》《小说月刊》2021年第3期

徐均生　《我之我》《微型小说选刊》2021年第1期　《小小说选刊》
　　　　2021年第3期

　　　　《英雄之英雄》《小说月刊》2021年第8期　《微型小说选刊》
　　　　2021年第22期选载

吴宝华　《仿古赵》《小说月刊》2021年第6期

　　　　《麝》《小小说月刊》2021年2月下半月刊

陈秀春　《空巢人家》《绍兴晚报》2021年11月17日

褚永荣　《艳遇》《金山》2021年第11期

　　　　《传家宝》《嘉应文学》2021年第10期

任迎春　《逃》《百花园》2021年第4期

徐豪壮　《背影》《金山》2021年第3期

张晓红　《高高的广玉兰》《宁波晚报》2021年11月5日

安林英　《逃婚》《金山》2021年第2期

远山含黛　《纽扣》《金山》2021年第12期

方颖谊　《农民工小张》《金山》2021年第11期

曹隆鑫　《爱摄影的副镇长》《金山》2021年第11期

邓根林　《一辆"老爷车"》《上海故事》2021年第7期

俞卫萍　《奶妈》《金山》2021年第2期

沈海清　《最后一件陪嫁》《上海故事》2021年第8期

毛菊香　《右手》《天池小小说》2021年第21期

谢丙其　《网友》《今晚报》2021年3月7日

　　　　《父亲的拐杖》《今晚报》2021年5月16日

桑芽粒粒破春青
——2021 年浙江戏剧文学综述

| 严 迟 |

2021 年，好像和往年没什么不同，过了春节，很快就是大地清明的日子。然后是夏忙季节，秋熟季节，再然后就是冬藏的日子了，再然后，又是爆竹声声的日子。于是，一年就这么嗖嗖地过去了。然而，这一年又和往年不同，这一年的日子是要计算着来过的，因为疫情耽搁了太多时间，对许多人，许多文艺单位来说，每一天都是一个必须争分夺秒的崭新的开始。这恰好也印证了浙江戏剧文学创作 2021 年的基本轨迹。从新春到夏忙到秋熟到冬藏，这一年因为争分夺秒，不敢松懈，因而在困难重重的局面中占得先机，获得了很了不起的收成。仅就数量而言，这一年新创作并且推上舞台的大型戏剧不少于四十部，还有相当数量正在创作或者来不及推上舞台的剧目。同样，浙江独具一格的小品小戏仍然获得很好的成绩，在 11 月份举行的浙江省第三十二届群众戏剧小品大赛中，有一大批作品参与角逐，最终评出金奖六个（1.《共享奶奶》编剧郑琳；2.《生与"死"》编剧叶翼鹏、卓淑薇；3.《雕刻时光》编剧朱倩颖、徐雨馨；4.《暗"渡"成婚》编剧应言信、周斌；5.《老街书店》编剧魏东、汪红波；6.《我来了》编剧蔡海滨），银奖十三个，入围作品五个。而数十个小戏以及曲艺作品也举行了专场演出，风格各异、百花齐放的小戏曲艺作品成为浙江戏剧一道亮丽的风景。创作势头保持着快

速发展，浙江的戏剧文学不仅数量骄人，而且就剧本的思想性、艺术性、娱乐性而言，同样可圈可点，这是在面临重大疫情的情况下取得的成绩，弥足珍贵。

2021年，浙江的四十来部大戏和前几年一样，在题材上依然以现代题材为主；在现代题材中依然以各地革命史、党建史、廉政史等正面歌颂的重大题材、主旋律题材为主。比较明显的变化是大多数现代题材的选取从过去的事件选择转变为现在的人物选择。这是一个非常值得肯定的转变。人物是一切文学艺术创作的出发点和最终点，尤其是在当众表演的戏剧艺术形式上，是否塑造代表社会进步，浓缩民族精神，树立品格楷模的鲜明的人物形象，是衡量一个戏剧作品艺术水平高下的基本标准。2021年，浙江的戏剧创作画廊中，人物走向前台，事件退向幕后成为一个趋势。在故事和事件的描述上，越来越注重于深度挖掘，以拓展事件本身具有的特殊性。在这方面，有不少剧目给人留下了深刻的印象。例如：反映中共早期浙江省委九位书记前赴后继，先后为革命遇难牺牲的话剧《省委书记》；讲述中共一大召开背后故事的舞剧《秀水泱泱》；以"浙南刘胡兰"郑明德的事迹为素材的音乐剧《一抹红》；描写同期浙南永嘉红十三军事迹的越剧《光明歌行》；描写淳安人民以生命为代价勇救北上抗日的红军指战员的睦剧《茶山村的故事》；描写20世纪40年代长兴新四军英勇抗战的话剧《清溪谣》；描写缙云县红色戏班在战争岁月投身革命的婺剧《括苍山下》；描写中共早期领袖瞿秋白与杨之华伉俪战斗爱情故事的绍剧《秋之白华》；描写为培养浙商人才和创建浙江省立高级商业职业学校呕心沥血的奠基人张之桢的话剧《苔花开》；描写一代名师、"江南笛王"赵松庭的越剧《幽兰逢春》。还有根据两位可爱的外婆级老革命事迹创作的甬剧《众家姆妈》和歌剧《畲山黎明》。

除了上述描述新中国成立之前的革命历史题材以外，描写新中国成立后的浙江风云人物和重大事件的戏剧作品也体现出了较高的艺术水准。例如：反映新中国第一座核电站秦山核电站建设的音乐剧《国之光荣》；反映"两弹一星"功勋奖章获得者屠守锷事迹的湖剧《国之守锷》；反映新中国法制建设主要人物、苏维埃政府司法人民委员部副部长梁柏台的新昌调腔《梁柏台》；反映毛主席亲自批示的新中国第一代劳模、金华农民陈双田事迹的婺剧《赤脚书记》；反映顶住压力，顺应时代，领导创办义乌小商品市场的县委书记的婺剧《义乌高华》；反映 20 世纪 60 年代那一场著名大洪灾后南堡人民泰山压顶不弯腰，灾后重建感天动地的故事的越剧《南堡壮歌》；等等。这些题材，除了有着强烈的现实主义、理想主义、爱国主义主题色彩外，对人物塑造的追求，对人文精神的探究，大多孜孜以求，成效明显。

一

瞿新华创作的话剧《省委书记》是一部精准把握题材内涵，精心刻画人物心理的作品。剧本描写了一个灾难深重、风雨如晦的黑暗年代，那也是一个青春热血、激情昂扬的革命时代。张秋人、王家谟、卓兰芳、龙大道、李硕勋、徐英、罗学瓒、夏曦、刘英，九位一百年前的青年，九位新民主主义革命时期担任过中共浙江省委书记（代理书记）的共产党员，在为他们信仰的革命事业献出了生命之际，平均年龄不到三十岁。话剧《省委书记》着重以张秋人、卓兰芳、王家谟的故事为主线，通过特别法庭、陆军监狱和水岸船边三大场景空间，运用艺术的手法巧妙串联，呈现这九位省委书记（代理书记）坚如磐石的崇高信仰和视死如归的革命精神。

　　舞剧《秀水泱泱》讲述了中共一大会议放哨人、南湖女儿王会悟为中共一大成功召开机智献策，做出杰出贡献的故事。王会悟出生于乌镇，少年时深受新文化影响，她追求男女平等、收女生入学、鼓励放脚、反对童养媳制度。在上海，王会悟结识陈独秀、高君曼等革命人士，成为李达的革命伴侣和工作助手。1921年7月23日，中共一大在上海秘密召开。会议进行到30日时被暗探发现，为保证大会顺利进行，负责会务工作的王会悟提议，大家转移到嘉兴南湖的游船上继续开会，在王会悟的积极安排下，大会成功躲避了敌人的监视，最终顺利闭幕。可以说，中共一大的顺利闭幕离不开王会悟，没有王会悟也就没有今天的南湖红船，王会悟是南湖红船的直接见证人之一。剧本角度新颖，构思独特，从王会悟的视角回顾一百年前的那一段光辉岁月，具有特殊的意义。

　　音乐剧《一抹红》和越剧《光明歌行》、睦剧《茶山村的故事》、话剧《清溪谣》属于同类题材，都是以抗日战争、解放战争为背景，塑造了一批为革命舍生忘死的英雄形象。音乐剧《一抹红》以"浙南刘胡兰"郑明德的事迹为切入点，通过一个十五六岁的乡野丫头在革命的历练中成长为无惧牺牲、坚定信仰的女英雄的故事，展现平阳的红色革命精神。平阳县是浙江的革命摇篮，浙江武装斗争的第一枪在这里打响，中共浙江省一大在这里召开。郑明德是诞生在这片红色土地上的一位女英雄。她1925年出生，十三岁随父亲参加革命。1940年春，不满十五岁的郑明德参加了游击队，后来又加入了中国共产党。1941年7月，为了掩护红军转移，十六岁的她受伤后被捕，次年英勇就义。人们称颂她是"浙南刘胡兰"。剧本波澜起伏，热情讴歌了在革命战争年代，浙南人民在中国共产党的领导下百折不挠、英勇顽强的革命精神，令人观后荡气回肠，深受感染。越剧《光明歌行》是温州越剧团年轻编剧陈秋吉的新作。剧本取材自真实的历史素材，以永嘉红十三军奠基人李得钊守护数万份共产党的绝密档案为主要线索，讲述了面对上级叛徒出卖，夫妻同坐监狱，在各种酷刑和利诱下坚强不屈，用生命保住了"中央文库"主体档案的一部分，以鲜血实践了革命理想和共产主义信仰的故事。剧本事件集中，构思精巧，将人物始终置于矛盾的中心，故事一波三折，层层推进，有较高的艺术感染力。睦剧《茶山村的故事》也写了一个精彩的故事：北上抗日先遣队的红军战士何启明在保安团"清剿"时身受重伤，被娶亲路上的新郎汪长生所救，悄悄背回家中。这件事被村中二流子狗剩探知并且向保安团告密。保安团的匪连长率兵突然包围茶山村搜捕红军。危急之中，汪长生母亲认何启明为儿子，并由汪长生冒充何启明逃离茶山村以吸引匪兵，汪长生被枪所伤掉下山崖，生死不知。而狗剩带领的匪兵挖地三尺，搜捕出了何启明，生死面前，汪长生母亲和全村村民斗智斗勇，坚称何启明就是汪长生，何启明死里逃生。剧本生活气息浓厚，语言生动，汪长生、汪母、何启明都是成长中的人物，显得真实可信。话剧《清溪谣》主要讲述一群美术专业的当代大学生在山间写生，无意中踏足一片静谧的竹林，雷雨中，他们与七十多年前发生的战争相遇，他们与一群青春的新四军战士相遇，他们与一个个生与死的故事相遇——那是在1944年间，在长兴的苏浙军区新四军用生命保卫着脚下这片土地。他们是那个峥嵘岁月的青年，用热血书写着深切的爱国之志、美好的夫妻之情、深沉的战友情、温暖的军民情——那一场风雨，涤荡着这群大学生的心灵。他们在今天这片和平安宁的土地上，重新认识了青春的价值、信仰的含义和生命的真谛。这是个带有哲思意味的故事，发人深思，回味无穷。

婺剧现代戏《括苍山下》、绍剧《秋之白华》、话剧《苔花开》、甬剧《众家姆妈》、歌剧《畲山黎明》等现代戏，则从各种不同的角度来回望历史，描写了一群色彩斑斓的人物。婺剧《括苍山下》讲述的是一个戏班的不凡经历。解放战争时期，括苍山下的缙云县小章村，活跃着一个忙时务农闲时演出的农暇戏班，班主蔡旺溪是我党地下交通员，他带领戏班的党员和进步艺人，在艰难的情况下，坚持一边演戏一边做革命工作；巧妙掩护负伤的处属特委书记傅振军等抗暴军人员脱险；将积攒下的粮食运出小章村，使抗暴军渡过难关。蔡旺溪还发展党组织，为地方游击队运送枪支弹药。虽然蔡旺溪因叛徒出卖而不幸被捕，但他坚贞不屈，视死如归。最终，蔡旺溪带领的农暇戏班配合抗暴军，消灭了盘踞在缙云一带的敌顽武装，迎来了浙西南解放，因而戏班也被誉为"红色戏班"。

绍剧《秋之白华》以萧山本土革命先驱杨之华为人物原型，以当代人的视角触摸历史，将红色、爱情与萧山三个重要意象有机统一，艺术地再现了杨之华从青年时代受五四运动影响，受到瞿秋白等共产党人教育，参加工人运动、追求妇女解放事业的成长历程。出生于萧山坎山镇的杨之华，是中共早期领袖瞿秋白的妻子，不到二十岁就开始参加革命活动，是中国妇女解放思想理论的早期贡献者，也是新中国女工工作的开拓者之一。在中共党史、中国工人运动史、中国妇女运动史上，像杨之华这样跨越旧时代、投身于新时代妇女解放运动的先驱者和革命家屈指可数，她不怕牺牲、敢于斗争的革命精神以及对中国共产党矢志不渝的信仰一直感染着后人。

话剧《苔花开》也是一次对历史、对历史人物的回望。20世纪40年代，中国遭受日本侵略，兵荒马乱，经济凋敝，中国的振兴大业急需一大批人才，特别是经济建设人才。具有远见卓识的张之祯先生痛定思痛，发誓以自己毕生精力创办一所囊括各类经济门类培养各类经济学子的学校，他没有食言，栉风沐雨，呕心沥血，坚定不移，锲而不舍，说服、团结了一批业界精英共襄大业，终于成功创办了浙江第一所高等商业学校，为新中国的建设培养了无数浙商人才，奠定了浙江经济发展的人才基础。越剧《幽兰逢春》以"江南笛王"赵松庭的一生为蓝本，采用他的经典名曲《早晨》《婺江风光》《幽兰逢春》等为音乐线索，讲述先生违背父命，走上习艺之路，醉心传统，执着笛艺，教学育人，倾尽一生推动民族音乐发展的传奇故事。他的经历浓缩了一代中国音乐家群体的形象，体现了深厚的民族自豪感和文化使命感。先生对艺术教育的热忱，对名利的淡泊，他的言传身教、严谨治学、身正为范、学高为师，数十年来影响着一代又一代的浙江艺术界和音乐界的学子们，犹如兰花一样常驻学生心间。这个剧本是一个学校（浙江艺术职业学院）对自己曾经的教工、老师、艺术领路人的一次致敬，一次吐哺，也是对一代名师的仰望和精神追溯。剧本情节新颖，人物朴实，特别是剧本赋予的清淡雅致的文学气质，与文化名人的传奇故事气息相通，具有很强的艺术感染力。

甬剧《众家姆妈》和歌剧《畲山黎明》写了两个不同寻常的女性。《众家姆妈》以浙东女性革命家陈修良的母亲陈馥为原型，融合浙东地区优秀革命志士的英雄事迹，展现一位具有大爱的"母亲"崔陈氏和她一众"儿女"的不解情缘。崔陈氏是一位特殊女性，她出生在封建大家族，在国家前途命运艰难抉择的历史时刻，她的热血青年"儿女"们做出了不同选择，身处洪流中的崔陈氏也不得不在此之间做出选择。民族歌剧《畲山黎明》是一部红星照耀下的畲族革命史。故事取材于景宁畲乡的真实故事，讲述了以"畲药婆"钟银钗为代表的普通畲族群众与红军在革命年代中结下的血肉亲情，展现了畲族人民的家国情怀和忠勇精神。同时描写了红军挺进师在浙西南坚持游击战争，忠于使命、植根人民，与畬族群众以心换心、鱼水情深，带领人民群众与反动恶霸坚决斗争，求索光明的爱国主义故事。

简言之，上述这些戏剧作品对浙江近现代的重要事件重要人物做了挖掘梳理和整理，以史为鉴，以人为镜，从革命发展、社会前进的角度讴歌了那些对推动历史前进做出贡献的人物，从而揭示了一条历史选择走向新中国的必由之路，提出了一个颠扑不破的社会主义的革命真理。剧本大多带有强烈的现实主义和浪漫主义的色彩，热情洋溢而发人深思。

二

随着新中国的建立，浙江乃至全国百废俱兴，社会主义建设一日千里势不可当，一个"遍地英雄下夕烟"的时代迎面而来，一个"天翻地覆慨而慷"的热潮汹涌澎湃。浙江大地涌现出无数的建设奇迹和各种杰出人才。音乐剧《国之光荣》、湖剧《国之守锷》、新昌调腔《梁柏台》、婺剧《赤脚书记》《义乌高华》、越剧《南堡壮歌》就是对这个杰出时代优秀浙江儿女的忠实记录，它们将观众们带入那段可歌可泣的峥嵘岁月，共同感受时代脉搏的跳动。

《国之光荣》是秦山核电有限公司、浙江传媒学院联合出品的原创音乐剧。20世纪80年代，一批批核电建设者，从西北戈壁滩，从西南大山沟，从核潜艇基地，从高校院所，从祖国各地，汇集到杭州湾畔，传承和发扬"两弹一星"精神和"四个一切"核工业精神，勇立潮头、勇当国任、自力更生、开拓创新，在海盐秦山实现了中国大陆核电"零的突破"，铸就了"国之光荣"。自1985年开工建设，至1991年并网发电，秦山核电从无到有，从小到大，成为我国核电机组数量最多、堆型最丰富的核电基地，实现了从跟跑、并跑到领跑的跨越。《国之光荣》正是以杨启、赵国斌两代核电人的奋斗为主线，讲述了第一代秦山核电人从无到有艰苦摸索自行设计、建造和运营管理我国第一座三十万千瓦压水堆核电站以及新一代核电人继承前辈品格开拓核电新成就的感人故事。湖剧《国之守锷》和秦山核电站故事有异曲同工之处，讲述了湖州籍"两弹一星"功勋奖章获得者屠守锷等一代科学家为实现航天梦、科技梦、强国梦克服重重困难，艰苦奋斗的感人事迹，展现当代中国由小变大、由弱变强的光辉历程，见证中华民族站起来、富起来、强起来的伟大飞跃。剧本以人立戏，围绕着屠守锷的个人命运，勾勒了一条实现中国导弹梦的线索，主线鲜明，人物突出，剧情随着人物命运的沉浮而跌宕起伏，引人入胜。

《梁柏台》以新昌籍同名历史名人事迹为依据创作而成。梁柏台（1899—1935），中国共产党早期优秀党员，中华苏维埃共和国中央政府重要领导人，司法人民委员部副部长、检察长，中国劳动改造教育感化制度的创始人，第一部红色宪法起草人，被誉为人民法制和人民司法的开拓者和奠基人，是依法执政、依法治国的先驱。剧本加入当年真实存在的"左祥云贪腐案"并以此为切口，着重描写梁柏台面临大是大非时的心理活动及以身作则实践党的司法原则的故事。

谭均华编剧的《赤脚书记》写了一个以劳动为荣，闲不住、坐不住的新中国第一代劳动模范。他叫陈双田，曾八次受到毛泽东接见，曾当选党的十一大代表，第一、二、四届全国人大代表，金华县委副书记，虽身任公职，但他时时刻刻离不开浙中的黄土地，和群众一起劳动。为此，1963年5月9日，毛主席专门就他参加劳动的报道作了一千三百多字的长篇批语，史称"五九批示"。陈双田这位"赤脚不离田，书记只为民"的农民书记身上的"为民服务孺子牛、开拓创新拓荒牛、艰苦奋斗老黄牛"的"三牛"精神，是宝贵的精神财富，永远不会过时。编剧谭均华正是基于对这一题材的浓厚兴趣和深刻认识，在剧本创作过程中得心应手，人物真实可信，亲切感人，尤其令人印象深刻的是剧本的语言特色，具有轻松、诙谐、个性化的特点，生活气息浓厚，农民书记的形象栩栩如生。

说来也巧，金华婺剧一下子创作出了两个书记的形象，除《赤脚书记》外，《义乌高华》描写的是另一位中流砥柱式的硬汉书记形象。《义乌高华》在解析大量史实的基础上，坚持现实主义的创作原则，以改革先锋谢高华为原型，塑造了一个具有独到慧眼、开创性思维和铁一般执行力的县委书记人物形象。剧本主要取材于谢高华同志担任义乌县委书记期间的传奇事迹，用艺术化、戏剧化的方式讲述义乌故事、展现义乌精神，真实地再现改革开放四十多年来义乌社会改革、震荡、裂变、转型的历程，书写当代义乌人的命运史和心灵史，呈现一幅当代中国社会生活画卷。剧本具有极强的艺术感染力。通过对谢高华的刻画，使平地而起的义乌小商品城有了立脚点，为小商品城的高速发展找到了原动力。同时，通过谢高华的作为，使观众们对改革开放这段历史有了形象的、立体的、深刻的认识。

《南堡壮歌》描写的是一次特大自然灾害中人民群众战胜困难，生产自救的悲壮故事。这是一个桐庐人，甚至那个时代的中国人都耳熟能详的故事。1969年7月5日，位于分水江畔的南堡村遭受特大洪水袭击。全村变成了一片废墟，只剩下一个破灶头、半间屋架子和一棵苦楝树。在党和政府的领导和关怀下，南堡人民自力更生，重建家园，实现了"粮食生产一年自给，两年有余，三年建设新南堡"的奇迹。1970年6月3日，《人民日报》

头版头条刊登了以《泰山压顶不弯腰》为题的长篇通讯，报道了南堡人民的英雄事迹。南堡人民这种面对灾难毫不畏惧、自力更生、艰苦奋斗的精神，被概括为"南堡精神"。越剧《南堡壮歌》以此为背景，表现了关菊仙、何焕根这对恋人因洪灾而导致的聚散离合悲欢的命运，再现了南堡人民团结互助、奋发图强、战天斗地、重建家园的动人事迹和伟大气概。剧本以一对恋人为主线，故事走向和人物走向清晰可辨，扣人心弦，是一个有力度、有温度的好作品。

三

2021 年，浙江的戏剧创作中，涉及当下现实生活的作品不多，黄先钢、王晶编剧的越剧《祝家庄里的年轻人》、谢丽泓编剧的越剧《钱塘里》，是两部难得的观照现实、激浊扬清、同步反映我们身边的人和事的好戏。《祝家庄里的年轻人》讲述的是以祝媛媛、梁大力等为代表的新时代青年怀抱建设新农村、发展新农业的梦想，从城市返回农村创新创业，投身乡村振兴，在故乡的热土中，拓印青春芳华、赤子柔情的故事。随着故事推进，四季仙果之旅、新农人联盟、新农人集市、觉农翠茗茶、青瓷创意坊、唐诗宴等上虞元素逐渐呈现在观众面前，以戏曲艺术的方式全面展示了上虞的地域特色、乡土风情、人文精神和当代上虞人创新创业的奋斗精神，进一步唱响讴歌党、讴歌祖国、讴歌人民的时代主旋律。上虞是"梁祝传说"的发源地，越剧艺术与"梁祝"母题的结合曾引发世人"蝶舞凝山魄，花开想玉颜"的瑰丽想象，而今两者之间正碰撞出新的火花。现代越剧《祝家庄里的年轻人》演绎了"梁祝传说"发源地——祝家庄里新时代的青年投身乡村振兴的感人故事，可谓是一部"越剧版"《我和我的家乡》。正是剧本对现代农村的现代化有正确的揭示，因而上虞的故事带有普遍意义，也成为浙江改革开放、农村巨变的一个缩影。

《钱塘里》围绕着一件交通肇事撞人案，反映社会各色人等面对车祸的不同态度和不同的人生观、价值观。首先，作者的可贵之处在于精心设置了一个受害人不知肇事者为何人的悬念，使情节发展带有不可预测性；其次，剧本反题正写，赋予一批底层人员以及车祸相关人员开放的心态、豁达的态度，在努力修复受伤身体的同时，也有意无意地修复着人与人之间的关系；最后，作者敢于正面揭露和批评那些带有碰瓷心态的人和事，剧本对此也怀着深深的悲悯之心。可以看出，作者对各种丑恶现象是深恶痛绝的。好的文学作品应该是一把解剖刀，可以看到并且切除社会的种种毒瘤。在这一点上，《钱塘里》做得不错。

很久没有看到像青年剧作家郜庆龙改编自短篇小说《疯娘》的越剧《我那"疯"的娘》这样令人深深为之震撼的戏剧作品了。这个故事讲述了一个疯娘为了用她的方式表示对自己孩子的疼爱而失足摔死的故事。一个疯子生了一个孩子——也就是故事中的小树后，被孩子奶奶赶出了家门，可历尽磨难痴痴呆呆的她还是要和孩子在一起。小树渐渐长大了，知道娘是一个疯子，从没叫过她一声"娘"，还远离她，自己独自住在学校。过了好长时间，小树才知道自己错了。娘的命很苦，她是被恶人侮辱后，不为家里和村里所容，被赶至野外自生自灭，急怒交加之下而疯了的。娘虽然是个疯子，心里却似乎比谁都清楚要疼爱孩子。为此，常常遭到不愿意看见她的人的群殴而伤痕累累。直到有一天晚上，疯娘拿着采摘的野桃子去学校送给小树吃，小树感动得大声说："娘，这桃真甜！"这时，他才第一次叫了一声"娘"，娘和小树都激动得哭了。于是，疯娘便高高兴兴地走了，一路上，疯娘边上山边摘野桃。可是，不幸的事发生了，疯娘失足摔下悬崖，摔死在山脚下……小树知道后，不知有多伤心，大叫着"娘"，然后，然后就没有然后了，人们只看到母子俩留给世间的一大一小两座坟茔，里面有说不尽的凄凉。这个剧本题材并不新鲜，但剧本将人性之美、人性之恶揭示得淋漓尽致。它设置的规定情境是如此闭塞，反差如此之大，娘的人性美被精心包藏于她的疯疯癫癫的表象背面，这就给观众和读者的审美体验设置了门槛，让人必然地带着疏远的预设进入剧情，然后经历一次次强烈的情感冲击。出其不意又在情理之中，这是非常好的编剧手法。

四

创作传统题材、古装题材，一直以来为浙江编剧们的长项，浙江在全国范围内有名气的戏剧剧本大多是古装戏。这一趋势随着我们这个火红的年代的现实需要而有了改变。尤其是这几年，浙江的古装戏是越来越少了，即便有少量古装剧目，也大多因为过于强调思想功能、教育功能而往往显得欣赏趣味不够。2021年，古装戏创作所占的比例还是很少，主要是清官、廉政类剧目，如《走马御史》《却金亭》《刘伯温智斩玉面郎》《刘基还乡》，加上一个反映世态炎凉提倡家庭和睦的《结发缘》。

《走马御史》主要是写了以宁波陈禾为代表的一批北宋御史，前赴后继，与权奸童贯卖国求荣做殊死斗争的故事。严格地说，在传统题材的历史故事剧里，这类表现忠奸斗争的戏是很多的。但同是一个传统历史题材，如何在舞台呈现中，准确地演绎出剧中人物、人物与人物、人物与所关联事件的独特性，以及其人生态度和最终的命运走向与精神升华，往往是构成一个好戏的关键和看点。而就这一点而言，《走马御史》确实是在借助于故事本身，力图向我们展现以北宋陈禾为代表的一群有血肉、有气节、有情怀的御史名臣，并从他们家国同构与家国情怀的寄寓中，解读几千年来中国文人士子"重义轻死"的价值观和精神追求的一种风骨与壮美。这一创作动机和艺术向度显然是十分鲜明的。《却金亭》以余杭苕溪畔的一座名曰"却金亭"的风雨古亭为故事背景。亭碑题记："明嘉靖年间，皖人王确来知余杭县。时县民孙启被诬判死罪。确查得实情，呈请改判未获准；确不得已疏奏朝廷，力辩孙冤……"剧本就是取材于这一发生在余杭历史上的真实故事，通过现代视角穿越时空隧道，折射出对"生命本体"的人文关怀，蕴含了"以民为本"的现实关照。《刘伯温智斩玉面郎》演绎明洪武年间，皇帝北巡，命左丞相李善长和御史中丞刘伯温共同辅佐太子监国。彼时，李善长献言马皇后，推举了中书省都事李彬督造重修江南名刹多宝寺。剧本围绕着两位辅政大臣的博弈展开。李彬号称玉面郎，实为李善长的侄儿，不仅私吞公款，还设计刘李两家联姻；而李善长徇私舞弊，枉法护亲。刘伯温和王老胡两人联手，智破李善长、李彬的计谋，捍卫了律法的尊严。《刘基还乡》以刘基还乡、为民请命的故事为背景，塑造了一个体察民间疾苦、勤政爱民的刘基形象。以上几个古装戏的主角都可以归纳为一个类型，即清官型人格。我们再来看看杭剧《结发缘》。该剧讲述了一段发生在宋代的故事。县令金明礼夫妇因投缘而结发，因相疑而离弃，因反省而自立，因悔悟而自赎，因宽恕而重圆，倡导夫妻和美，家庭和睦，社会和谐。剧本注重人物设计的悲欢离合、破镜重圆，注重情节结构的一波三折、出人意料，是典型的传统戏，尤其是编剧包朝赞的包氏创作方法，用力轻巧而收效显著，有四两拨千斤之功效。

　　值得一提的是，杭州歌舞剧院的舞剧《梅妻鹤子》令人眼前一亮。该剧讲述了在我国文学史上占有重要地位的宋代文学家林逋带有传奇色彩的一生。我国北宋时期，朝廷以金钱换取和平，签订了"澶渊之盟"，使年轻的林逋报效国家的理想破灭。在太平盛世中，他见到了签订盟约后朝廷盲目沉浸在歌舞升平中以及重文轻武所带来的弊端。底层百姓在高税赋的压迫下，逐渐向富庶的南方迁徙。林逋感到前途迷茫，与骚人墨客、僧侣、诗人等广交朋友，寻找实现理想的机遇。其间他遇到高僧智胜，深受其影响。智胜将唐代高僧的诗篇《早梅》赠送给林逋。这一诗篇对林逋的人生及文学创作影响极深。而此时，林逋又遇到了年轻美貌的女画家梅娘，两人一见钟情。但由于林逋思想中存在对宗教皈依的倾向，他与梅娘分别，从此远离尘世。中年林逋隐居杭州孤山，谢绝朝廷的加官晋爵，以种梅养鹤、写诗作画抒发自己对生活与爱情、对国家与民族的深深情怀。这个剧目的完成具有极大的挑战性，需要将几乎所有的语言转换成人物的心理冲突和肢体行为，而剧本中所传递的恰恰是一种非直观的精神状态，如寄情、才华、隐世、高冷、清逸、情操等，作者呈现出的编剧才华是以一种深不可测的"悟"和"化"为基础的，殊为不易。

《梅妻鹤子》剧作手法的突破，让我想起了浙江音乐学院主抓的室内歌剧。我认为，以小型合唱队、小型管弦乐队为主体的浓缩版歌剧的出现，也可以视作是戏剧样式的突破。浙音有几部创作于 2020 年的室内歌剧值得关注：蒋巍的《良渚·盟誓》，石梦迪的《阅微草堂记》，姜昌恩的《要求很多的餐厅》，吴彦青、蒋巍的《杨开慧·嘱托》，等等。从文本到形式，这些作品都在追求某种程度的突破，以完整体现室内歌剧的艺术特点。另外，还有一个杂技剧《明家大小姐》，描述地下工作者明家大小姐临危受命，向死而生，最终破坏敌人绝密计划的故事。剧本设计了一条红色恋人于隐蔽战线中的别样浪漫的辅线，借魔术谍战剧这一崭新的舞台艺术表现形式，演绎和赞颂那些为了国家和民族英勇牺牲的顽强而又美丽的生命。这是一个很大的突破，将技巧、魔术服务于人物塑造，用技巧代替语言、思想、性格、心情，真的需要勇气和智慧，特别值得赞扬。

桑芽粒粒破春青，小叶迎风已展成。2021年，浙江的戏剧创作依然势头强劲。在大力选择和铺叙浙江近现代革命史、廉政史的同时，对戏剧人物的深度刻画，正在成为一种创作自觉。我们可以相信，浙江戏剧一定会在题材林林总总五彩缤纷的同时，出现更多具有深刻性、独特性、示范性的人物形象，创造出带有深刻时代印记和个性特征、经得起时间考验的真正的浙江群体、新时代人民群众的形象。

2021 浙江戏剧创作要目

黄先钢　王　晶　《祝家庄里的年轻人》

谢丽泓　《钱塘里》

瞿新华　《省委书记》

滕佳丽　《国之光荣》

陈国锋　胡翰尹　《秋之白华》

韩子勇　《秀水浃浃》

方有禄　《茶山村的故事》

陈　晶　《一抹红》

郑朝阳　《众家姆妈》

黄先钢　马陵姗　《走马御史》

夏　强　《国之守锷》

孙　强　陶铁斧　《幽兰逢春》

郜庆龙　《我那"疯"的娘》

林蔚然　《郁达夫·天真之笔》

魏　强　《却金亭》

姝　希　马　丁　《畲山黎明》

陈秋吉　《光明歌行》

张　勇　《伪装者》

陈伟龙　《梁柏台》

陈国锋　《南堡壮歌》

王　宏　《义乌高华》

邵建伟　《括苍山下》

谭均华　《赤脚书记》

萧　加　《梅妻鹤子》

夏　强　《刘伯温智斩玉面郎》

舒　晨　《清溪谣》

沈骁婧　《苔花开》

陈伟龙　《刘基还乡》

包朝赞　张传强　《结发缘》

董争臻　《明家大小姐》

孙　强　《骄杨》

补遗

蒋　巍　《良渚·盟誓》

石梦迪　《阅微草堂记》

姜昌恩　《要求很多的餐厅》

吴彦青　蒋　巍　《杨开慧·嘱托》

千里江山　只此青绿
——2021年浙江影视文学阅读札记

| 张子帆 |

2021年是一个特殊的年份。

2022年的中央广播电视总台春节联欢晚会上有一个舞蹈节目《只此青绿》，让人眼前一亮，广受好评。舞蹈的创作素材来自宋代传世名画《千里江山图》。此画的风格样式被史家学者划归为"青绿山水"。其中的"青绿"色在舞台上被演绎得大气端庄、沉稳内敛、成熟从容，又充盈着勃勃生机和活力，自有一种君临天下的自信。笔者以为，用这般色彩来形容刚刚过去的2021年的中国以及中国共产党，是较为恰当的。2021年，与当年苦苦寻求理念和出路，继而狂飙突起，前赴后继奋而激进的革命年代不同，成立一百年的中国共产党领导中国人民在世界的舞台上，通过不断深化的改革开放，实现了全面进入小康的承诺，不断深入开展以"绿水青山就是金山银山"为指导思想的生态环境建设，从容应对新冠肺炎疫情的肆虐，展示了中国智慧、中国模式和中国经验，开启了建设社会主义现代化强国，实现中华民族伟大复兴的新时代、新征程。千里江山，国泰民安，万象更新，只此青绿方能承载、衬托万紫千红的无限春色。

影视文学创作，尤其是浙江的影视文学创作一直与中国社会现实进程有着紧密的关联。在2021年这个特殊年份中，回顾和艺术再现中国共产党的百年辉煌历程和丰功伟绩自然是影视文学创作的题中之义。在 2021 年的银屏上，出现了众多精品佳作。根据《中国影视蓝皮书》之"2021 年度中国十大影响力影视剧"榜，电影《红船》《长津湖》《悬崖之上》《我和我的父辈》《1921》，电视剧《觉醒年代》《山海情》《功勋》《叛逆者》《理想之城》《大决战》《大浪淘沙》，以及纪录影片《武汉日夜》等名列榜单，它们生动反映了我党率领人民进行革命、建设以及改革开放的百年历程和我们党和人民的精神风貌，表现出了文艺作品对于时代演进和社会变革的关系和功能，表现出艺术创作者的时代使命与职业担当。这些作品中就有浙江影视文学创作者的心血和奉献。

一

2021 年，因是中国共产党成立一百周年的重大历史节点，中国银屏上涌现了一大批书写中国共产党百年历程尤其是建党历史、再现建党初期中国仁人志士寻找中国出路最终找到马克思主义理论、建立共产主义信仰、筹建中国共产党的艰难坎坷过程的影视剧，如《觉醒年代》《红船》《1921》《大浪淘沙》等，其中就有电视连续剧《中流击水》。

资深编剧黄亚洲曾在 1991 年为中国共产党成立七十周年创作电影剧本《开天辟地》，三十年后，又一次以中国共产党建党历史为题材创作了电影剧本《红船：开天辟地》以及电视剧本《中流击水》。《红船：开天辟地》的评述已见于 2020 年度《浙江文坛》，故今年只评述《中流击水》。

可以看出，该剧与电视连续剧《觉醒年代》等作品有着几乎一样的历史背景和作品主题，一样的故事情节和剧中人物，《中流击水》必须调整主次、轻重、详略，另辟蹊径，打开更为广阔的叙事空间，展示自己叙事策略上的考量和依照史料做出的新的布局。

《中流击水》记录了在中国世事动荡、时代更迭、国难当头的年代，一群热血青年为中国的未来寻找出路，为奉行自己的信仰努力探索实践，在时代的洪流中，击水中流，百折不挠，砥砺前行，在八一起义和秋收起义的队伍在井冈山胜利会师后，走上建立革命根据地，以农村包围城市、武装夺取政权这条被历史证明是适合中国具体环境的革命道路，完成了一个先进政党在精神、组织以及道路上独立自主的选择；展现了一个百年大党如何从漫漫漂浮的尘粒之中逐渐凝结成一个坚硬而坚强的实体，并开始在黑暗的中国发光发热，最终在华夏古老的土地上燃起燎原之火。

与电影不同，编剧充分利用了电视连续剧在叙事空间上的优势，从容不迫地展开一幅风起云涌的中国现代历史画卷。剧情从波澜壮阔的五四运动拉开了中国新的历史大幕开始，在当时中国革命浪潮风起云涌的几个城市（北京、上海、长沙、天津、广州等）之间切换铺陈，一批历史人物陆续登上风云际会的历史舞台，一系列重大历史事件陆续重现。许多事件之前都已有单独的艺术作品面世，《中流击水》可谓"大串联"，写出了历史潮流的流转、起伏与痕迹，写出了一代中国先进知识分子为寻找中国出路产生的理论分歧和理念冲突，也写出了这批叱咤风云的人物的精神品格、行动脉络和情感轨迹，写出了百年大党在自身成长过程中的探索与坚守。

该剧仍可以看出编剧写作的一贯风格：举重若轻的流畅叙事，生动细腻的细节设计，令人回味的对白，故事情节符合电视剧故事化戏剧化的演进，比如租界巡捕对中国共产党一大会议的跟踪、突袭等都被适度地放大和强化，为的是有更好的观赏性，毕竟，电视剧作为图像语言，不同于史书典籍文献档案。作者还善于在情节流中捕捉象征性意象符号，赋予隐喻性内涵，比如把道路选择也即理论信仰的选择比喻为"鞋"，贯穿全剧。对一些耳熟能详的历史细节，编剧也做了自己的编排、阐释和呈现。这些都来自创作者对历史真实的合理想象。这些想象也来自编剧的诗人气质。在同一历史背景中，不同的作品演绎历史大剧是有不同气质和风格的。这是作者个人的认知、理解与表达。

与电视连续剧《中流击水》的宏大叙事不同，电影《云霄之上》则是从中国工农红军挺进师1935年至1938年在浙江西南部山区进行艰苦游击战争的光荣历史中截取了一个小小的片段，再现了身在敌后、与上级失去联系、陷于困境的红军战士顽强斗争，最终完成任务的英勇事迹。该作品的故事情节相对简单：一支战斗在敌后的红军队伍被敌军打散了，在电台被毁前，他们接到上级的任务：限时炸毁敌军的弹药库，以迟滞敌军对红军主力的围剿追击。于是，打散的战士逐个聚集起来，他们以自己的牺牲为代价炸毁了敌军的弹药库，完成了任务。从类型上看，这完全符合一部好莱坞风格的战争动作片叙事和表现的要素：一个由各种性格人物组成的群像组合在限定的时间内完成一项任务／达到最高目标。但这部策划构思出自高等学院的作品，没有在这样的基础上孵化生发成一部常见的类型片，而是成为了一部带有鲜明"学院派"色彩的作品，有如当年初出茅庐的"第五代"带有明显实验性的作品，如《黄土地》《一个与八个》等。作品将情节和动作做了尽可能的精练简化，浓缩为三个篇章的三个动作段落，找到了与影片在银幕上的艺术展现在节奏上的契合点，留下了支撑作品结构的脉络和刻画人物性格的精练对话与精准细节，腾出空间给予叙事以诗化的处置，比如对镜头的运动节奏、画面光影色调的营造渲染，声音元素的使用，等等，主要表现战争环境（包括地域环境）的极度艰苦残酷与危险。剧本用简约的文字描述黑暗、潮湿的死一般寂静的敌占环境，营造残酷而危险的环境对人物的压迫感甚至窒息感，同时剧本也对影片主题进行现代意味的阐释，阐释了中国共产党领导下的军队性质以及在残酷战争情境下的信仰与情怀，赋予了作品迥然不同的叙事风格，表现了作者的美学追求。这种带有明显的实验性、先锋性的策划构思与创作应该是高等学院影视教学的题中之义。

戏曲电视剧《红色浙西南》同样取材于中国工农红军挺进师在浙江英勇斗争所留下的一笔浓墨重彩的红色革命历史。与《云霄之上》相比，作品选取当年风起云涌的浙西南革命斗争的另一个侧面：表现刘英、粟裕率领的挺进师与当地进步农民武装农军联合，在敌后建立苏维埃政权进行革命斗争的历史，着力塑造了当地农民武装领导人陈凤生等人加入中国共产党后，领导当地农民奋起反抗反动统治势力，成为建立根据地和苏维埃政权的坚强力量，为革命不惜牺牲自己的生命，流尽最后一滴血的英勇形象。在艺术样式上可以看出，因为戏曲样式的特殊性，作品把很多动作的叙事空间留给了唱腔，但又保留了常规电视剧实景空间（相对于舞台更为集中的表演空间）的延展性，这其实也会影响到故事情节的叙事方式，但作品保留了戏曲特有的"咏叹调"部分，这样在情感抒发上就有了旁人没有的"利器"，比如陈凤生临刑牺牲时，就利用了舞台戏曲的手法，营造了悲怆的氛围。

电影剧本《海军一九四九·谍中谍》试图用谍战片的类型风格，再现中共地下组织策反国民党海军的舰队人员成为中国人民解放军海军最初建制的一段历史，反映了当时中国共产党领导解放军顺应时代摧枯拉朽不可阻挡的发展大势，也看出敌占区国民党困兽犹斗、穷凶极恶的垂死疯狂，同时也表现了国民党内部多方势力纠缠内斗的腐败格局，上演了一场螳螂捕蝉黄雀在后的明争暗斗。无论是怎样的风格样式，这都是一个很好的影视创作题材。可惜，就文本而言，剧本设置的目标以及相应铺陈的线索过多，造成笔力分散，焦点涣散，虽不影响主题的阐释，但大大影响了叙事的精彩，风格样式犹存，却失之单薄肤浅。剧本既想表现中共中央对策反国民党海军将领的关注与关切，同时必然要表现蒋介石对此的种种阻挠；又想表现中共特工部门的精心安排，也想表现国民党各个情报机构的种种部署。当然，最关键的也是应该构成整部影片的主要组成部分的中共地下情报人员如何与国民党情报人员针锋相对的斗争，所谓"谍中谍"应该是对徐庆美这一主人公的描写，她的身份甄别是一个核心悬念，被捕关押十八年后，到底有没有"背叛"？她此番出狱究竟对这次策反行动起到了什么作用？有怎样的行为？是什么原因让国民党把这位关押十八年的中共谍报人员又释放出来侦破策反案？诸如此类，都没有在她身上得到较为充分的表现，没有看出她身上的"谍影"，只有她作为谍报人员的"曾经"，却没有她在影片故事中的"当下"，没有了这些应有的铺垫，当她最终英勇牺牲时，也缺乏了应有的冲击力和崇高感。希望这个剧本在投拍时再加以修改打磨，更臻于完美。

二

2021 年浙江影视文学创作一如既往地关注聚焦当前的社会现实，与中国社会现实的发展进程相呼应。

第十九届亚洲运动会将在浙江杭州举行，在此前后，出现相应的体育题材影视作品的创作都在意料之中。事实上，早在杭州获得举办亚运会资格之初，有关部门就已开始酝酿孵化相关题材的影视作品。柴红兵创作电影剧本《盲童向前冲》即是如此。该剧本又名《葵花向阳开》，讲述一个因病视力减退的农家女孩葵花为了能够进盲童体校学习而进行跑步练习，从而改变了人生的励志故事，塑造了一个不愿向命运低头、用倔强的意志和不懈的努力把握住了自己命运的女孩形象。作品的故事又一次使用了孩子和动物这两样屡试不爽的"法宝"，一片种满葵花的庄稼地，一个围着葵花地练习跑步的盲童，一只吊着铃铛做引导的流浪狗，一个一边干农活一边训练女儿的父亲，构成了一幅充满理想主义的画面，滤掉了许多现实生活中的苦厄与悲情，充满温馨，给人有温度的积极的感受。从来体育题材以及残疾人员的励志题材都不会囿于故事和人物命运本身，都会从中提炼出更高层次的精神内涵，将故事的立意给予升华。《盲童向前冲》也是如此。不听从命运的安排，而是通过自己的艰苦努力改变命运，这就是具有普遍价值的人生理念，而不仅仅局限于残疾儿童了。故事情节进展明晰直进，但也设计得一波三折，这样的现实主义风格的当代叙事近年来已不多见，叙述得流畅完整、结构清晰、人物生动、立意高尚的则更少。2021年在由中国戏剧文学学会、中国电影基金会、浙江省永康市影视文化产业发展领导小组办公室联合举办的"电影中国"首届儿童电影剧本征集活动及孵化项目的征集评比中，该剧本获得金奖。

近年来，反映校园生活的"青春片"是一个十分热络的题材。电影剧本《来过青春　稍作停留》在这类故事中独出机杼，塑造和书写了不一样的青春，这一点与《送你一朵小红花》的叙事策略相似，以短暂人生的悲剧映衬青春的美好以及人格的美好。就故事情节的主体而言，《来过青春　稍作停留》基本上与通常的青春校园剧没有太大的差异，讲述了高校校园内男女生之间的交往，在看似玩世不恭的"面具"之下，带着各自的正向的生活理念，同龄人之间互相鼓励，勇敢面对各自的人生和境遇，以实现更高层次的人生理想和人生追求，透出编剧对笔下青春人物的理解与赞许，也写出了鱼龙混杂的社会现实中的暖色与温度。但是，剧本的独出机杼就在于老尤与妹妹关系的戏剧性反转，误会法的运用让兄妹之间的温馨关系和人物性格显得更加生动和鲜活。同样，主人公小白见义勇为舍身救人的悲剧性结尾，令读者在被年轻主人公感动的同时，也不禁让人感慨人生短暂而美丽，恰如其分地体现了作品的名称：来过青春，稍作停留。

电影剧本《多彩田园》是导演兼编剧陆建光和裘国宏共同创作的儿童片剧本。"儿童片"是陆建光近年来一直深耕的领域，但每一次都有新的领域拓展和新的素材容纳。剧本仍然基于孩子的视角和体验，让沉湎于各种玩具的城市孩子和充满活力的从事各种劳作的农村孩子形成鲜明的对比与反差。他们各有自己的知识构成和话语系统，在彼此的接触中发生各种啼笑皆非的趣事。然而在他们的视野中，乡村正在发生着变化。该剧的另一个核心故事是表现基层人大代表在乡村振兴过程中的积极作用，主要是围绕乡村老旧闲置房屋流转、改造、重新利用的中心任务展开，从一个侧面表现了当前乡村振兴工作的状况。此外，当地风景资源、产业资源和非遗资源依旧是陆建光剧本创作的内容资源。所以，较为鲜明的地域色彩成了陆建光剧本创作的一个特色。但就剧本的文本而言，城市与乡村的孩子通过接触互动达到和睦相处与乡村振兴老房流转改造工作这两个主题之间仍有"两张皮"的隔阂，两个主题之间的融合仍需要进一步地开掘和构思。

三

2021 年的浙江影视文学创作在样式风格上，除了前述的几个剧本成为主流样式之外，同样呈现丰富多样的面貌。

赵博创作的电影剧本《我在船上等你》和他之前创作的《醒来》一样，在叙事方式上做了新的探索与尝试。这个以杭州为空间背景的故事是一个治愈疗伤的故事，在轻松幽默甚至有点戏谑的氛围中，讲述了一个中年男子和一个年轻女子在这座美丽城市从邂逅、相识到相恋的浪漫经历，让人感受到两代人的情感观之间的间隙与距离，也让人感到他们各自所代表的不同时代的情感气质。倘若仅仅如此，这也就是一部通常所见的叙事俗套的言情类型片。但与众不同的是，《我在船上等你》是一个"穿越"的故事。男主角和女主角都是"穿越"而来的，他们彼此"似曾相识"。编剧这样的手法并不仅仅是为了叙事的有趣而"添油加醋"，如果是那样的话，这样的使用方式既不新鲜价值也不大。如果说，编剧在创作《醒来》的时候不断地运用"倒带重放"进行时间的循环，在现实和梦境之间不断穿梭，细腻地表现作为失忆症患者的主人公的选择性记忆，而在《我在船上等你》则是在时间轴上进行男女主人公在"曾经""现在""未来"之间并不同步的"穿越"，表现出时光（年龄）的倒错，在互换年龄和心理阅历的基础上讨论人生和情感，演绎孳乳出多种可能性。带有鲜明的实验性先锋性的风格样式，阐述的是生命年龄会随时光而流逝，情感却会穿越时光而永存这样一个带有浪漫主义色彩的积极主题。

钱勇是目前仍在坚持改编拍摄戏曲影视片的编剧之一，他和另一位编剧熊颖莉一样，近年来一直躬耕于浙江这块戏曲资源丰饶深厚的土地，改编浙江的经典戏剧作品，进行从舞台到银屏的移植。其中，更有一层对传统戏曲艺术传承弘扬的深意在。2021年，钱勇将浙江绍剧团的经典剧作《火焰山》前半部改编成《孙悟空大战红孩儿》搬上了银幕。"六十年前，绍剧《孙悟空三打白骨精》被搬上了银幕，六十年后，绍剧《孙悟空大战红孩儿》

又被搬上银幕，几代绍剧艺术家用一根传承的红线串起了两部作品，为后人留下了珍贵的戏曲文化遗产。这是一件很有意义的事情。"钱勇如是说。

作为第二部被搬上银幕的绍剧猴戏，《孙悟空大战红孩儿》是绍剧猴戏表演艺术的传承与升华，也是现代影视手段与传统戏曲艺术的再次碰撞。剧情取自《西游记》中唐僧师徒四人西天取经路上降伏红孩儿，将其收为观音尊前善财童子的故事，写出了孙悟空性格中善良仁慈的一面。舞台剧自身结构完整，剧情中的矛盾冲突集中而鲜明，这是戏剧台本自身的精华与优势，是根据舞台艺术表现的特点与局限经过反复推敲千锤百炼而成。在遵循剧情叙事流畅的原则下，该作品做了影视蒙太奇式（结构方式和组接方法）的重构。如何将舞台化的作品影视化，一直是戏曲片导演们探索的一个方向和领域，各个导演或改编者都有自己的主张和尝试。根据《孙悟空大战红孩儿》的剧本文字表述，该剧剧情基本保留了舞台剧的精华，如情节上三打白骨精似的三起三落，但是在叙事上充分发挥了影视作品在时空结构上的灵活多变，将舞台空间中的时间轴加以切分，成为相对零碎的场景单元，但在每一个场景单元内还是保留了舞台表演的风格特征，戏曲演员可以如同舞台表演般自如自在，表演上还保留了舞台道具虚拟性的特色如火旗的运用等，同时运用了影视特效，这样就产生了一部既保留了传统绍剧猴戏精华，又融合了现代影视艺术的影视作品。这样的探索尝试是值得赞赏和支持的。

几年来，长篇古装电视连续剧较为盛行，因为叙事容量较为宽裕，允许编剧从容细腻地展开剧情，娓娓道来，较为符合电视连续剧作为叙事艺术在传播上的特征和特长，也较符合一些女性编剧针脚细密、描写细腻、刻画细致的写作风格。由梅英菊、王瑛、蓝云舒根据蓝云舒网络小说《大唐明月》改编的电视连续剧

《风起霓裳》，以中国历史上极具传奇性的唐高宗永徽四年到武则天垂拱元年间武周夺唐的这段历史为背景，讲述了发生在这个特殊背景下的一个传奇故事。故事主要脉络发生在宫廷制衣部门尚服局，明里看，开门见山就是宫斗剧的格局，风起霓裳也是祸起霓裳，师徒阋墙，徒弟设局加害师父后又追查师父后人予以斩草除根而后快，后宫各位心机娘娘投机攀缘纷纷站队，幸有人暗中保护师父后人，隐其姓名，于是，伴随着时间的流逝、孩子的成长，常见而熟识的复仇故事开始了。和许多"宫斗剧"一样，一方是步步挖坑设局，明局暗局环环相连，一方则是见招拆招，不断反制，擒纵翻转，一波三折，以退为进，以守为攻，儿女情长，生离死别……悉数上演，也是相当精彩。这看似古代职场的争斗只是这个故事的表层戏码，是"穿针引线"的"针"，牵引的"线"扯动了宫廷内外的人际关系，层层推进，充满悬念和推理，也有着人世间种种阴差阳错的命运感。女主人公男女莫辨的三重身份（"琉璃""玉儿""豆医官"）的掩饰与揭示成为情节中戏剧性的贯穿纠结。一对个性鲜明的男女主人公是始于"不是冤家不聚头"却有善终的欢喜冤家。故事的深层主题则涉及了长安仕途、改革、吏治等一系列事件的缘由和结果，带来的是刀光剑影生死搏杀的皇位之争，由此可以体会到剧本描写塑造太子、武才人等大格局大情怀大智慧形象的深一层用意，以此再现大唐盛世的历史必然，也给这部看似"宫斗"的故事增加了应有的分量。同时也能很明显地感到，编剧对这段历史背景下的男女主角的人生故事有着现代意识的解读，投射了更为开明的当代理念。

以大都市为背景的现代职场剧也是影视文学创作的热门题材之一，根据作家红九同名小说改编的电视连续剧《请叫我总监》就是一部这样的现代职场剧。该剧讲述投资业界一个职场菜鸟即女主的成长历程，她是一个愈挫愈勇打不死的职场小强，在职场江湖挣扎、坚守、顽强生存；男主是典型的帅气多金的霸道总裁，表面冷酷毒舌，内里善良柔软。这样的人设和安排应该说是屡见不鲜，打怪升级般的剧情走向以及最终结果也都应该可以预判。作品叙事流畅细腻，充满行业色彩和都市风情。但该剧除了明显带有同类韩剧略显夸张戏谑的风格外，另一个显著特点就是对女主角有着女性主义的关怀和理想情结的关照。剧情对女主角的塑造表现出对女性的性别认知和人格建设的见解，强调女性的自我认知、自我肯定、自我改造、自我提升、自我赎救，以及职业追求和人生追求，最典型、最明显的设计安排就在于女主是在从男上司公司转到女上司公司后才开始了职业的起飞的。这一切让这一部寻常的职场剧有了不寻常的内涵和色彩。

年份特殊的 2021 年过去了。

笔者拜读了收集到的各位编剧的作品，很欣喜地看到浙江影视文学创作者的成就和进步。成就来自对中国历史尤其是中国共产党百年历史的再度认识和深切感受，对中国当下社会情境的切身感知和深度解读；进步则来自作者的自身学习磨砺达成新一阶段的成熟，对各种类型影视作品样式的创作的熟稔，对影视剧编剧技巧的进一步熟练。对标中国现阶段的影视艺术创作，编剧质量在影视作品中的分量日显重要，从一定程度上讲，"IP 决定论"在题材争夺日益剧烈的当下，已经不能为产品提供决定性的唯一的正面保障，而对题材进行优质化的创作成为更加重要的途径，和导演一样，编剧的作用将被进一步重视，尽管当前编剧的境况大大地不尽如人意，尚需努力争取和推进。

业界的产业状况以及生态环境总在不断地发展进步。撰写此文时，国家广播电视总局印发了《"十四五"中国电视剧发展规划》，这是一个重大利好，对电视剧行业如此，对电影行业也是如此，将会加快推进中国影视剧高质量发展，将中国建设成影视剧强国，衷心希望浙江的影视剧作者抓住机遇，乘势而上，按照规划要求的那样："把握新发展阶段，完整、准确、全面贯彻新发展理念，加快构建新发展格局，繁荣创作生产，扩大精品供给，全面提质增效，推出更多思想精深、艺术精湛、制作精良的优秀电视剧，为实现第二个百年奋斗目标、实现中华民族伟大复兴中国梦增强团结奋进精神力量，为满足人民日益增长的美好生活需要、促进人民精神生活共同富裕提供丰富优质精神文化产品，为发展社会主义先进文化、建设社会主义文化强国做出积极贡献。"愿中国影视剧创作的千里江山图，有浙江影视文学创作的一抹青绿！

是为本文结句，亦是共勉。

2021年浙江影视文学要目

黄亚洲　　电视连续剧《中流击水》

周佳鹏　何炫良　刘芷萤　刘祖昊　电影《云霄之上》

邵建伟　戏曲电视剧《红色浙西南》

朱显雄　电影《海军一九四九·谍中谍》

柴红兵　电影《盲童向前冲》

李霜霜　孔繁强　傅耀红　电影《来过青春　稍作停留》

陆建光　裘国宏　电影《多彩田园》

赵　博　电影《我在船上等你》

钱　勇　戏曲电视剧《孙悟空大战红孩儿》

梅英菊　王　瑛　蓝云舒　电视连续剧《风起霓裳》

胡斐子　陈澍玲　周　游　仲　宁　电视连续剧《请叫我总监》

怎样讲好中国童年故事
——2021 年浙江儿童文学述评

| 孙建江 |

2021 年度，我省儿童文学作家笔耕不辍，业绩充实，反响不错。

汤汤长篇童话《绿珍珠》荣获 2021 年度陈伯吹国际儿童文学奖。这也是我省儿童文学作家本年度荣获的最重要的奖项。该奖 1981 年创设，迄今已四十年，2014 年升格为国际奖，成为国内最重要的儿童文学奖之一。本届共五种文学作品和五种图画书获奖。评委由国际人士组成，中国作家高洪波担任评委会主任。作为评委，笔者见证了整个评奖过程，也代表评委会为汤汤这部作品撰写了颁奖词："遥远的绿嘀哩们和当下的木木们相遇了。两个世界，两种不同的生命样态。交集、碰撞、对峙、和解，时而轻盈舒缓，时而惊心动魄。故事在奇异、奇特、奇妙中推进。幻想世界和现实世界之间的对应关系、隐喻象征尽在作者的把控中。"

三年一届的浙江省优秀文学作品奖（2018—2020）公布，大秀的长篇小说《皮影班》、余闲的长篇小说《三十六只蜂箱》、胡曙霞的长篇小说《朵朵的天空》、郭强的童诗集《树假装不动》和黄晓艳的长篇童话《鲸鱼之城》等五部儿童文学作品获奖。

第二届年度儿童文学新书榜揭晓，八十种作品获推荐，其中十五种作品获"特别推荐"，三十种作品获"推荐"，三十五种作品获"提名"。我省慈琪的童话集《我讲的故事都不是真的》获"特别推荐"，赵海虹的长篇科幻《灵波世界》获"推荐"。

在第四届青铜葵花儿童小说奖评奖中，九部作品获奖。青铜奖空缺，一部作品获金葵花奖，两部作品获银葵花奖，三部作品获铜葵花奖，三部作品获潜力奖。梅瑜的长篇小说《一千零一页》获银葵花奖。

还有一些作品获得了其他奖项。

一

进入新世纪以来，浙江儿童文学作家开拓进取，认真思考，以自己的方式积极参与中国儿童文学建设。在浙江儿童文学的发展进程中，作家们的关注点始终没有离开过怎样写好中国童年故事这一带有根本性的问题。其实，这也是所有儿童文学作家无法回避、不能不直面的问题。那么，浙江儿童文学作家都有哪些思考？我们不妨来看看。

本年度有两场儿童文学研讨会，不约而同地聚焦中国童年故事书写这一主题，有多位浙江儿童文学作家与会，他们都是目前活跃于一线的具有代表性的老中青作家。他们的思考一定程度上也代表了浙江儿童文学的思考，是浙江儿童文学的"正在进行时"，值得关注。

其中之一为浙江传统的儿童文学年会，本届年会的主题即为"浙江儿童文学：怎样讲好中国童年故事"。赵海虹指出，近年随着中国在科学技术领域，尤其是航天、人工智能、5G领域的发展，国外对中国科幻小说的兴趣越来越浓厚，《三体》这样的现象级爆款固然难以复制，但外界对中国科幻总体的关注度依然很高，每年都有国外出版社的中国科幻选集问世。随着这个不断向好的外部大形势，国家在科协层面也有对科幻科普文学的诸多推广政策，进入科幻写作的优秀作者越来越多，尝试少儿科幻写作的作家也不在少数，希望未来有更多的儿童文学作家可以尝试这个大有希望的创作领域。

钱淑英强调，在童年书写＋主题出版的形势下，要创作出艺术鲜明而又充满意味的作品，既要从个人经验出发，又要能产生普遍共鸣，既要包含着民族特质，又要能走向世界。以小切口反映大景观，将童年经验的个性描摹与共性表达相结合，并以成熟的技法丰富文本层次和意义内涵，写出看似渺小但又能直接影响生命的故事，是我们可以努力的方向。

谢华认为，任何文字的写作都是作家心灵的反映。儿童文学要写出举重若轻的味道，要像从大地里长出的福建土楼那样，从作者心中自然流出，写出人类和环境的自然和谐关系，写出童年生命的蓬松状态，让人惊叹生命的神奇与美好。"轻"是从"重"当中蜕化、生长出来的，就像我们文学理论上说的从生活的真实到艺术的真实，虽然说的都是真实，但这中间有个提炼、凝聚的神妙过程，让生活的真实有了一个高度，一种意境，一种浑然一体的、诗意而质朴的自然。要慢慢地写，静静地写，富有责任地写。

吴洲星表示，好的儿童文学作品就像温暖的灯光一样，陪伴着孩子们的童年，儿童文学作家要做一个点灯人、提灯人，用自己的书写，照亮孩子的心灵，照亮孩子的未来。

赵霞对这次研讨进行了总结，她认为，儿童文学如何面对、思考童年现实的真实性与童年想象的真实性，如何在贴近现实的同时写出现实之"真"，如何在想象和虚构中写出生活之"真"，是其重要的艺术课题。儿童文学往往是一种朝向"小"的写作：小的人，小的事，小的经验等，但儿童文学的"小"，不是看不到、看不远的"小"，而是轻里载重、小中蕴大的"小"。通过"小"，写出童年与生命之"真"，通过"轻"，写出童年与生命之"重"，儿童文学的"小"通往的是它独特的"大"。"真"与"小"的问题，在儿童文学的语境里彼此映照，相互阐释。对儿童文学写作来说，它们是观念，是精神，同时也体现为具体的技艺。如何讲好童年故事的思考与探索，也是我们寻求通往更美好的生活与自我的道路的方式，真诚地呼吁儿童文学作家们讲好属于这个时代的中国童年故事。

另一场研讨活动为第六届"北京十月文学月"系列活动之一的"'立足百年经典，再创时代高峰'儿童文学论坛"。该论坛分为童话、小说、童诗和散文四个分论坛，各设一位主持人进行现场点评。曹文轩等近百人与会。我省汤汤、慈琪应邀在童话分论坛发言，本人应邀担任主持人并现场点评；毛芦芦应邀在散文分论坛发言，点评人为中国作协创联部纳杨。

汤汤的发言围绕自己的创作经历和创作感悟展开。

汤汤的写作始于2003年，2007年发现自己"找到写童话的感觉"，"忽然想写一些独特的迷人的忧伤的调皮的可爱的善良的鬼。我写鬼精灵，其实是写人性、人情、人世间，写生命的孤独和悲喜"，于是写了《到你心里躲一躲》等作品。"我希望我的童话，它是独特迷人的，是有意蕴有意境的，文字能闪烁出质朴的华彩，故事讲得静水流深或者惊心动魄，能吸引读者一口气读完，读完以后，灵魂里产生回响，或微笑或叹息或得到启迪和力量，或者让人内心更加纯净柔软。"写了两三年鬼精灵童话之后，汤汤开始写《喜地的牙》等中篇童话。"这些童话从日常生活着手，紧贴现实，抓取孩子们感兴趣的话题和隐秘的心理，将幻想植根在儿童生活中展开。"2013年，汤汤开始创作《水妖喀喀莎》等"汤汤奇幻童年故事本"系列和《眼泪鱼》等"汤汤幻野故事簿"系列。"我有意识地拓宽主题，探讨真相与谎言、自我身份认同与迷失，以及对个体和人类命运的思考等，希望将笔触伸得远些。"写完"汤汤幻野故事簿"系列，开始创作长篇《绿珍珠》，汤汤说，写第一稿很快乐，"后来的修改是非常艰难和漫长的，修改了好多遍好多遍，到最后几乎是从头开始写。写了十几年突然之间好像回到了写作的最初状态，这种感觉太神奇了，这次的修改和写作让我的内心真实地沉静了下来，让我对童话写作更加敬畏"。汤汤表示："一路写来，我追寻着有温度、有力量的童话境界，我知道自己写得没有足够好……但我会更痴心地去写，去追寻迷人的故事境界，向着深邃和广阔处。"

作为论坛主持人，笔者对汤汤的发言做了现场点评，内容大致如下——

汤汤，一位在把握、处理、拿捏现实世界跟幻想世界之间的空间距离、对应关系、隐喻象征方面做得越来越好、越来越游刃有余的童话作家。从 2003 年到现在，她的进步是一步一个脚印。我们创作者，真正的创作者，我们讲的天分，很大程度上就是拿捏现实世界和幻想世界之间的关系跟分寸感。现在汤汤在写作这方面做得是越来越游刃有余，她的作品几乎隔一段时间就有进步，这对一个知名的青年作家来说是很难得的，像这样随时在自我激励、自我超越，非常不容易。

慈琪的发言探讨的是"写作方向"和"小童话和大童话"。

关于写作方向，她表示："促使我自身最终选择以童话为主要写作方向的主要原因，可能是我在童年时期相对来说过得比较轻松，没有什么特别苦恼的事情想要解决，没有什么严重的家庭问题给我幼小的心灵造成伤害，我可以超然物外地无忧无虑，每天看各种各样感兴趣的书，完全顺应一个充满好奇心的孩子的本能，不断地在'好奇心'上加技能点，而且在体会过文字创造世界的虚构乐趣之后，阅读和创作的兴趣也就变本加厉地往幻想故事方面倾斜了。"这是一方面。另一方面，"在阅读方面过度发展好奇心而不去体验真实世界中各种无解的难题，就会陷入猎奇的陷阱，制造出外在形式光怪陆离但毫无逻辑、不具备实质意义、难以打动人心的作品，认为一切问题都可以通过理想的答案模型来解决。这大概也是很多人轻视童话的原因。很多优秀的大童话对这些问题有真正的思考并试图给出可行的方案，不光是像小童话一样给孩子提供一点儿简单的教育意义"。

关于小童话和大童话，区别在于体量上的大和小、知识储备量的大和小以及共鸣的大和小。其中共情能力很重要，对各种人、各种事的共情能力，是作者和读者在一生中需要不断去触碰和达成的，没有共情能力，作者写不出打动各类人群的作品，读者读不懂故事里蕴藏的情感和意义。由此，慈琪认为："童话具备影响现实世界的力量，我很庆幸我在小时候作为一个读者和长大后作为一个创作者，都感受到了它们赋予我的力量。孩子们的力量可能更多的是来自小童话，在他们长大并试图理解和改变世界以及自身命运的过程中，有人选择继续阅读更多的大童话，有人选择阅读其他领域、其他形式的作品，通过阅读得来的力量越来越多，但不可否认，对于喜欢童话的孩子来说，童话一定是原初的力量之一。"

笔者对慈琪发言的现场点评大致如下——

慈琪是一位"90后"作家。她讲了童话的力量。她的创作给我们带来了什么？是精准、自然、元气满满的"童年感觉"，我觉得这点非常非常重要。我们很多儿童文学作家没有这个能力。我讲的意思是，她已是一个成年人，不是儿童。如果她还停留在儿童的阶段，有所谓的"童年感觉"不奇怪，她最早一本书叫《梦游的孩子》，其中很多作品可能会有一些很自然的童年，我们还可以说它本身就是产生于初高中甚至大学初期的作品。到了最近她出版的《我讲的故事都不是真的》，是纯粹的成年人写的，但是你只要看过这个作品，你就会发现这个作品最突出的一个特点，在于直接进入童年状态。这个对我们的儿童文学的意义是非常重要的。我读了很多作品，很多作品没有那种自然、精准的"童年感觉"，而慈琪作品的这种"童年感觉"是随进随出的，非常宝贵和难得。

毛芦芦的发言主要围绕自己的三类散文展开。

第一类是日记式的小散文。记录现在的生活轨迹，点滴感悟，生命中的好多事情。第二类是自然散文。她曾为家乡的一条小溪写了六十多篇日记，有的时候写溪边的一朵花，有的时候写溪边的一只鸟，有的时候写溪里的一条小鱼。"我是想告诉孩子们，别看一个小小的校园，其实，也有发掘不完的写作题材呢！只要养成一双善于发现的眼睛，一颗善于感动的心，别怕生活里没有写作的题材！"第三类是写普遍意义上的童年散文。《我们的电影时光》等作品即属此类散文。"在这类散文中，除了要尽力召唤回我内心的那个孩子，写出儿童散文中的童心童真童趣来之外，我还在尝试什么呢？我在尝试儿童散文里有一点儿故事，这样，孩子们读起来会更喜欢。"同时，也在尝试像长篇儿童散文《童年常山》一类加入更多非虚构元素的写作。毛芦芦表示："我会继续努力写下去的，不管自己是不是变老了，但我要尽量保持童心不老，只要活着，都会写下去。"

散文分论坛主持人纳杨对毛芦芦的发言进行了现场点评，内容大致如下——

毛芦芦一直生活在乡村，如今大家都盯着城市，因为城镇化的进程在加快，城市确实书写得不够，但是乡村书写就够了吗？现在乡村的生活有很多改变的地方，不单单是生活方式的转变，更多的是人文思想的转变，对于反映现实来说，我们的文学创作已经滞后了。儿童文学创作同样也存在这个问题，我们对今天生活的认知是否也已滞后？需要我们作家去思考和调研。

以上的发言是浙江儿童文学作家对于讲好中国童年故事的思考。思考是创作的前提，没有思考就不可能有创作，有什么样的思考就有什么样的创作。浙江儿童文学作家以上的思考，是当下的、真实的、有感而发的思考，相信也能促发更多作家的思考。

二

既然说到怎样讲好中国童年故事的思考，当然也可以从浙江儿童文学作家的创作实践来给予印证，比如吴洲星。

吴洲星自大学毕业出版第一部长篇小说到现在，十一年时间出版了三十余种作品，其中差不多一半是长篇，这样的数量十分了得。

作家有不同类型，但概而言之无非是两类：一类作家只写自己熟悉的、与自己心性相近的故事；一类作家不仅仅写自己熟悉的、与自己心性相近的故事。借用戏剧术语，即分为"本色"和"性格"两类。"本色"和"性格"本身并没有高下之分，本色演员和性格演员都可以产生经典作品，作家也一样。笔者乐意用"性格作家"或者"职业作家"来定义吴洲星，对其创作稍加梳理就不难发现，她出道时的《沪上春歌》写的就是她完全不熟悉的、关于20世纪三四十年代民国大上海十里洋场的故事。而晚近出版的《等你回家》的主人公原型为特警英雄，《乌篷里的红》的主人公原型为中共一大代表王会悟，题材都远非自己熟悉的生活内容，都是出版社邀约的"主题出版"作品。但对于一个作者来说，接受邀请并以自己的方式完成创作，将相对陌生的题材融入自己的艺术体验，是一种对写作功力的考验。吴洲星虽然年轻，但已称得上是一位视写作为事业的执着的写作人了。

本年度吴洲星推出的《碗灯》和"水巷人家"系列五册，故事背景都在江南水巷。《碗灯》讲述的是民国故事，"水巷人家"系列时间则比较模糊，总体来说，都可以"过去的"江南水巷故事称之。《碗灯》里的小碗、灯儿，《白雪豆腐》里的小龄，《菩萨的孩子》里的宝寿，《鸭背上的家》里的草生，《漂流的纸船》里的小满，《铁花朵》里的铛子，都是过去年代江南水巷再寻常不过的人物。乞讨、挨饿、学戏、念书、与流浪狗相伴、逛庙会、做豆腐、卖豆腐、养鸭、放鸭、游泳、摇船、瞎子算命、拜菩萨、铁匠铺学徒、无力抚养的孩子送往尼姑庵等，都是过去年代江南水巷随处可见的寻常故事。唯其寻常，唯其普通，所以可信。在这些寻常故事里，又总能看到小主人公们面对磨难、坎坷、困境时的勇气和担当。而这中间，让人印象最为深刻的是散溢在字里行间的人间温暖。小伙伴之间的彼此温暖，亲人之间的彼此温暖，非族类非血缘两代人之间的彼此温暖。点点滴滴，隐隐显显，无处不在。这种温暖是普通人生存下去、活下去的信心、动力和希望。

为了孩子的未来，瞎子爸爸下决心将小满送到周老师家寄养。"小满一听，一下子就哭了：'爸爸，你不要我了？'瞎子脸上笑着，心里却一阵阵发疼，说：'爸爸怎么可能不要阿满？只是爸爸老了，不能再照顾你了。''那我照顾爸爸。'小满眼泪汪汪地说。'阿满要上学，要去念书，'瞎子摸摸小满的头，'阿满，你不想上学吗？'小满不作声了。"第二天，瞎子外出算命，忽然听到有人叫爸爸。"小满'啪嗒啪嗒'地跑过来，她跑得很急，天一亮她就跑回水巷来了。她回来的时候瞎子已经出门了，小满就一直等着，等了一天好不容易才等来了瞎子。'阿满……'瞎子的声音有抑制不住的激动。'爸爸爸爸……' 小满扑到瞎子的怀里。'爸爸，我好想你。'小满声音哽咽地说。'爸爸也想阿满。'瞎子说。"瞎子爸爸再次把女儿小满送回到周老师家。从此，瞎子不见了，消失了。整个水巷，没有人知道瞎子去哪里了。父女情深，感天动地。这是《漂流的纸船》中的寻常故事。

流浪儿哑巴小碗被独居剃头匠老秦收留领养，两个孤独的人走到了一起，彼此关心，彼此帮助，彼此抚慰，昏暗困苦的生活有了一抹亮色。小碗在老秦的呵护下，一天天长大，学会了剃头，学会了生计，学会了感恩。老秦病后初愈想洗个热水澡，小碗烧好热水，为老秦剃头、浇水、搓背。老秦好不享受，不由想到自己小时候给父亲洗澡挠背的情景。小碗换上了第三桶热水，轻轻地推了推老秦。"'小碗，你要跟我说什么？' '嗯……' ……一个小小的手指头在他的背上游下来。'这是什么挠法？' 老秦觉得有点痒，咯咯笑起来。手指头继续在背上游走。'哟，你这是在我的背上写字呀？' 老秦明白过来了，笑起来，'今天学堂里学了什么字呀？' 小手在老秦的背上继续画，似乎一直在重复着两个单调的笔画。'你这写的是同一个字吧？' 老秦也感觉出来了。小手固执又单调地在老秦的背上画同样一个字。一撇，竖弯钩。老秦摊开掌心，也写起来。一撇，竖弯钩。写完，老秦的手指头悬在了那里。'小碗，'老秦顿一顿，'你莫不是……你刚才在喊我？'老秦屏住了呼吸，听到背后传来一个声音，声音小小的，有些害羞：'嗯——'老秦终于明白过来了，原来小碗一直在喊他，可他没听懂，小碗就在他的背上写了这么个字。老秦的眼睛湿润了。"整个故事直至最后，也始终没有说出"爸爸"两个字。但这两个字谁都知道。小碗知道老秦就是自己的爸爸，老秦知道自己就是小碗的爸爸。没有血缘关系的小碗和老秦，不是父子，胜似父子。这是《碗灯》中的寻常故事。

　　人间温暖是"水巷人家"系列的底色。这恰好印证了吴洲星在浙江儿童文学年会"怎样讲好中国童年故事"上的创作追求。"好的儿童文学作品，就像温暖的灯光一样，陪伴着孩子们的童年，我们儿童文学作家要做一个点灯人、提灯人，用自己的书写，照亮孩子的心灵，照亮孩子的未来。"

　　吴洲星的作品很少有大起大落、跌宕起伏的情节，但又总能引导、把握读者的阅读，细细想想，无非是比较注重人物的性格发展、故事的逻辑和细节的把握处理罢了，而这恰恰是小说写作者最不可忽略的基本功。吴洲星有比较均衡的协调统合能力，没有明显的短板。这不妨说是吴洲星创作的一个明显的优势。

　　吴洲星的小说创作有一个很清晰的定位，就是写人物，写人物的性格发展，这使得她的创作与不少只关注故事、不关注人物性格发展的同龄作者拉开了距离。《碗灯》中，写了小碗、灯儿、老秦、慧心等人物，其中，小碗和灯儿是流浪儿，老秦是独居剃头匠，慧心是滴水庵的尼姑。作品中，小碗和老秦、灯儿和尼姑分别走到了一起，而小碗、老秦和灯儿、慧心之间又彼此有了来往和交集。从本质上说，这四个人的内心深处都是孤独孤寂的，都是缺乏抚慰关爱的个体存在，都是社会底层的讨生活者。当孤独孤寂的人遇到孤独孤寂的人，他们的内心世界会产生怎样的变化？他们会如何改变自己同时也改变对方？他们各自的人生会走向何方？也可以说，这样的设定，为人物的性格发展提供了良好的探求、刻画和塑造的空间。

　　故事的逻辑就是故事的合理性。对读者而言，故事合不合理，意味着故事是否真实可信，是否符合特定空间里"就该如此"的艺术设定。前面提到的《漂流的纸船》，瞎子爸爸与女儿小满的别离故事之所以触动人，就在于这个故事有合理性，符合逻辑。瞎子爸爸再次送女儿小满回周老师家后，不辞而别，从此消失。这样做，是因为自己是瞎子，年老体弱，没有文化，无法为女儿提供一个丰衣足食、接受良好教育的美好未来。尽管万分不舍，但又只能如此。而自己所没有的，周老师都能提供。周老师有文化有知识，膝下无儿无女，视小满如己出，很乐意领养培养可爱懂事的小满。对于小满，她不知晓爸爸的真实想法和动机，她知道周老师夫妇对她很好，但那只是老师的好。她当然不能没有爸爸，哪怕爸爸是瞎子，哪怕爸爸目不识丁，哪怕爸爸风烛残年，爸爸永远是爸爸。所以，她才从周老师家跑出来寻找自己的爸爸。这里的情感冲突和高潮点在于：在小满一方，她不知道这是自己与爸爸的最后见面；而在爸爸一方，他完全知道这是自己与女儿最后的见面，可自己偏偏又不能把这一切告诉女儿。在知情与不知情、隐忍与呼号之间，父女深情久久弥漫。

吴洲星的创作当然也有不足。比如《白雪豆腐》中，小龄上街卖豆腐，顺便捎一把菜给老婆婆，老婆婆一见到她就说："闺女，累了吧？歇歇脚再走。"请注意，这是水巷，是江南，这是江南水乡背景下发生的故事。阿拉宁波人、江南水乡人、南方人，是不大可能用"闺女"一词的，"闺女"一词是纯北方口语，在这里出现，显然不合适。即使用叙述者第三人称说"闺女"也不符合整个作品的氛围和语境，更不用说这话还是出自水巷土生土长的老婆婆口中了。又比如《碗灯》中，"我爹从前每次洗澡就喊我给他挠背，他坐在盆里，让我给他挠，就像咱俩这样"。这里的"咱俩"，也不合适，太北方，完全可以用"我们"这样中性的词语替代。道理也一样。再有就是，吴洲星作品的故事情节有时候也存在着相近和重复使用的问题。

吴洲星的写作，在路上，天地宽广。

三

作为国内有重要影响力的儿童文学学者，方卫平本年度在山东教育出版社出版了十卷本《方卫平学术文存》，涉及中国儿童文学理论批评史、图画书相关理论、儿童文化研究、新世纪儿童文学艺术发展论、儿童文学的历史与现状、法国儿童文学史论等，以及序言、书评、榜评、与编辑的书信往来、访谈语录等内容。可谓作者从事学术研究三十余年来的集大成之作。

作者在总结自己三十余年的学术研究时认为："儿童文学研究看起来很小儿科，但是当我进入以后，我觉得它是有尊严的，可是我们要把它做出尊严来很不容易。很多年来很多同行经常呼吁，我们要重视儿童文学，希望最高端的学术杂志、我们的官方能够对儿童文学多一点关照，我从来不提这样的要求，因为我觉得如果我们自己不把这个领域做出尊严来，所有的呼吁等于零，别人对你的照顾也是对一个弱者的照顾。所以我希望自己在儿童文学研究领域里面，通过我们一代人甚至几代人的努力，能够把学术的真正意义找到，把学术的价值做出来。我认为儿童文学关于童年思考的最高思想成果，其实是可以为哲学、心理学、教育学、民俗学、文艺学等学科提供思想支撑的。如果这个领域没有获得学术的一种尊严的话，我认为是因为我们做得还不够。我很热爱这个事业，我觉得这个事业是值得终生去做的。"

方卫平的儿童文学研究厚重多维，可以从不同角度进行解读和评价。作家张炜在第三十届全国图书交易博览会《方卫平学术文存》发布会上对作者有如下评价："他能够突破儿童文学研究的小格子，他有着更开阔的思路，更大的格局；他能从很高的角度去理解儿童文学，包容儿童文学，抓住儿童文学的本质，所以他才能把儿童文学的学术格子耕得又开又阔，这是他令人敬仰的地方。这部作品对儿童文学的理论研究阐述得极为详细，可以被称之为规律，称之为界内的一些好的经验和好的做法，书中的总结和提炼对于儿童文学写作非常重要。"

除了学术著作，2021年度的浙江儿童文学创作也是可圈可点的。谢华推出了长篇小说《山楂红了》，讲述一个男孩在大人世界中磕磕碰碰的成长故事。他热爱自然，热爱他生活着的这个世界中的平常事物，可是他又会在这些平常事物中听到一些不平常的声音，他觉得它们都是有生命的，会说话，会唱歌，有感情，而且在它们背后还隐约有一个奇怪的世界。他想走近它们，了解那个奇异的世界，于是有了寻觅，有了迷茫，有了渴望，有了一次又一次的发现。

成年人渴望交流和被理解，儿童同样渴望交流和被理解。而事实是，后者更容易被忽略和被无视。诚如作者所说："你看见了吗，他那至纯的眼神？你听见了吗，他那至善的心声？孩子与成人一样，渴望心灵的应和；小小的忧郁，需要善意的抚慰；那是天使的至真至善啊，也给成年人带去希望和美好！所以，请尊重孩子的天性，悉心聆听来自他们心灵的呢喃。"

谢华这部作品从构思到完稿用了十年时间，其间不断修改和打磨。周晓波表示，这部凝聚了作者十年心血的作品，"照理应该写得特别的深刻沉重，情意绵绵，她以往作品并不缺乏这样的风格。然而，出乎意料，这部作品却写得格外的轻松、细腻、好读，有时甚至略带幽默调侃。这与她娴熟的驾驭小说创作的能力和悉心体会一个内心世界十分丰富而又独特的三年级小男孩的心理不可分割，即化身为儿童，去聆听来自他心灵深处的歌"。汤汤认为："《山楂红了》是一部真切、细腻、感人的儿童小说。故事张弛有度、疏朗有致，意象轻盈独特、优美空灵，人物个性鲜活，让人印象深刻。它质地饱满而有韵味，好读、耐读，让人读得心疼又柔软，让人思索和叹息。"

本年度，我省多位作家出版了自己的作品。小河丁丁出版了长篇小说《龙船》、散文集《小城单车》，汤汤出版了图画书《太阳和蜉蝣》，叶萍出版了长篇小说《魏薇薇》，应拥军出版了童诗集《造月牙》，周吉敏出版了知识童话《小水滴漫游记——穿过一条古老的运河去大海》。

特别需要提及的是，年近九旬的老作家屠再华出版了《快乐的端午节》，这是长江少年儿童出版社"百年百部中国儿童文学经典书系"精选注音读本之一种。屠再华是浙江重要的儿童文学作家，同时也是国内重要的儿童散文作家，其散文作品《端午粽》入选部编语文教材一年级下册，影响了众多小读者。

屠再华的儿童散文，凝练、精粹、轻盈、睿智。不紧不慢的讲述，常常巧寓人生的哲思；浅浅的抒情，时不时还藏着淡淡的幽默，独树一帜，独领风骚。近收到再华先生长信（如今网络时代已很少见到这样的手书信札了），谈及生活近况、创作和思考。不忍私藏，特择一二披露。

"近几年我碰到的问题不少，开大刀小刀，挖了一个肾。而后又遇上车祸，做了髋骨手术，一切尚好。可妻子不行，她又患上忧郁症。"这是一位年近九旬老作家目前的生活近况，对此，他自己如何看待？"一晃近九十年了！没有感慨，人的寿命仅次于乌龟。""没有感慨""人的寿命仅次于乌龟"。曾经沧海难为水，除却巫山不是云。该来的来，该去的去，生活就是这样。这是近九旬长者面对生活的真实态度，这是"没有感慨"的"感慨"。再华先生说："我是从改革开放后转入儿童文学的，与过去习成人散文比较相通。自参加上海为时七天的《幼儿文学报》头版作者会议，并在会后仅有的一个个人童话专版发表作品后，在上海有了影响，也辐射至全国。故共发有儿童文学作品千余篇，均有存档。退休后转入出书，数量不多，易名再版有五本，聊以自慰。"当然，再华先生出版的作品远非"数量不多"，远不止这些。然而，让人尤有感触的是，即使面对如此的病困与孤寂，这位长者依然没有停止对创作的思考。他说："我害怕说假话大话。对于儿童文学创作，我觉得还是要强调优秀传统文化，其实'传统'有民族特性，不会与别人类同，也就有了自己的创造性。近年有走向冷僻、怪异，以及刻意求新求深的做作现象。因了传统，队伍还是要强调'工农商学兵'都有。而今妈妈讲故事靠小人书，很少有'传承'自己的妈妈或祖母的。脱节了。我以为儿童文学的重中之重是幼儿文学，有经济学诺奖得者的研究，就是从幼儿文学、教育，延伸到科学、创造和财富上去的。而今有些儿童文学作品，同成人文学几乎没有两样，作品还认为是现在的儿童见识多了广了。儿童文学，尤其是低幼的，不但要强调语言美、有趣、有点知识性，还要特别强调'好玩'。我们的孩子玩得不够，死书读得太多，怎能去异想天开，发明创造？"信中，他特别强调了"传统"与"创造"，强调了"幼儿文学"与"好玩"。显而易见，再华先生的思考，同样是怎样讲好中国童年故事的思考。

由此看来，浙江儿童文学作家们想到一块了。

2021 年浙江儿童文学创作和理论要目

一、作品单行本与论著

创作部分

屠再华　《快乐的端午节》(注音读物)　长江少年儿童出版社 2021 年 6 月版
　　　　《端午粽·清明狗》　长江文艺出版社 2021 年 7 月版

谢　华　《山楂红了》(小说)　浙江少年儿童出版社 2021 年 6 月版

吴洲星　《乌篷里的红》(小说)　浙江少年儿童出版社 2021 年 3 月版

　　　　《碗灯》(小说)　二十一世纪出版社集团 2021 年 4 月版

　　　　《白雪豆腐》等五册("水巷人家"系列小说)　二十一世纪出版社集团 2021 年 6 月版

汤　汤　《太阳和蜉蝣》(图画书)　浙江少年儿童出版社 2021 年 9 月版

叶　萍　《魏薇薇》(小说)　广东人民出版社 2021 年 1 月版

应拥军　《造月牙》(童诗集)　黑龙江少年儿童出版社 2021 年 1 月版

李爱眉　《行走在引写趣路上》(教学随笔集)　团结出版社 2021 年 1 月版

周吉敏　《小水滴漫游记——穿过一条古老的运河去大海》(知识童话)　作家出版社 2021 年 12 月版

梅　瑜　《神奇教室》(童话)　春风文艺出版社 2021 年 5 月版

　　　　《苗乡来了新校长》(报告文学)　海豚出版社 2021 年 11 月版

小河丁丁　《小城单车》(散文集)　江苏凤凰少年儿童出版社 2021 年 1 月版

　　　　《龙船》(小说)　少年儿童出版社 2021 年 6 月版

理论部分

方卫平　《方卫平学术文存》(十卷)　山东教育出版社 2021 年 7 月版

　　　　《方卫平儿童文学随笔》　安徽少年儿童出版社 2021 年 5 月版

　　　　《儿童文学的难度》　长江少年儿童出版社 2021 年 7 月版

其他部分

方卫平　《2020 中国年度童话》(主编,合作)　漓江出版社 2021 年 1 月版

　　　　《2020 中国年度儿童文学》(主编,合作)　漓江出版社 2021 年 1 月版

孙建江　《中国寓言研究(第三辑)》(主编)　浙江少年儿童出版社 2021 年 10 月版

　　　　《2020 年中国儿童文学精选·小说卷·从一到无穷多》(主编,合作)　希望出版社 2021 年 5 月版

　　　　《2020 年中国儿童文学精选·散文等卷·风铃入耳》(主编,合作)

希望出版社 2021 年 5 月版

《2020 年中国儿童文学精选·童话等卷·什么也没有的故事》(主编,合作)　希望出版社 2021 年 5 月版

《2020 年中国幼儿文学精选·月光结冰了》(主编)　二十一世纪出版社集团 2021 年 12 月版

《中国古今寓言》(主编)　中国华侨出版社 2021 年 6 月版

梅　瑜　《樟树公寓的十二家房客》(童话)　大连出版社 2020 年 12 月版

补遗

蒋　风　《中国儿童文学史》(主编)　复旦大学出版社 2019 年 12 月版

慈　琪　《我讲的故事都不是真的》(童话集)　人民文学出版社 2020 年 12 月版

二、单篇作品与论文

创作部分

童话：

小河丁丁　《胡萝卜兔子和诗兔子》《少年文艺》(江苏) 2021 年第 12 期

小河丁丁　肥嘟嘟　《杨梅甜·杨梅酸》《儿童时代》2021 年第 6 期

小河丁丁　小虹　《鼠婚》《儿童时代》2021 年第 12 期

汤　汤　《一只乌龟一只猫》《十月少年文学》2021 年第 10 期

刘　滢　《黑金弹弓》《少年文艺》(江苏) 2021 年第 5 期

　　　　《星星油漆工》等 2 篇　《少年文艺》(江苏) 2021 年第 10 期

　　　　《闪星生命简史》《读友·清雅版》2021 年第 7—8 期

　　　　《旧文具店》等 3 篇　《读友·炫动版》2021 年第 1—2、9、11 期

　　　　《银沙爱米儿》等 3 篇　《故事大王》2021 年第 1—2、5、11 期

　　　　《猫脸花儿开》《文学少年》2021 年第 3 期

　　　　《画梦师彩盐》《东方少年·快乐文学》2021 年第 11 期

刘　滢　绘方舟　《蹦咔,生日快乐》《儿童时代》2021 年第 12 期

梅　瑜　《兰奶奶的慢火车之旅》《小溪流·儿童号》2021 年第 5 期

《大漩涡》《少年文艺·开心阅读作文》(江苏) 2021 年第 8 期

《团溪艄公记》《小星星》(初中版) 2021 年第 9 期

《我们一起去捉云》《少年文艺·开心阅读作文》(江苏) 2021 年第 11 期

《六月六,熬鱼冻》《东方少年·阅读与作文》2021 年第 2 期

张鹤鸣　《玫瑰劫》《童话寓言》2021 年第 2—5 期

小说：

徐海蛟　《开在纸上的窗》《十月少年文学》2021 年第 8 期

吴洲星　《水巷人家之小满》《儿童文学·经典》2021 年第 2 期

《如意灯》《少年文艺》(上海)2021 年第 11 期

吴新星　《蓝蝴蝶》《儿童文学·经典》2021 年第 3 期

《瑟梨塔》《儿童文学·经典》2021 年第 12 期

小河丁丁　《老将军出马》《花火·慧阅读》2021 年第 4 期

《桃花盛开》《少年文艺》(上海) 2021 年 5 月增刊

《从军行》《花火·慧阅读》2021 年第 7 期

《吉祥草》《读友·清雅版》2021 年第 7—12 期

《石童子》《小溪流·儿童号》2021 年第 9 期

刘　滢　《选角这件小事》等 2 篇　《知心姐姐·心灵魔法师》2021 年第 4、9 期

《白色羽毛笔》等 7 篇　《小学生拼音报》2021 年第 1—2、4、5、6、10、11、12 期

梅　瑜　《乌云乌云快走开》《东方少年·快乐文学》2021 年第 2 期

《山魈的蛋炒饭》《少年文艺》(江苏) 2021 年第 3 期

《时光密密缝》《东方少年·快乐文学》2021 年第 3—5 期

《轻盈如风》《小星星》(初中版) 2021 年第 7 期

《星星点灯》《东方少年·快乐文学》2021 年第 10 期

叶　萍　《三个人的秘密》《儿童文学·经典》2021 年第 3 期

《我是小股东》《中国校园文学》2021 年第 7 期

《春风吹》《中国校园文学》2021 年第 12 期

夏俊杰 《弄堂里的男孩》《海燕》2021 年第 6 期

尹奇峰 《探险左世界》《小学生世界》2021 年第 1—5 期

黄韫彦 《养马人》《青春》2021 年第 2 期

《宇宙拾荒者》《小溪流·少年号》2021 年第 9 期

诗歌：

小河丁丁 《勇敢的小不点》《少年文艺》(上海) 2021 年第 2 期

《丢失的日记》《少年文艺》(江苏)2021 年第 5 期

《捡柿子的女孩》《儿童文学·经典》2021 年第 8 期

小河丁丁 苏打 《乐手阿吉》《儿童时代》2021 年第 3 期

小河丁丁 魏虹 《微风》《儿童时代》2021 年第 9 期

谢丙其 《小鸽子的叫声》《鸭绿江·华夏诗歌》2021 年第 11 期

林杰荣 《在春天里做客》(组诗)《儿童文学·经典》2021 年第 11 期

《绿色的花》《儿童文学·故事》2021 年第 12 期

《小房子》《小溪流·儿童号》2021 年第 1 期

《给每一种颜色再取个名字》《小溪流·儿童号》2021 年第 5 期

《种子的梦》等 2 首 《少年月刊》2021 年第 6、7—8 期

《晚安,星星》(组诗)《东方少年》2021 年第 6 期

林杰荣 李露茜 《风和树叶》《红蜻蜓》2021 年第 1 期

何晓宁 《桔梗花》(外一首)《十月少年文学》2021 年第 1 期

慈琪 《怪物回收记事本》(组诗)《十月少年文学》2021 年第 6 期

郁旭峰 《树》(组诗)《儿童文学·经典》2021 年第 1 期

雪野 《虫儿的喜欢》(外二首)《儿童文学·经典》2021 年第 4 期

刘滢 《月夜》《儿童文学·经典》2021 年第 5 期

孙建江 《回音》(外一首)《十月少年文学》2021 年第 6 期 《儿童文学
选刊》2021 年第 11 期

寓言：

张鹤鸣 不繁 《镜子前的八哥》等 2 篇 《红蜻蜓》2021 年第 2 期

张一成 《花儿和好朋友》等 3 篇 《红蜻蜓》2021 年第 1—2、7、11 期

　　　　　　《粗心的妈妈》等3篇　《故事大王》2021年第6、7、12期

谢丙其　《网友》等2篇　《今晚报》2021年3月7日、5月16日

　　　　　《老蔡种甜瓜》　《联谊报》2021年9月18日

　　　　　《小癞头装铁锄》等2篇　《读与写》(中学版) 2021年第9、12期

　　　　　《杨瞎子的绝活》等2篇　《小说月刊》2021年第1、5期

孙建江　恒　兰　《终点线与起点线》《红蜻蜓·小学中年级版》2021年第
　　　　　　　　　4期

孙建江　邱　炯　《青蛙的叫声》《小学生时代》2021年第9期

散文:

小河丁丁　《小燕子》《少年文艺》(江苏) 2021年第3期

　　　　　《流浪者的尊严》《文学报》2021年1月14日

　　　　　《传家宝》《少年文艺》(江苏) 2021年第7—8期合刊

　　　　　《玄武湖的莲》《少年文艺》(江苏) 2021年第11期

赵　霞　《我的同桌徐夏来》《儿童文学·经典》2021年第11期

　　　　　《一个树桩,两个树桩》《少年文艺》(上海) 2021年第12期

吴新星　《绝版戏》《儿童文学·经典》2021年第2期

吴洲星　《舞者》《儿童文学·经典》2021年第3期

阿基米花　《看山》《十月少年文学》2021年第12期

张鹤鸣　《"烂糊兵",开启我的戏剧人生》《红蜻蜓》2021年第11期

　　　　　《没齿不忘知遇恩》《中国寓言研究(第三辑)》　浙江少年儿童出
　　　　　版社2021年10月版

陈巧莉　《记我的"樊爹"发稼先生》《中国寓言研究(第三辑)》　浙江少年
　　　　　儿童出版社2021年10月版

黄韫彦　《考场上的青春》《中国校园文学》(中旬刊) 2021年第5期

孙建江　《我的童年,不一样的阅读》《红蜻蜓·小学中年级版》2021年第
　　　　　7—8期

幼儿文学:

梁　英　《左左和右右》(故事)　《婴儿画报》(绘本版) 2021年第2期

　　　　　　《合格小熊》(故事)　《幼儿故事大王》2021 年第 2 期

　　　　　　《下雨了》(故事)　《看图说话》2021 年第 11 期

郑春芳　　《喷雾降尘机》等 2 首(儿歌)　《小学生世界》2021 年第 1、7 期

　　　　　　《橘子红了》等 5 首(儿歌)　《少年诗刊》2021 年第 1—2、4、12 期

梅　瑜　　《忘忘怪与丁婆婆》(故事)　《幼儿智力画报》(绘本) 2021 年第
　　　　　　1 期

　　　　　　《放风筝历险》等 5 篇(故事)　《大灰狼》2021 年第 4、6、7、8、
　　　　　　10 期

　　　　　　《老船长》(故事)　《好儿童画报》2021 年第 11 期

梁临芳　　《顶牛》等 4 首(儿歌)　《婴儿画报》(0—4)(红版) 2021 年第 1、
　　　　　　7、8 期

　　　　　　《吃汤团》等 2 首(儿歌)　《看图说话》2021 年第 2、11 期

　　　　　　《摇小船》等 1 首(儿歌)　《幼儿乐园》2021 年第 9 期上半月刊

　　　　　　《晒太阳》5 首(儿歌)　《上海托幼》2021 年第 4、8、9、11、12 期

　　　　　　《闹元宵》等 3 首(儿歌)　《小学生世界》(低年级版) 2021 年第
　　　　　　1、7 期

　　　　　　《南瓜苗》等 4 首(儿歌)　《小学生学习报》(低年级版) 2021 年 2
　　　　　　月 24 日、4 月 8 日、10 月 21 日、11 月 4 日

　　　　　　《藏猫猫》1 首(儿歌)　《幼儿教育》(父母孩子) 2021 年 7—8 月
　　　　　　合刊

　　　　　　《藏猫猫》等 18 首(儿歌)　《巴渝儿歌报》2021 年第 1—12 期

刘　滢　　《两个小猫书夹的对话》　《儿童时代·快乐苗苗》2021 年第 4 期

许萍萍　　《香甜的手掌》等 2 篇(故事)　《幼儿画报》2021 年第 2、3 期

　　　　　　《真相只有一个》等 2 篇(故事)　《嘟嘟熊画报》2021 年第 4、5 期

　　　　　　《蜡笔小人儿》(故事)　《婴儿画报》2021 年第 10 期

孙建江　　《大鱼和小鱼》等 2 首(诗)　《小青蛙报》2021 年 1 月 B、2 月 D

科幻：

阿基米花　《溜出地球》《科幻世界》(少年版) 2021 年第 4 期

翻译：

韦 苇　《美丽的东西最值得我回想》(诗)　《十月少年文学》2021 年第 5 期

徐 洁　《画猫的女孩》(小说)　《十月少年文学》2021 年第 2 期
　　　　《世界音乐》(小说)　《十月少年文学》2021 年第 6 期

理论部分：

吴其南　《笑着向自己的昨天告别——谈寓言中的傻子形象》《中国寓言研究（第三辑)》　浙江少年儿童出版社 2021 年 10 月版

俞春江　《试论中国古代寓言的新时代价值》《中国寓言研究（第三辑)》　浙江少年儿童出版社 2021 年 10 月版

吕小君　《寓言的美学品格——再谈寓言的"矛盾"与"寓示"》《中国寓言研究（第三辑)》　浙江少年儿童出版社 2021 年 10 月版

胡丽娜　《童诗的一种气质与气象》《十月少年文学》2021 年第 12 期
　　　　《旷野的向往和童诗的气质》《儿童文学·经典》2021 年第 5 期
　　　　《语言转型与西方儿童文学的中国化》《浙江师范大学学报》2021 年第 2 期
　　　　《童话想象与逻辑的另一种建构》《中国出版传媒商报》2021 年 3 月 23 日
　　　　《一种疯狂守护着梦想》《文学报》2021 年 5 月 20 日
　　　　《中国儿童文学中的改编现象》《中国社会科学报》2021 年 11 月 8 日
　　　　《童年的故乡是座"永无岛"》《文学报》2021 年 12 月 23 日
　　　　《历史、他者与未来——关于中国寓言及其当代传播的多维度思考》《中国寓言研究（第三辑)》　浙江少年儿童出版社 2021 年 10 月版

齐童巍　《文化认同与韩静慧少数民族儿童文学空间形式的演变》《教育研究与评论》2021 年第 2 期
　　　　《空间形式与寓言文学叙事——以孙建江寓言为例》《中国寓言研究（第三辑)》　浙江少年儿童出版社 2021 年 10 月版
　　　　《战斗历史的传奇呈现：简评〈如影随行〉》《十月文学少年》2021

年第 7 期

《〈碗灯〉：寻乡，归乡》 《中国新闻出版广电报》2021 年 7 月 14 日

《〈梧桐祖殿里的少年〉：乡愁的现实与浪漫》 《中华读书报》2021 年 6 月 30 日

齐童巍 龙迪勇 《从文学到图像：论中国现代文学中的媒介转换现象》 《当代文坛》2021 年第 6 期

王 路 《融媒体时代传统文化的突围——寓言文学如何借助新文创走出传播新途径的浅思》 《中国寓言研究（第三辑）》 浙江少年儿童出版社 2021 年 10 月版

徐紫馨 《百年撷英，以待来者——评〈中国儿童文学百年百篇·寓言卷 见过世面的老鼠〉》 《中国寓言研究（第三辑）》 浙江少年儿童出版社 2021 年 10 月版

韩雄飞 《寓言文学的文体价值与出版策略》 《中国寓言研究（第三辑）》 浙江少年儿童出版社 2021 年 10 月版

周冰冰 《寓言的当下解读》 《中国寓言研究（第三辑）》 浙江少年儿童出版社 2021 年 10 月版

方卫平 《任溶溶译文集·序》 上海译文出版社 2021 年 5 月版

《翻译的精神：任溶溶先生的儿童文学译事》 《中华读书报》2021 年 2 月 3 日

《通往人生的光亮》等 10 篇 《中国新闻出版广电报》2021 年 2— 11 月

《在启蒙性与文学性之间——读〈给孩子的哲学探险故事〉》 《文艺报》2021 年 9 月 22 日

《"儿童视角"背后，是作家的"儿童观"》（记者对话） 《教育家》2021 年第 10 期

《走好儿童文学创新发展之路》 《人民日报》2021 年 10 月 26 日

《方卫平：回首万里，四十年儿童文学学术研究的心路历程》 《中华读书报》2021 年 12 月 1 日

韦　苇　《掬一捧童诗珠贝献给你》　《十月少年文学》2021 年第 5 期

赵　霞　《让文学教育重回文学的怀抱》　《文学报》2021 年 7 月 22 日
　　　　《儿童视角、权力差异与性别角色的反思——关于中国原创图画书
　　　　〈团圆〉的对谈》(对话)　《文艺报》2021 年 2 月 5 日
　　　　《我相信儿童文学有一种不可替代的人文洞察力和审美力量》(上、
　　　　下)(对话)　《儿童文学选刊》2021 年第 3、4 期
　　　　《将传统文化元素融于图画书艺术》(对话)　《文学报》2021 年 5
　　　　月 20 日
　　　　《我们叫作"家"的地方——读图画书〈喜鹊窝〉》　《中国教育报》
　　　　2021 年 6 月 16 日
　　　　《探究当代西方儿童文学理论批评发展路径》　《中国社会科学
　　　　报》2021 年 8 月 24 日
　　　　《关于儿童文学翻译、批评与阅读的对谈:如何书写"童年"》(对话)
　　　　《中华读书报》2021 年 10 月 27 日
　　　　SANDERS J S, ZHAO X. The coin in the rice in the spoon: Per-
　　　　spectives within perspectives in a new year's reunion[J].Book-
　　　　bird: A Journal of International Children's Literature, 2021, 59
　　　　(3):37–45.
　　　　《中国童年的故事、艺术与精神——对话近五年原创图画书发展现
　　　　状与趋势》(记者对话)　《文艺报》2021 年 11 月 29 日
　　　　《关于中国儿童文学翻译、创作与接受的对谈》(对话)　《火金姑》
　　　　2021 年冬季号

孙建江　《童话的变与不变》　《十月少年文学》2021 年第 2 期
　　　　《"中国儿童文学百年百篇":当代意识和史家眼光》　《中华读书
　　　　报》2021 年 1 月 20 日
　　　　《序〈万物在歌唱　世界经典童谣精选〉》　《万物在歌唱　世界经
　　　　典童谣精选》　人民文学出版社 2021 年 7 月版
　　　　《谢华的图画书创作及其他》　《人民政协报》2021 年 9 月 18 日
　　　　《寻常故事里的人间温暖》　《文艺报》2021 年 11 月 15 日

外国文学研究的跨学科转向与疆域拓展
——2021 年浙江外国文学译介与研究述评

｜杨海英｜天　竹｜

记得在 2019 年 9 月，《中国社会科学报》以两个整版的篇幅，专题报道了浙江省外国文学类国家重大项目研究情况。浙江省外国文学学者在国家社科基金重大项目的立项和研究方面，在国内首屈一指，迄今已承担了十多项外国文学类重大项目，而这些重大项目的成果，自 2019 年以来，开始陆续面世，成为 2021 年外国文学研究成果中最为耀眼的成果。同样，2021 年，浙江外国文学学者不顾疫情，努力奋进，在学术专著、文学译著、学术论文等方面，都取得了可喜的成绩，出版专著、编著二十多部，译著十多部，发表重要学术论文一百多篇。而且，2021 年的研究成果，以《文化观念流变中的英国文学典籍研究》为代表，体现了外国文学研究的跨学科转向与疆域拓展，在文化观念流变、文学伦理学批评、文学法律批评、翻译文化，以及文学跨媒介传播等方面都成就卓著。

一

2019 年的《浙江文坛》，曾重点推介了吴笛主持的国家社会科学基金重大项目成果《外国文学经典生成与传播研究》（八卷集），2020 年的《浙江文坛》，曾重点推介了聂珍钊主持的国家社会科学基金重大项目成果《文学伦理学批评研究》（五卷集）。
2021 年度，要重点推介的则是殷企平主持的国家社会科学基金重大项目成果《文化观念流变中的英国文学典籍研究》（六卷集）。

这套六卷集专著重点体现文化观念的内涵与学术体系的建构，分别为：第一卷《总论》，第二卷《文化观念萌芽时期的英国文学典籍研究》，第三卷《文化观念生长时期的英国文学典籍研究》，第四卷《文化观念成熟时期的英国文学典籍研究》，第五卷《文化观念拓展时期的英国文学典籍研究》，第六卷《文化观念裂变时期的英国文学典籍研究》。

洋洋六卷，从总论、萌芽、生长、成熟、拓展、裂变等方面追溯文学观念的发生脉搏，评价中肯，以文化观念流变为考量，对英国文学典籍展开针对性的研究，体现了中国学者的问题意识和学术立场，并且体现了完备的学术体系。该系列专著虽然由多名学者参与撰写，但是学术体系完善，各卷内容彼此呼应，学术观点明晰。之所以具有这样理想的效果，主要是总主编胸有成竹，从而能够精心策划和组织，在研究过程中充分呈现十个关键词的内涵，包括"转型焦虑""愿景描述""共同体形塑""审美趣味""心智培育""文学语言的创造""民族良心""道德伦理传统""工作/生活方式""秩序（order）"，各卷都在紧扣这十个关键词的基础上展开论述。以这些关键词为代表的文化观念的变迁与文学典籍的形成是如何得到折射和反映的，在这套系列专著中得到了既宏观又深入、具体、独到的阐释。尤其是《总论》卷的章节标题也都是紧扣这些关键词而展开论述，总论卷的九章内容都是对这些文化观念关键词的深入研究，搭建了重要的理论框架。并且，理论又能与具体文献结合，不是空谈理论，而是以文本的翻译为支撑，各卷对相关的文化典籍进行了忠实而流畅的翻译，使得这套系列专著具有重要的学术参照价值。

这套专著虽然论及的是英国文学典籍，但是所体现的是中国学者的学术立场，所呈现的是中国气派，在论述过程中，注意从世界文化的高度来进行审视，注重文学典籍的阐释在引领文化走向、塑造共同价值方面所发挥的作用。如《总论》卷的第九章"文化愿景面面观"，不仅论及了"希腊精神"与"希伯来精神"的实质，而且从阿诺德的"诗教"理念入手，论及"文化救赎"思想。在第五章第一节"心智培育与文明进程"中，结合英文"culture"一词的内涵，从"心智培育"来论及文化观念内涵的重要性，而且又强调文学的功能，认为"心智培育"应以想象力为核心，以此回应西方文明的进程。这些观点体现了中国学者的学术担当。英国文学典籍中的文化观念及其流变，对于我国文化强国策略也具有重要的借鉴意义。这六卷系列专著阐释充分，观点中肯，创见迭出，对于我国文化强国建设，尤其是相应的中国外国文学学科建设，是一个重要的学术贡献，对于相应的学科领域亦具有重要的引领价值。

二

2021年度，就外国文学研究专著和编著而言，除了系列专著《文化观念流变中的英国文学典籍研究》，在其他研究领域以及外国文学翻译方面也同样可圈可点，尤其是一些青年学者，奋起直追，成就显著。

蒋承勇新著《经典重估与西方文学研究方法创新》（2020），其上编《作家作品研究与方法创新》主要对部分经典作家与作品个案进行重新阐释，体现该著在文学研究方法与理念方面的创新探索。该著认为经典不是一成不变的，而是随时代的变迁、读者审美趣味的更新而不断调整与重构的，所以每个时代都有每个时代的经典，每个时代都有重估经典的必要，而"重估"的核心要义则是以新的观念与方法对经典作家和作品做出新的解读。中编《文学思潮研究与方法创新》着重通过对代表性的西方文学思潮的再阐释，揭示其本质特征与生成和发展之规律，为创新西方文学史研究做了有益的探索。下编《理论研究与方法创新》对西方文论和文学研究实践中的有关理论问题展开深度研究，提出了发人深省的新见解。在探讨有关理论问题的基础上，对文学的感性与理性之关系、英国小说发展与科学的关系、文艺复兴运动的深层文化动因等理论与文学史现象做了深入探讨。

聂珍钊、吴笛、王永总主编的《中国外国文学研究年鉴（2018）》收录了 2018 年度国内发表的重要外国文学研究成果，主要内容包括论文索引、专著索引、译著索引、外国文学大事记等。论文索引按区域分为亚洲文学研究，西欧文学研究，东欧、北欧文学研究，中欧、南欧文学研究，非洲文学研究，大洋洲文学研究，美国文学研究，加拿大及其他美洲国家文学研究八个板块，外加文艺理论与批评研究、比较文学研究、翻译文学研究三个板块。论文、专著和译著的每一条索引均提供作品名称、作者或译者、刊物或出版社名称、内容摘要等要素，便于读者了解内容梗概，检索原文或原书。外国文学大事记则汇集了重要基金项目、重要获奖信息、重要学术会议、重要事件等。该年鉴强调研究成果的学术价值，对外国文学研究具有一定的评价功能。

许钧的译著《桤木王》是法国作家图尼埃的代表作，是一本思考密度、象征意义和信息量极大的寓言式小说。该书在法国销量超四百万册，并以史无先例的全票通过摘得 1970 年的龚古尔奖。译著《米兰·昆德拉：一种作家人生》由许钧教授联袂刘云虹教授共同翻译，解读当今极负盛名的传奇作家的一生。

《文学翻译的理论与实践——文学翻译对话录》（增订本）是

许钧就文学翻译的诸多基本问题有针对性地与中国当代较具代表性的二十多位杰出翻译家通过对谈的方式进行深入探讨，让翻译家们畅谈各自文学翻译的独到经验、体会和见解。20世纪萦绕于广大文学翻译者心头、在中国翻译界争论不休的大多数主要问题以及所涉及问题的各种具有代表性的论点，几乎都得到了探讨和阐发。该书以独特的方式对20世纪中国文学翻译做了一次梳理与总结，为文学翻译实践的后来者提供了丰富的切实可行的经验，在中国文学翻译史和中国翻译理论研究中将起到承前启后的作用。

许钧和穆雷主编的《翻译学概论》以融合性思维全面把握翻译学现状和发展趋势，归纳、评述翻译学的主要流派；以体系性架构凸显翻译学的内涵和学科特色；以发展性的目光梳理并揭示各翻译理论流派的发展流变与相互联系；以开放性态度提出一百个思考题，引导读者对翻译活动和翻译研究进行独立思考，开拓学术发展空间。

陈才宇近年来一直坚持史诗类作品的翻译，在前些年翻译出版《高文爵士与绿衣骑士》《浮士德博士的悲剧》以及编校《莎士比亚全集》之后，其重要译著《贝奥武甫》2021年又由浙江工商大学出版社出版。此外，西南交通大学出版社出版的《中国莎士比亚研究（第4辑）》收入陈才宇辑录的《莎士比亚年表》，年表中有关莎士比亚的生平事迹主要参照河滨版《莎士比亚全集》。为了方便中国的读者，年表中增添了中国历史与文学的比照，相关内容参照的是翦伯赞主编的《中外历史年表》（1961）。

王之光出版了两部中译英的译著。其中《中国思想与中国战略：当代中国最具影响力思想家访谈录》（英文版）通过对九位各领域著名专家学者的独家访谈，全面解读了党的十八大以来的治国理念和战略布局，内容涉及中国道路、军队建设、经济可持续发展、"一带一路"倡议、民生保障、法治中国、文化自信、理论创新、国际和国家安全战略等。这九位专家运用自己的学术专长，深入分析了在探索中国特色社会主义道路、理论和制度过程中的新情况、新问题以及应对之策；着力阐述了中国共产党"不忘初心、继续前进"对于实现中国梦的重大意义；准确提供了坚定道路自信、理论自信、制度自信、文化自信的权威阐释。这些专家学者所具有的强烈的问题意识，在启发读者认清当下国情的同时，真切体现出对中华民族前途命运的责任担当。

郭国良翻译的长篇小说《唯一的故事》是英国文坛巨匠、布克奖得主朱利安·巴恩斯的全新作品。小说抒写无法被定义的爱情，透析时间与记忆的真谛，是一份绵密细腻的情感纪实：第一人称讲相爱，第二人称讲相处，第三人称讲分离。爱情无法被定义，却可以变质和消解。你是愿意爱得多痛得多，还是爱得少痛得少？也许，这才是真正的问题所在。郭国良和周漪飒翻译的美国作家里茹托的长篇小说《影子少女》是一个关于爱与和解、寻找自我和疗愈过往的故事。

王永主编的《诗意无界——"求是杯"国际诗歌创作与翻译大赛获奖作品集》收入第一、二、三届"求是杯"国际诗歌创作与翻译大赛的获奖作品及专家点评。翻译作品附原文，便于读者对照阅读。"求是杯"国际诗歌创作与翻译大赛由浙江大学发起举办，旨在提高大学生的人文素养，培养其理想主义情怀，营造爱诗读诗作诗的氛围，助力大学的校园文化建设，搭建中国与世界各国开展诗歌创作、诗歌翻译与研究交流的一个平台，促进国际文化交流与传播。大赛每两年举办一次，系面向高校学生且集诗歌创作与翻译为一体的国际大赛。三届大赛吸引了国内外五百八十余所高校近五千名学子参加，诺奖获得者勒克莱齐奥以及来自澳大利亚的丹尼斯·哈斯克尔（Dennis Haskell）、俄罗斯的尤里·库布拉诺夫斯基（Yury Kublanovsky）等著名诗人参加了颁奖典礼。

许志强的《部分诗学与普通读者》收录其近年所写的二十三篇外国文学评论。该书获第七届单向街书店文学奖（2021年度批评）。就像为旧相框拭去灰尘，在许志强笔下，卡佛、库切、奥威尔、布罗茨基、托卡尔丘克等已为我们所熟知的作家，重新呈现生动的一面。他说波拉尼奥的魅力是"来自流浪汉和学院派的混合"。在他为自己翻译的《加西亚·马尔克斯访谈录》写的序言中，他说："索尔·贝娄的访谈总是在谈抽象观念，马尔克斯的访谈总是在讲趣闻逸事。切莫以为后者是一种智性不足的表现。"正如单向街书店文学奖颁奖词中所言，许志强的文学评论，将文本放置回文化脉络之中，熟稔世界各地的不同思潮，再从中找寻作者的创作意图或价值来源。很少有评论者还像他这样，不惧于迈向艰涩之处，进行智识冒险。但向外的分析对文学而言是不够的，许志强评论的主人公还是鲜活的人，不仅动用文学理论，也用感受力和想象力去接近每个人的性情、处境，以及人性中不可知的部分。因此，虽然《部分诗学与普通读者》书写彼时彼地的作家、作品，却能让今天的中文读者全然进入其中，看到共通的精神困境，以及个人的突围之法。

傅守祥2021年出版了两本专著。《文心相通：世界文学经典的跨文化批评》立足于文化诗学与跨文化研究的学术视野，着重于文学人类学、艺术哲学、文化研究、文化传播学与比较文学的跨学科复合研究，强调经典阐释的诗性正义与文明互鉴；在文本细读基础上，对世界文学经典做出深度阐释，立体审视世界文学经典的精神基因、生命体验与人性呈现。《女性的天空——女性主义视域中的文学经典诠释》从女性主义视域出发，精选19世纪以来的若干中外文学经典详加分析，基于换位思考和回归常识的立场，以"美学的、历史的"尺度重新诠释这些经典名作。文学经典包罗万象、洞幽烛微，却坚持给人留存希望，带来人性的温暖，品察生命的本真。

青年学者吴斯佳的学术专著《莎士比亚戏剧经典动画改编研究》为同名国家社科基金项目成果。该著作以改编自莎士比亚戏剧的动画作品为研究对象，从莎剧动画改编的创作历程的学术梳理和时代需求等宏观陈述开始，随后从语言转码、叙事策略、伦理过滤、喜剧色彩等四个方面对莎剧经典的动画改编的内部命题进行微观的艺术审视，后从跨文化变异的角度，聚焦莎剧经典动画改编的"翻译"特性，探究通过动画将莎剧从纸质文本向视觉文本"翻译"过程中所发生的文化变异，提出莎士比亚戏剧对于中国动漫产业的发展而言，是一种不可忽视的文化资源和可贵的创作源泉，通过研究外国莎士比亚戏剧的动画改编为中国动画的发展提供借鉴和启示。

三

2021 年，我省学者在外国文学学术论文的发表方面也可喜可贺，成果骄人。这些论文同样体现了文学跨学科的研究视野。

蒋承勇的论文量质并举。他在《"说不尽"的"现实主义"——19 世纪现实主义研究的十大问题》中指出，19 世纪现实主义作为世界文学史上一种极为重要的文学思潮，是百余年来在我国文学领域传播最深入广泛，同时又争议最多的西方文学思潮，有待深入研究的问题颇多。诸如其跨学科意义上的与自然科学之关系，与"现代性"之关系，与理性精神之关系，与马克思恩格斯文艺思想之关系，与浪漫主义、自然主义及现代主义之关系，"写实"与"真实"内涵之深度阐释，审美价值之再发掘等，均是有待深入探讨和全面阐释的重大学术问题。可以说，关于19世纪现实主义文学思潮及与之相关的文学现实主义理论问题的研究，有其"说不尽"的"无边性"。在"网络化—全球化"的新时代，有必要对其做进一步研究，阐发其本原性特质，为建构有中国特色的外国文学和文学理论学科体系、学术体系和话语体系提供支撑。

蒋承勇的《"现实"与"浪漫"：矛盾中的勾连?》一文对现实主义和浪漫主义进行了新的阐释：在文学艺术批评术语的运用中，我们似乎已习惯于将"现实主义"与"浪漫主义"认定为两种截然不同的创作方法、审美原则或文学观念，认为现实主义强调"真实"与"现实"，浪漫主义追求"幻想"与"想象"，"浪漫"的也就意味着"不真实"的和"非现实"的。"对真实的（real）和现实的（realistic）之类语词的运用清楚地暗示出现实主义文学的对立面，诸如不真实的、非现实性的、幻想性的、不大可能的、想象中的以及梦境中的等等。"

在《现实主义文论话语之百年流变与体系建构》中，蒋承勇认为，"现实主义"既是一种影响深远的文学思潮，也是一个广泛应用的文学理论和文学批评术语。现实主义于"五四"前后传入我国，在此后相当长的时期内，由于本土特定的文化期待视野与社会政治情势等原因，影响力不断增强，其话语的内涵也不断变化。经过百余年的流变与建构，现实主义文论话语体系在文学之人民性与社会功能、典型人物与典型环境之关系、审美反映论、理论话语之开放性品格等方面趋于相对成熟并形成基本构架；而在审美价值、真实性观念、与自然主义和浪漫主义及现代主义之关系等方面，有待深入研究与阐释。推进现实主义文论话语体系的不断完善，可以为建构中国特色之文论话语体系提供支撑与支持。

聂珍钊的论文《文学跨学科发展——论科技与人文学术研究的革命》探讨关于人文学科跨学科研究的话题。科学技术不断进入文学研究领域，文学的形式、内容和功能，有关作家或读者的研究如人的意识、认知、思维和思想等方面的研究，已经不是完全抽象的问题，而变成了客观的科学问题。同以往的时代相比，科学技术已经有形或无形中融入了我们的生活，出现了以科学主导的跨学科研究转向。智能机器人取代作家意味着作家的消亡，作家的消亡也意味着文学的消亡，这是文学的危机，也是文学观念和文学理论的危机，是 20 世纪以来有关人的科学认知引起的。科学同人文的跨学科融合是大势所趋，我们需要做出符合科学的伦理选择。

许钧结合自己的翻译实践，在翻译教学、翻译人才培养、翻译理论研究等方面产出许多高质量成果。他在《关于文学翻译的语言问题》一文中认为，无论古今中外，翻译始终是促进语言生长的重要路径。促成语言的革新与创新是翻译的一大价值。为了令目的语经受住翻译的锤炼，获得拓展与更新的可能，翻译一方面应重视文学语言所携带的"抗译性"，力戒以通顺、流畅之名去"抹平"原作语言的特质；另一方面应理解与处理好"翻译腔"与"外语性"的关系，努力保留原作在词语、句式、叙事等多层面的异质性，担负起传达差异、开拓语言空间、再现原作文学性、丰富文化的使命。

许钧在《翻译选择与文化立场——关于翻译教学的思考》一文中指出，翻译教学"重"在向学生传授翻译技巧，但不能"轻"对学生翻译观和翻译价值观的指导。在提升学生翻译能力的同时，要有意识地培养学生的翻译选择能力，引导学生在翻译实践和翻译的理论思考中，形成自己的文化立场，建立翻译价值观，明确翻译的使命。

许钧的《关于深化中国文学外译研究的几点意见》探讨的是中国文学外译问题，提出要将中译外研究继续引向深入，构建具有中国气派的翻译理论话语，还有几个方面的工作亟待完成：一是加强基于文学译介与生成全过程的系统研究；二是加强翻译家研究，深化翻译主体性探索；三是加强语言与审美维度的研究。最为重要的是，树立正确的翻译历史观和翻译价值观。如此方能准确定位中国文学外译，充分认识到其社会、语言、文化、创造和历史价值。

殷企平近年在做"英国文学中的'趣味'伦理变迁研究"等项目，他在《趣味即文化：阿诺德对文学批评的贡献》一文中提出，在贬损阿诺德的声音中，有两种观点最具影响：1. 阿诺德是精英主义者，他的文学批评思想只为统治阶级服务；2. 与其说阿诺德是批评家，不如说他是文学批评的宣传家。我们有必要多角度地从事阿诺德研究，进而说明上述观点为何失之偏颇。欲熟谙阿诺德文学批评的精髓，须着眼于作为他文化蓝图中枢的趣味观。他主张建立一个"趣味中心"，主张"集体标准和理想"，这不仅是为了防止个人趣味的盲目性和武断性，更是为了防止整个国家妄自尊大。我们可以借用阿甘本的"完美点"一说，来形容阿诺德的批评实践。理由是阿诺德虽然没有用这一概念表述他的标准，但实际上正是依循是否具备"完美点"来评价文学作品，从而展示"完美点"所体现的趣味。

范捷平在罗伯特·瓦尔泽诗学研究领域又出新成果。他在《现代主义文学中的"物"之美——里尔克、瓦尔泽的"物-人"间性解读》一文中提出：现象学颠覆了康德以来"物"的"自在与自为"说，胡塞尔认为"物"不仅不是自在的，也不是孤立的，更不是自为的，"物"始终处在一种与世界的关系之中。"物"也是一种"寓于世界之中"（In-der-Welt-Sein）。被感知的

"物"永远不会独自存在，而是在我们的眼前显现，"物"存在于我们感知所及的"物"的环境之中。在这种可以感知的物质性中间，"自我身体"总是属于其中。里尔克和瓦尔泽一样，都是咏"物"的大师，在他们的文学作品中，"物"（Ding）既非"面临物"（Gegenstand），也非"东西"（Sache），而是一种与人的关系，或曰人与世界的关系。

王永的论文《外国文学的计量研究——研究背景、发展现状及研究路径》是其国家社科基金重大项目"中国外国文学研究索引（CFLSI）的研制与运用"以及浙江文化研究工程（第二期）重大项目"浙江文学翻译家年谱"的阶段性成果。文章关注计算机技术的发展不仅使社会生活发生了重大变革，也为学术研究带来了很大的便利。借助数据库，研究者可以节约大量耗费在文献检索方面的时间，并且可以通过数据分析发现传统研究无法发现的特征。然而，外国文学界对此关注较少，产出的相关成果不多。该文通过对文学计量研究成果的综合分析，阐明在外国文学研究中运用计量方法的必要性与可行性，同时，结合相关研究详细介绍文学计量研究的步骤和方法。该文不仅有助于外国文学研究者了解数据、统计方法及文学研究的关系，还可以为其提供具体的研究路径，推动外国文学计量研究成果的产出。

何辉斌继续深入外国戏剧方面的研究。《戏剧世界之情绪的认知研究》指出，从效价的角度看，消极情绪比积极情绪容易引起注意力和认知能力的聚焦；从动机强度和唤醒度的方面来说，高强度的和高唤醒度的情绪更容易促使注意力和认知能力集中于一点；目标实现前注意力与认知能力更容易专注于一点；与这三种情况相反的情景则使注意力和认知能力具有更大的宽度、弹性和创造性。戏剧倾向于选择高动机强度高唤醒度的消极情绪，并聚焦于目标实现之前，以便能够死死地将观众吸引住，但在戏剧性强的情景中，认知的灵活性、创造性、多样性会大大降低。

高奋的论文《论罗杰·弗莱的"情感说"》梳理了英国艺术批评家罗杰·弗莱的"情感说"相关观点。20世纪初期，弗莱汲取并修正托尔斯泰的"情感论"，提出"艺术是情感交流的手段，以情感本身为目的"的定义。他阐明"情感说"美学意义上的四大突破，提出"以情为目的"的表现原则和"技法与元素—构图—情感"表意途径，其观念基于英国经验主义哲学，与中国诗学的"情志说"和立象尽意的表现原则相通。其"情感说"的价值在于：彰显艺术的情感性与表现性本质，阐明其传统性、原创性、突破性和形式性，实现从印象主义到后印象主义的审美趣味转向。

傅守祥、宋静宇在《石黑一雄〈长日留痕〉：跨文化书写的时间意识与现代性反思》一文中表示，《长日留痕》以"内在时间"体会"时间—生命"的联系，通过背离线性时间论，作家质疑并反思"时间进步观"。面对西方现代时间暴政对人类时间意识和主体性的摧残，作家警示人类，应适当返回诗性思维，在时间流逝中"审美地"获取生命体验。他与魏丽娜合著的《文学批评的慧眼与英诗经典的修正》一文指出，20世纪著名诗人兼批评家T. S.艾略特对前辈诗人德莱顿、赫伯特等的重新评价，特别是对17世纪玄学派诗歌的发掘，属于世界文学经典成长进程中天才式的批评家穿透历史尘封的慧眼发掘。艾略特以崭新的文学理念和批评方式帮人们重新找回或认识了一整群的作家，一反时代潮流地重新估价英国诗史的主要时期和代表人物，重识诗歌的"典型传统"和"经典品质"，促成了英诗经典的修正与玄学诗派的新生。艾略特的创作和评论拓展了英美现代派文学创作，其"非人格化"等诗歌批评理论对于现代文学本体论批评观念的确立具有先导作用，并影响了整个西方文坛进而延及世界领域。

岳飞寒、朱文斌的论文《〈蕉风〉与马华现代主义文学的发展——以文学翻译为中心》聚焦文学刊物与文学创作的关系。在马来西亚华文文坛的纯文学刊物中，《蕉风》是颇具代表性和影响力的。马华文学有着坚实的现实主义文学传统，而《蕉风》的创办则以兼容并包的心态和多元开放的文艺审美取向，丰富了马华文学的创作内涵。《蕉风》对域外现代主义文学资源的"拿来主义"策略，不仅开阔了本土作家的文艺视野，也对马华现代主义文学创作产生了深远的影响。

吴笛继主持完成国家社科基金重大项目"外国文学经典生成与传播研究"以及重点项目"俄罗斯小说发展史"之后，又成功立项国家社科基金重点项目"俄罗斯古代诗歌发展史"，在俄罗斯文学领域进行深入研究。他在《论13—15世纪古罗斯文学中的战争书写》一文中指出，俄罗斯文学中的战争书写有着悠久的传统，自13世纪初至15世纪末，由于蒙古-鞑靼的入侵，统一的基辅罗斯不复存在，反抗异族入侵的战争是这一时期的重要历史事件，也成为这一时期文学的主要内容。该文从古罗斯文学的战争书写中所体现的爱国热忱、"战争与爱情"主题呈现、参战者尚武精神等三个方面入手，旨在探究古罗斯异族统治的"悲剧时代"战争书写所体现的反抗侵略的爱国主义理想和尚武精神，以及民族意识的觉醒和情感世界的展现等文化特质，并且探究古罗斯的战争书写在俄罗斯小说艺术发展进程中的独特的艺术贡献，认为这一时期的战争书写不仅具有历史真实的史料价值，而且在小说艺术的创新性方面，亦具有独特的价值和意义。

吴笛《论丘特切夫诗歌中的哲理抒情》一文认为，19世纪俄国诗人丘特切夫是一位具有深邃的哲理思想和浓郁的抒情色彩的优秀诗人。他的艺术成就是多方面的，不仅是公民诗的开创者，也是自然诗的倡导者。他主张"隐匿"感情，并且让"梦想"深深地藏匿。表面上看，这似乎与浪漫主义的诗学主张相悖，实际上，该诗是用极为独特的方式呈现和丰富了浪漫主义的诗学主张。而在"杰尼西耶娃组诗"中，丘特切夫一改早期公民诗中的乐观情绪，有着浓郁的忧伤，也有着炽热心灵的真切而深沉的搏动，为俄罗斯诗歌艺术的发展增添了独特的色彩。

吴笛的《文学法律批评 VS 法律与文学》一文被《社会科学文摘》和人大复印资料《外国文学研究》等多家期刊转载，其提出的"文学法律批评"这一跨学科研究方法受到学界关注。文章指出，"文学法律批评"与"法律与文学"同属跨学科研究，但是有着不同的研究目的和研究范畴。前者属于文学跨学科研究，后者属于法律跨学科研究。风靡欧美的"法律与文学"学术运动主要产生于法学界，在法学研究中使用文学素材，其着眼点是借鉴文学要素的法律研究，所探讨的是法律方面的相关命题，多半属于法学研究的范畴；而"文学法律批评"是我国学者所使用的学术话语，属于文学研究的范畴，以文学为本体，所强调的是文学批评中法律视野的介入，即借鉴法律视野和恰当的研究方法来审视文学作品，尤其是审视文学作品中的法律事件、法律主题、作家的法学思想以及法律要素在文学作品的措辞、风格、结构等方面的体现，从而加深我们对作家及其作品的理解和认知。

2021 年浙江外国文学著译要目

一、译著

许　钧　《桤木王》［法］米歇尔·图尼埃　文汇出版社 2021 年 7 月版

刘云虹　许　钧　《米兰·昆德拉：一种作家人生》［法］让·多米尼克·布里埃　南京大学出版社 2021 年 1 月版

陈才宇　《贝奥武甫》　[英]佚名　浙江工商大学出版社2021年1月版

王之光　《中国思想与中国战略:当代中国最具影响力思想家访谈录》(英文版)　外文出版社2021年1月版

　　　　《走近中国共产党(英文版)》外文出版社2021年3月版

郭国良　《唯一的故事》　[英]朱利安·巴恩斯　译林出版社2021年10月版

　　　　《缅怀兔子大师厄普代克》　[英]朱利安·巴恩斯　《外国文艺》2021年第5期

　　　　《福特和普罗旺斯》　[英]朱利安·巴恩斯　《延河》2021年第11期

　　　　《福特笔下的圣公会圣徒》　[英]朱利安·巴恩斯　《延河》2021年第11期

郭国良　周漪飒　《影子少女》　[美]拉赫娜·玲子·里茹托　浙江大学出版社2021年12月版

高　奋　马　晔　《到灯塔去》　[英]弗吉尼亚·伍尔夫　译林出版社2021年4月版

沈念驹　《童年》　[苏]高尔基　浙江少年儿童出版社2021年7月版

　　　　《森林报》　[苏]维·比安基　浙江文艺出版社2021年2月版

周　露　《文学伦理学批评导论》(俄文版)　聂珍钊　俄罗斯圣彼得堡大学出版社2021年9月版

　　　　《钢铁是怎样炼成的》　[苏]奥斯特洛夫斯基　湖南文艺出版社2021年1月版

郑亚洪　李　晖　《罗伯特·潘·沃伦的诗》　[美]罗伯特·潘·沃伦　《诗歌月刊》2021年第8期

二、专著、编著

殷企平总主编　《文化观念流变中的英国文学典籍研究》(六卷集)　上海外语教育出版社2021年1月版

聂珍钊　吴　笛　王　永总主编　《中国外国文学研究年鉴（2018）》　浙
　　　　　江大学出版社2021年9月版

许　钧　《名士风流：许钧译文自选集》　中译出版社2021年11月版

许　钧等著　《文学翻译的理论与实践——文学翻译对话录》(增订本)　译
　　　　　林出版社2021年5月版

许　钧　穆　雷主编　《翻译学概论》　译林出版社2021年11月版

许　钧　郭国良总主编　《中华翻译家代表性译文库》7卷：梁宗岱卷、冯至
　　　　　卷、马君武卷、伍光建卷、刘半农卷、卞之琳卷、瞿
　　　　　秋白卷　浙江大学出版社2021年版

陈才宇　《莎士比亚年表》《中国莎士比亚研究（第4辑）》　西南交通大学
　　　　　出版社2021年9月版

王　永主编　《诗意无界——"求是杯"国际诗歌创作与翻译大赛获奖作品
　　　　　集》　浙江大学出版社2021年5月版

高　奋　《英国形式主义美学及其文学创作实践研究》　浙江大学出版社
　　　　　2021年6月版

许志强　《部分诗学与普通读者》　浙江大学出版社2021年11月版

傅守祥　《文心相通：世界文学经典的跨文化批评》　浙江工商大学出版社
　　　　　2021年1月版

　　　　　《女性的天空——女性主义视域中的文学经典诠释》　中国社会科
　　　　　学出版社2021年9月版

吴斯佳　《莎士比亚戏剧经典动画改编研究》　浙江工商大学出版社2021年
　　　　　6月版

三、论文

蒋承勇　《"说不尽"的"现实主义"——19世纪现实主义研究的十大问题》
　　　　　《社会科学战线》2021年第10期　《新华文摘》2022年第2期
　　　　　转载

　　　　　《"重返19世纪"与外国文学研究话语更新——以西方文学思潮研

究为例》《浙江社会科学》2021 年第 10 期 《全国高校文科学术
文摘》2022 年第 1 期转载

《革命性"反叛"与功利性"宿命"——浪漫主义对文学教育功能的
疏离及其文学史意义》《外国文学研究》2021 年第 6 期

《"现实"与"浪漫":矛盾中的勾连?》《浙江社会科学》2021 年第
6 期 《新华文摘》2021 年第 22 期论点摘登

《科学与文学理念之现代性转型——现实主义"写实"特质成因考
论》《社会科学》2021 年第 11 期 《社会科学文摘》2022 年第
1 期转载

《现实主义文论话语之百年流变与体系建构》《当代外语研究》
2021 年第 5 期

蒋承勇 马 翔 《中西"文学自觉"现象比较研究——以六朝文学与唯美
主义思潮为例》《中国比较文学》2021 年第 1 期 《中
国社会科学文摘》2021 年第 6 期、人大复印资料《外国
文学研究》2021 年第 6 期转载

聂珍钊 《文学跨学科发展——论科技与人文学术研究的革命》《外国文学
研究》2021 年第 2 期

许 钧 《关于文学翻译的语言问题》《外国语》2021 年第 1 期

《译介学的理论基点与学术贡献》《中国比较文学》2021 年第
2 期

《翻译选择与文化立场——关于翻译教学的思考》《中国外语》
2021 年第 5 期

《关于深化中国文学外译研究的几点意见》《外语与外语教学》
2021 年第 6 期

《关于中国翻译理论史研究的几点建议》《上海翻译》2021 年第
4 期

《从翻译出发——关于翻译与翻译研究》《亚太跨学科翻译研
究》2021 年

许 钧 勒克莱齐奥 《记忆、想象与现实主义——关于文学创作的对话》

《外国文学研究》2021年第1期

刘巧玲 许 钧 《如何拓展翻译研究视野——许钧教授访谈录》《中国翻译》2021年第2期

胡陈尧 许 钧 《翻译批评的历史反思、现实问题与发展路径——兼评〈批评之批评：翻译批评理论建构与反思〉》《上海翻译》2021年第2期

杜 磊 许 钧 《翻译教学与翻译人才培养——许钧教授访谈录》《外语教学》2021年第3期

王 佳 许 钧 《勒克莱齐奥的非洲书写与文明协奏梦：许钧教授访谈录》《外国语文研究》2021年第2期

殷企平 《趣味即文化：阿诺德对文学批评的贡献》《外国文学研究》2021年第5期

范捷平 《现代主义文学中的"物"之美——里尔克、瓦尔泽的"物—人"间性解读》《德语人文研究》2021年第1期

郭国良 邹健鸣 《文学、爱与希望——2020年布克奖短名单一览》《外国文艺》2021年第1期

王 永 《外国文学的计量研究——研究背景、发展现状及研究路径》《文学跨学科研究》2021年第4期

邹 涛 谭惠娟 《美国非裔奴隶叙事的基本叙事特征》《山东外语教学》2021年第1期

何辉斌 《戏剧世界之情绪的认知研究》《外国文学研究》2021年第5期
《重审典型论：罗施的新范畴论及其对本质主义典型论的超越》《文艺理论研究》2021年第5期
《论〈哈姆莱特〉空间、有无、身份和新旧的概念整合》《文化艺术研究》2021年第1期
《新文科背景下的学术创新途径》《广东外语外贸大学学报》2021年第5期

高 奋 《"知人论世"与"以意逆志"：罗杰·弗莱艺术批评与中国传统批评

的相通性》《华中师范大学学报 (人文社会科学版) 》 2021 年第 3 期

《论罗杰・弗莱的"情感说"》《广东社会科学》2021 年第 4 期

《论弗吉尼亚・伍尔夫〈伦敦风景〉中的情景交融》《英美文学研究论丛》2021 年第 2 期

《论艾米莉・狄金森自然诗歌中的生态伦理观》《世界文学研究论坛》2021 年第 1 期

高 奋 万安迪 《论西方当代"性别与跨性别理论"的缘起、内涵与特性》《浙江大学学报 (人文社会科学版) 》2021 年第 5 期

高 奋 林中花 《论托妮・莫里森小说〈宠儿〉中情感之于身份建构的作用》《浙江外国语学院学报》2021 年第 2 期

傅守祥 宋静宇 《石黑一雄〈长日留痕〉：跨文化书写的时间意识与现代性反思》《中国图书评论》2021 年第 7 期

《异邦形象的自我想象——以瞿秋白游记中的俄国人形象为例》《徐州工程学院学报 (社会科学版) 》2021 年第 5 期

傅守祥 杨 洋 《莎剧经典〈暴风雨〉：现代性曙光下的美丽新世界》《新疆艺术学院学报》2021 年第 2 期

傅守祥 宋倩倩 《"诗言志"与"诗缘情"关系探微》《郑州师范教育》2021 年第 1 期

魏丽娜 傅守祥 《文学批评的慧眼与英诗经典的修正》《贵州大学学报 (社会科学版) 》2021 年第 3 期

岳寒飞 朱文斌 《〈蕉风〉与马华现代主义文学的发展——以文学翻译为中心》《当代作家评论》2021 年第 2 期

杨海英 《莎剧〈哈姆莱特〉中的法律问题与法律意识》《河南大学学报 (社会科学版) 》2021 年第 3 期

应宜文 《和平之舟与米开朗琪罗诗画互文》《美术观察》2021 年第 3 期

龙瑜宬 《俄罗斯民族性话语与"中俄相似性"的建构》《中国比较文学》2021 年第 1 期

蔡海燕　《"奥登风":20世纪30年代奥登诗歌的先锋性》《英美文学研究论丛》2021年第1辑

吴　笛　《文学法律批评VS法律与文学》《外国文学研究》2021年第5期　《社会科学文摘》2021年第12期、人大复印资料《外国文学研究》2022年第3期转载

　　　　《论13—15世纪古罗斯文学中的战争书写》《俄罗斯文艺》2021年第1期

　　　　《论丘特切夫诗歌中的哲理抒情》《人文新视野(第19辑)》2021年第2辑

吴　笛　顾发良　《从文学文本的三种形态看文学伦理学批评的理论基础》《文学跨学科研究》2021年第1期

四、补遗

蒋承勇著　《经典重估与西方文学研究方法创新》　中国社会科学出版社2020年12月版

王之光译　《邓小平访美那九天》(英文版)　外文出版社2020年12月版

慢生活，慢文学
——2021 年浙江文学评论述评

| 刘　忠 |

　　"慢生活"一词由来有年，但能做到的人很少，因为它不仅是一种生活态度，还是一种心灵状态，甚至是一种文化方式。疫情缘故，生活被动地慢了下来，我们开始思考一些不是问题的问题：何以"时光消失了，我们没有移动"？为什么"船在行走，我们坐在船上，一动未动"？又为何"卧看满天云不动，不知云与我俱东"？……作为生活的表现形式之一，文学以及文学评论也因之放慢了脚步，与树木、花朵、云霞、瀑布、溪流一样，平常平淡起来。人的文学、语言的文学、审美的文学、通俗的文学、历史的文学、地域的文学、作家作品的文学等范畴，又一次成为 2021 年文学评论的关键词。

一

　　"文学是人学"一说，常说常新。中国新文学伊始，人的文学、平民的文学即是时代强音，为先进知识分子认可和传播。今天，人学内涵更加丰富，更为大众化，文学对生活、时代、个体的介入度也更深广。当然，"文学是人学"的话题也始终伴随我们，如何在传统与现代、经典与流行、都市与乡土、恒定与变动之中诠释人的文学的丰富性，是每一位作家、评论家需要回应的命题。

　　王元骧先生在《审美：回归"身心一体"的人》一文中认为，传统美学把美区分为本质论和美感论来进行研究，在学理分析上有很高的认识论价值，但也存在把作为审美主体的人抽象化、分解的弊端；而人生论美学把研究对象确立在身处现实关系中的个体的人，克服了以往美学研究脱离现实人生的局限，使之落实在个体生存的人文关怀上、人的全面发展上，把个体的人的知、情、意、行统一了起来。王元骧认为，美对人的意义就在于它能把知、情、意统一起来，使人回归完整的人。在很长一个时段内，知、情、意三者总是被割裂，直到德国古典哲学那里，才改变了对这三者做分裂理解的状况，在理论上予以解决，并提出："人的真正的存在是它的行为。"但这只是在思辨领域的理论成果，要真正实现心与身、心灵和行为的统一，还需要我们引入心理学的成果来对审美活动开展深入的研究。这个时候，文学艺术的价值就体现了出来，文学的人学属性也进一步彰显。在《审美体验活动的四重确证方式》一文中，李咏吟从审美主体的认知意向出发，探讨审美体验活动的确证方式。他认为，从时空意识入手，审美体验呈现为时间-空间性构造；从文化想象入手，审美体验呈现为回忆-创造性构造；从自由意志入手，审美体验呈现为形象-伦理性构造；从生命理想入手，审美体验呈现为建构-反思性构造。基于审美体验的四重普遍确证方式，我们可以深入理解审美体验者的丰富复杂的精神生活世界。

　　认知文学可以有多个维度，符号学即是其一。作为携带意义的符号，语言自身的逻辑、修辞、文化功能在人们的解读中不断衍生。在《认知符号学：重新思考文学艺术的新路径》一文中，马大康给出了自己的回答，他说，符号首先是人与世界的"关系模式"，是人把握世界的中介。人类符号建模的发生过程存在三个序列：行为建模、语言建模、符号建模。其中，语言诞生是关键。语言具有对象化及符号化能力，它不仅将行为建模转化为"行为语言"，并且协同行为建模共同构造了其他所有符号。人的世界和文学艺术世界就是由各式各样的符号建构的，因此，最终都可以用"行为语言"与"言语行为"二维张力结构加以解释。这种二维张力结构决定着：人与世界之关系既是一元的，又是二元的。西方理论之所以难以摆脱语言中心主义、理性中心主义，难以超越二元思维，其原因就在于忽略了行为语言与言语行为存在着实质性差异，认为语言可以单独解释一切其他符号，这就势必走向谬误。唯有从行为语言与言语行为的二维张力结构入手，才可以对文学艺术和文化实践做出更加贴切的新阐释。语言是符号，文学是符号的符号，如何把握这种独特的符号体系，相信还会有更多的维度和结论。

一直以来，中西方对美的认识都有着一定的差异，涉及人们的认知方式、价值观、世界观乃至文化心理等多种因素。马大康在《"迷狂"与"虚静"——中西方不同的审美回归之路》一文中比较中西美学思想时，引用了张世英的观点："中国儒家文化以道德为最高人生境界，审美服务于道德，而道德的主要标准是去私……去私等于去我。道家思想是整个中华文化传统中审美观念的主要来源，而道家的审美境界很明显的是一种无我（'无己'）的境界……与中华传统的审美文化不同，西方传统的审美文化重自我，审美意识是一种自我实现、自我表现的意识……我们可以说，西方美学史的主线是'美是自我在感性中的显现'。具体一点说，美就是在感性形象中显现'自我'的'理性、自由、个性诸特点'。"张世英以"无我"与"自我"来概括中西美学思想主线是许多学者的共识。"我"与对象相对待，有"自我"势必有对象，物我分裂就势所难免。唯有"无我"才能"无物"，进而实现物我相融，天人合一。因此，中国古代美学强调通过"虚静"的无我状态来实现天人合一，以此抵达审美境界；而西方美学则执着于自我及主体性，也就难以完全弥合人与世界间主客对立之二元关系。即便强调"自我在感性中的显现"，也仍然是将这一"感性显现者"视作"意识对象"，是另一种隐蔽的二元关系。其实，在西方美学中同样存在要求主客体相互融合的一元论观点，只不过处于非主流地位，并且在如何实现主客融合的途径上，西方更倾向于主张"迷狂"。如果对"迷狂"与"虚静"做一番分析，或可以更加具体、细致地了解中西方美学思想的差异。这种辩证地看待中西方审美思想的认识相对公允、中肯，一元与二元、主体与客体、自我与无我之间并没有绝对的界限，在许多情形下，是可以相互转换甚至是融合的。同理，文学创作、接受过程中的主客体关系亦可作此理解，任何执于两端的学说都不免偏颇。

二

现实主义作为一种古老而又年轻的创作方法、原则、精神、思潮，中国作家、评论家一直重视其在文学创作中的重要作用。现代文学中，有现实主义主潮一说；当代文学中，有现实主义回归一论。今天，关于现实主义的研究更为深入，与浪漫主义、现代主义乃至后现代主义也多有交集和叠加。现实主义文学回应人们对生活的关切、人性的追问，同时，也呈现了作家、评论家主体介入现实的温度。"两为"方针、"三贴近"、"人民立场"、"守正创新"等提法都离不开现实主义沃土的培植和浇灌。贴近生活，深入现实，书写人性的丰饶，无不需要人们强化对现实主义的认识与研究。

在系列论文《科学与文学理念之现代性转型——现实主义"写实"特质成因考论》《"说不尽"的"现实主义"——19 世纪现实主义研究的十大问题》《"现实"与"浪漫"：矛盾中的勾连?》中，蒋承勇认为，作为 19 世纪西方文学思潮的"现实主义"，因其"写实"之特质又被称为"写实主义"。这种"写实"特质的形成主要得益于自然科学的深度影响。19 世纪自然科学的巨大成就给欧洲人以强有力的精神鼓舞，崇尚科学和理性成了一种时代风尚和文化特征。科学精神与实证理性激发了现实主义作家以文学创作"分析"与"研究"社会及人的生存状况的浓厚兴趣，他们力图使文学文本所展示的艺术世界与现实生活世界达成同构关系。现实主义借助科学实证的观察、实验方法，改造了传统"模仿说"，使文学"写实"从先验性抽象思辨走向了经验性、实证性分析，从而更新了文学的观念、叙述方式和文本的样式，进而从一种层面上促成了西方文学在创作理念与方法上的现代性转型，具有"先锋性"特质与意义。历史地梳理现实主义的谱系十分必要，也符合文学理论的基本经验事实。

在对现实主义进行一番学术史梳理与评价之后，蒋承勇认为，现实主义作为世界文学史上一种极为重要的文学思潮，是百余年来在我国文学领域传播最深入广泛，同时又争议最多的西方文学思潮，有待深入研究的问题颇多。诸如其跨学科意义上的与自然科学之关系，与"现代性"之关系，与理性精神之关系，与马克思恩格斯文艺思想之关系，与浪漫主义、自然主义及现代主义之关系，"写实"与"真实"内涵之深度阐释，审美价值之再发掘等，均是有待深入探讨和全面阐释的重大学术问题。可以说，关于 19 世纪现实主义文学思潮及与之相关的文学现实主义理论问题的研究，有其"说不尽"的"无边性"。在"网络化—全球化"的新时代，我们有必要对其做进一步研究，阐发其本原性特质，为建构有中国特色的外国文学和文学理论学科体系、学术体系和话语体系提供支撑。

提出问题是为了更好地解决问题。作为一种原则、方法，现实主义在我国古典文学中已有广泛应用，"不学诗无以言""多识草木虫鱼""美刺教化""饥者歌其食，劳者歌其事""文章合为时而著，歌诗合为事而作""不关风化体，纵好也徒然"等都说明了现实主义的丰沛生命力，犹如生生不息的脉搏，有着独特的魅力。但是，从理论研究方面来说，我们展开得并不充分。现实主义于"五四"前后传入我国，在此后相当长的时期内，由于本土特定的文化期待视野与社会政治情势等原因，影响力不断增强，其话语的内涵也不断变化。蒋承勇认为，经过百余年的流变与建构，现实主义文论话语体系在文学之人民性与社会功能、典型人物与典型环境之关系、审美反映论、理论话语之开放性品格等方面趋于相对成熟并形成基本构架，而在审美价值、真实性观念、与自然主义和浪漫主义及现代主义之关系等方面，有待深入研究与阐释。推进现实主义文论话语体系的不断完善，可以为建构中国特色之文论话语体系提供支撑与支持。鲁迅、周作人、茅盾、艾青等作家都是现实主义文学的大师，这种精神一直流贯在浙江作家的谱系中，书写现实生活，研究现实主义，一直是浙江作家和评论家的自觉行动。

新世纪以来，作为现实主义的一种变体，非虚构文学创作和研究取得长足进步，推动了文学功能的实现。洪治纲在《非虚构写作中的事实与观念》一文中说，与其他领域相比，非虚构写作在文学中尤显特别。因为在文学创作中，虚构是一种合理的存在，有时甚至比非虚构显得更为重要；而在历史、新闻、社会学等领域，严格地说，并不存在虚构性写作，所以非虚构是其必然属性。有趣的是，近些年来，文学中的非虚构写作却不断成为历史、新闻、社会学等领域共同热议的话题，似乎它给人们提供了一种别样的"真实"。洪治纲认为，其主要缘由可能有二：一是由于非虚构所指陈的"真实"在仿真、人工智能等技术主义的冲击下，变得越来越难以确定，人们有必要站在学科的本质属性上重申"真实"的意义；二是文学凭借本身所拥有的跨界特性，正在以非虚构写作的方式，戴着"真实"的面具，不断渗透到历史、新闻和社会学等领域，成为它们"旁证"的手段。从概念的严谨性来看，非虚构写作无疑有值得商榷之处，它涵盖了虚构之外的所有文体，边界模糊。从已经发表的作品来看，非虚构文学与报告文学、纪实文学不同，它不追求事件记叙的完整性，不强调话语表达的公共性，也不崇尚主题思想的宏大性，而是以非常明确的主观介入的姿态，展示创作主体对事件本身的观察、分析和思考。抛开概念的学理缠绕，非虚构的最大魅力在于作家对历史和现实的深入介入。而且，这种介入是个体的、主动的、代入式的。诚哉斯言，近几年有关非虚构的讨论可谓多矣。非虚构边界不断衍生，概念属性也一再跃出文学研究话语，成为一种理论与技术兼备的指称。

三

如众所知，语言变革是现代文学的一个明显症候，胡适曾提出国语的文学、文学的国语、作诗如作文等一系列主张，推动了古典文学范式的解构，促成了文学语体革命的蜕变。在白话诗、话剧、散文、小说的创作中，有意强化语言主动性意识，探索白话语的多种可能性。

关于现代文学史研究，高玉在《关于中国现代文学研究通史的几点思考》中表达了自己的看法。他认为，《中国现代文学研究通史》更强调史实呈现而非观点论证，它更为重要的作用是作为具有历史客观性的工具书。中国现代文学研究通史首先是"通史"，其次是"研究"。其首要和基本是对中国现代文学研究史实做既客观全面又详略得当的陈述，但真正具有学术含金量的是反思和批判，这需要撰写者平衡客观叙述与学术反思之间的关系。中国现代文学研究通史的书写，既需要处理好同其他学科的"边界"问题，又需要处理好其内部的"分类"问题。《中国现代文学研究通史》五卷按时间顺序划分有其合理性，但忽视了"密度"的相对差异。中国现代文学研究通史应当具有整体性和统一性，但如何逻辑地选择和统摄诸多研究现象与成果，进而避免分裂和矛盾、重复和交叉，需要充分的准备性研究。就此而言，《中国现代文学研究通史》具有开创性，也为进一步书写留下了空间。

毫无疑问，"乡土中国叙事"是一个负载诸多信息的范畴，也许正是因为内涵丰富，所以人言人殊，莫衷一是。姚晓雷在《当下"乡土中国叙事"的概念及范畴建构刍议》中，给出了自己的界定，他认为，"乡土中国叙事"这一概念虽然深受学界的青睐，但尚没有被认真界定过。这一概念在当下研究中浮出，是因其融合了"乡土"和"中国"这两大价值元素，能更好地满足人们审视呈现20世纪以来中国社会现代转型中乡土社会及文化问题的文本类型的需要。基于此，应该以开放的眼光来对待这一概念，充分利用"乡土"和"中国"的组合可拓出的多方面的意义空间。这一概念不仅应该包含以农村农民为呈现主体的"中国之乡土"叙事，而且应该包含以传统乡土社会文明为呈现主体的"乡土之中国"叙事。

在"乡土"中发现中国，在"中国"里寻觅乡土，诠释转型中国的中国形象以及中国人的命运，是一个有意义的话题。地方志、风物志是与此有紧密联系的两个范畴，近几年热度不减。在系列论文《"地方"的发现及其小说史意义——当代"方志小说"的历史观照与现实逻辑》（与荆亚平合著）《地方志与当代小说的体式创构》中，周保欣认为，近些年来，不少作家返归中国文学古典传统，从方志、历史典籍、地方文献中吸收创作资源，创作出不少具有地方志元素的"类方志"小说。类型上有"志书体""条目体""嫁接体""副文本"几种形式。这类小说，因为打通了与地方史学、地理学等的联系，形成一种层累化的历史复合文本，构成古今的对话与话语激活关系，开阔了小说的审美空间。"地方"的发现与方志成规模进入小说，是中国小说历史结构中"国家/地方""国家史/地方史"叙述再平衡的产物。"地方"、地方志进入小说，其小说史意义是引发了当代小说的说"小"与"小"说化，且重构着"中国"的地理、历史、美学、语言的多元性。但是，因为作家处理历史文献的学力、才识有限，不少作品存在文献处理和创作转化上的严重问题，或随意肤浅，或泥古不化，影响到当代小说的创作品质。应当说，如何在地域、风物、作家、形象、人性、语言、审美等多种因素中做出整体写作，是一个值得作家评论家深思的问题。

四

如今，当代文学能不能写史，当代文学研究能不能历史化，已经不再是问题，当代文学凭借它七十多年的历史与成就已经回答了上述问题，而且它还继续向未来开放，向跨越时空的网络媒体拓展。在一定意义上，当代文学研究有着巨大的空间与可能，当代文学如何写史、如何历史化才是我们需要直面的问题。

近年，吴秀明先生就当代文学如何历史化、当代文学史料学建构问题，发表与出版了多篇论文与专著。在《当代文学历史化与史料问题研究》《当代文学研究"历史化"需要正视的八个问题》等文中，他说，中国当代文学在历经七十多年的今天，有无必要突破固有的"批评化"理路，启动研究的"历史化"与史料工作呢？对此，人们站在不同的立场和角度，也许会有不同的解读甚至得出不尽相同的结论。但如果从自身提升和发展尤其是从学科建设角度来考察，可能就会多一分理解与体认，2020 年和2021 年国家社科基金课题指南中有"新中国文学史料学研究""当代文学的历史化和经典化研究"等选题，就印证了这一点，这也从一个侧面说明历史化与史料问题的提出，具有某种深刻的必然性和合理性，它已得到学术主流和国家学术制度的鼓励与支持。当然，作为既传统又现代，并具有很强实践性的一个学术话题，当代文学历史化与史料问题蕴含的内容相当丰富复杂，涉及历史与现实、事实与思想等诸多对立项。它有独特的功能价值，也有自身的问题与不足。在这里，任何的夸大或贬抑都是不合适的。关键在于找到彼此连接交汇的平衡点，对之进行合历史、合逻辑、合情合理的考察。随着语境的变化和整体学术的推进，人们对当代文学"历史化"的思考愈来愈深入，原先隐含的深层的文学观、历史观和价值观及其对整体当代文学认识和评价等问题也开始显现出来。通过主观与客观、历史与现实、事实与思想等多维解读，就当代文学"如何历史化"或曰"如何历史重构"进行探讨，希望在深入反思和盘点的基础上，对处于胶结状态的"历史化"研究及整体当代文学认识和评价有所促进。当然，当代文学史研究及其历史化还有许多问题需要展开，理论与实践都亟待进一步突破。

当代文学思潮研究是当代文学史研究的一个重要分支，有着独特的文学、社会学、文化学价值，20 世纪 80 年代的文学思潮、文学现象更是如此。斯炎伟在《20世纪80年代中国当代文学批评的"潮流化"问题》一文中，对此做出了较为客观的评价。他认为，关于20世纪80年代的文学创作，普遍的认知是线性而模块化的，即伤痕、反思、改革、寻根、现代派、先锋、新写实、新历史等文学潮流的更替，构成了线索清晰与逻辑井然的存在。这种"常识"的获得，一方面来自文学史的强大叙述，另一方面则与当时文学批评的"潮流化"有关。所谓文学批评的"潮流化"，是指批评家倾向于将一时的文学创作纳入某种特定的文学潮流中，致力于用某种"共名"的话题或理论来阐释作品和创作现象。这种批评使纷繁的文学创作获得某一话语的支持与开发，在凝结成"共同体"的同时，也迅速成为文坛热点，从而使文学创作和文学批评双双拥有了令人迷恋的前沿品格或革新光晕。"潮流化"的文学批评是80年代文学创作的强大驱力，同时也历史性地留下了诸多问题。用某种特定的文学思潮收编个人化创作，使文本可能存在的别样意蕴发生了面向潮流的更替；致力于某类文学的开发与阐释，对"去潮流"的写作关注不多或准备不足，导致后者意义的悬置并出现历史化的危机；既注重创作现象和文本自身的分析，也关切社会的发展变化，凸显了批评的文学性与当下性，但批评的历史意识与科学性等却未得到相应的关注。这种批评的"潮流化"是和当时的历史情境契合的，深远地影响了80年代文学史的书写以及后人对这一时期文学的认知。

进入新世纪已经二十余年，如何评价新世纪小说的成就，解读其叙事的多种维度与路径，当是一个很有意味的话题。洪治纲在《论新世纪小说的轻逸化审美追求》中，重点诠释了"轻逸化"一维。他说，新世纪小说在建构日常生活诗学过程中，不仅专注于日常生活中小人物、小事情、小感受的书写，还在叙事形式上努力追求轻逸化的审美格调。这种美学特征，既与琐屑的日常生活之"轻"形成了同构关系，又借助以轻击重的方式，折射了生活和生命之重。在具体的叙事过程中，这种轻逸之美，或体现在作家对日常生活的微观化处理上，或体现在作家对重大命题的背景化设置上，或表现为作家对日常生活内在诗意的发掘之中，从而使叙事渗透了某种人本主义的理想气息。毫无疑问，日常生活、轻逸化、微观化、诗意化构成了新世纪小说叙事的重要关键词。

在《重申物质与身体的书写意义》中，洪治纲换了一个维度来观照新世纪小说，从物质与身体的视角来考量日常生活叙事的意义和价值。他认为，21世纪以来的中国文学，一直对微观而琐碎的日常生活抱着特殊的热情，以至于有人认为，宏大叙事已渐呈衰弱之势。这是因为我们既定的日常生活确实发生了根本性的变化——消费主义四处蔓延，全球化趋势无法阻挡，信息技术飞速发展，大众文化全面崛起，无论是日常消费、日常交往，还是日常观念，在今天的中国大地上，都已变得极为丰富和繁杂，并给当代作家们提供了巨大的叙事资源。

五

过去的一年，浙江文坛充满生气，小说、诗歌、散文、影视剧本等佳作不断，相应的评论文章也多见于国内各大理论刊物上，把"慢的文学""精的文学"推向前台。余华的《文城》，钟求是、艾伟的小说，温州小说家群体，"北回归线"诗人群一度成为《文艺争鸣》《小说评论》等刊物的专栏话题，产生了一定影响。

洪治纲的《寻找诗性的正义——论余华的〈文城〉》称赞"《文城》是一部怀抱人间、直视苍生的悲怆之作"。小说从主人公"寻妻"的个人意愿出发，让林祥福一步步卷入历史的巨大洪流之中，不仅对命运发出了仰天浩叹，而且对苍生进行了深切的叩问。这个充满张力的故事，隐含了作家对于传统伦理与美好人性的互构性思考，也承载了作家对于道德和人性的严肃的"兴味关怀"，明确体现了"诗性正义"的审美诉求。在叙事上，《文城》动用了写实、抒情、诙谐、魔幻等诸多手法，借助丰饶而鲜活的细节，使"诗性"和"正义"同时获得了别有意味的彰显。

高玉、肖蔚的《论〈文城〉中的暴力叙事》着力于小说的"暴力叙事"，认为《文城》中有相当一部分暴力叙事。这种暴力叙事体现了一种回归与创新。余华回归了其先锋创作中暴力形式上的先锋性，表达了正义会战胜邪恶的传统价值观，两者的完美融合成为《文城》中暴力叙事最突出的创新之处。《文城》中的暴力叙事通过宏观与微观的互补、抽象与具体的结合，表现出这种历史暴力表面上的荒诞、本质上的真实。从审美表现来看，《文城》中的暴力叙事作为一种审丑式的表现，实现了丑向美的转化，以鲜血淋漓的暴力之丑反衬人性中的真善美，呈现出前卫与古典、恐怖与温情并存的美学风格。《文城》中的暴力叙事不仅开拓出新的文学价值、审美价值，同时也给予读者现实思考的意义。

王侃的《戏剧性、自我救赎与"人性意志"——艾伟散论》以"戏剧性""自我救赎""人性意志"三个关键词来解读艾伟的小说。虽说是"散论"，却有总领的取向。王侃认为，对于艾伟来说，由"性"与"政治"的二元对峙，由"时代意志""本能力量""人性意志"的三足鼎立而演绎出的更宏观、更高迈的思想、精神和伦理悖论，更需要一个超凡的"戏剧性"结构去呈现它。他认为，《风和日丽》基本做到了，而且有理由期待并相信，艾伟很快就能完成新的超越。

　　在《在被终结的历史中等待呼吸——〈等待呼吸〉阅札》一文中，王侃称钟求是可谓小说家中的浪漫诗人，他迄今为止的大部分小说，都有一个结构上的家族相似，即都在凝神布设一个叙事终端，在那里，仿佛是一个终于降临的弥赛亚时刻，人物、事件、情感甚至时间都被特定的意义重新包裹，霎时偏出日常、世俗和庸凡的惯性轨道，弹进一个超越性的维度，继而在激情和诗意中或疾或徐地滑行。钟求是大致上也是自信地认定自己的小说是有"诗性"或"诗性"追求的，并且认为"诗性又帮助作品生成了跃离地面的轻灵"。这"诗性"，这"跃离"，这"轻灵"，都是可直接归之于浪漫属性的。

　　陈力君在《伤痛书写与"精神朝圣"——〈等待呼吸〉的一种打开方式》一文中评论：《等待呼吸》是钟求是继《零年代》之后的另一部长篇小说，这部二十多万字的长篇小说改变了钟求是一贯避开社会历史重大事件，在细微处挖掘深度人性的审视视角，开始探索通过个人视角折射时代投影的更为宏阔的文学世界的构筑方式。作品以女主人公杜怡为中心，通过她在莫斯科、北京和杭州三地不同的生活遭际，串接了离奇曲折的人生经历和心路历程。不管是影响世界格局的政治历史事件，还是纯情凄美的爱情故事，或是平静淡然的日常生活，都不是小说的主旨，而将这些表层事件串接在一起，能够引起读者强烈共鸣的则是作品内在的超越性力量。该作品描述的是一代人在时代裂变下的各种"伤痛"和"朝圣"式的心路历程。

　　个案作家作品之外，郑翔关注的是温州小说家、"新荷计划"作家这样两个群体。在《温州地域文化与温州小说家的创作》中，郑翔说，随着城市化、城镇化的推进，中国各地域之间、城乡之间出现了历史上从未有过的大规模人口流动。加上影视、互联网等现代传媒、科技的普及，当下中国各地区的社会风貌、文化习俗、价值观念，甚至语言都出现了趋同倾向。城市、"现代文化"在持续扩张，乡村、民间文化在持续消失。这种现象在当下的小说创作中也有明显反映，就是作品中地域文化特征的减弱，甚至消失。一方面是当下小说中，城市、城镇题材作品比例的持续增长，城市的趋同导致城市题材小说地域文化特征的减弱自不必说，另一方面，乡村题材小说中，由于乡村的趋同，加上乡村题材小说主题的趋同，比如写进城打工、农村的凋敝、留守问题等，也导致当下乡村小说中地域文化特征的减弱。这种现象在浙江当下的小说创作中同样存在，除非是作品中已有说明，否则是很难判断故事具体发生在哪个地区的。但如果从整体来看，温州作家的小说创作可以算个例外。无论是他们对待文学的态度，还是他们小说中所呈现的文化气质，都还具有比较浓厚的温州特征。这在 21 世纪以来温州出现的小说家群体身上得到了比较鲜明的表现。这批小说家包括吴玄、王手、马叙、钟求是、哲贵、东君、程绍国、阿航，还有近些年非常活跃的旅加温籍作家张翎、陈河等，形成了一个颇受国内评论界关注的"温州小说家群体现象"。郑翔说："我对温州作家的小说创作关注多年。随着我对他们作品阅读的增多，与他们交往的深入，加上我们台州与温州地域文化气质上的某些相似，我越来越能感受到他们小说中所透露出来的文化气质与温州地域文化之间的内在联系，这在他们小说的题材主题选择、价值观、人物形象、叙事风格等方面，都有比较鲜明的体现。"温州的地域文化中有一些狭隘、狠勇的因素，但也有更多值得汲取和坚守的成分，所以对"温州小说家群体现象"的分析，不但具有文学上的意义，也有文化上的意义。

"新荷计划"是浙江省作协培养青年作家的一个重要规划，在此计划的资助下，有许多青年作家创作出优秀的作品，跃上了更高的写作舞台。在《仍然有各异的风景——"浙江新荷计划作家小辑"简评》一文中，郑翔评说，浙江省作家协会的"新荷计划"不知不觉已实行到第九批，在《青年文学》上做小辑也已是第五个年头了。"新荷计划"作家的年龄也已从最初的"70后"，延伸到了"00后"。从"新荷计划"里走出来的这一大批青年作家，已在国内文坛形成并不断扩大着他们的影响力。有时他甚至会怀疑这"新荷计划"是否将难以为继，但这次的"新荷计划作家小辑"，仍然让人欣喜。因为并非千山已过尽，而是仍然有各异的风景，如袁腾的冷峻、童莹的批判、杨渡的象征、谢健健的智性。

赵思运的《1990年代以来浙江新诗群的审美嬗变——以北回归线、野外、诗青年为例》，宏观地描述了"北回归线""野外""诗青年"三个诗群20世纪90年代以来给浙江新诗潮带来的审美嬗变，评价它们存在的意义与价值。"北回归线"诗群崛起于20世纪80年代第三代诗群式微和转型期，所秉承的"先锋精神"更具建设性意义：主张重建文化认同与人类精神，倡导"新理想主义"诗学，倡导富有综合性的"有难度写作"，为抒情诗拓展新的领域与境界，主张中西方诗学视野的融通。"野外"诗群诞生于2002年，在喧嚣浮躁的网络语境里，"野外"诗群凸显出严肃的诗歌态度：反对诗学的"无政府主义"，积极构建并引领健康的诗歌生态，强调节制的写作态度和诗歌技巧。"诗青年"团队创建于自媒体激荡的2015年，为浙江新诗潮带来了新的活力、新的形态。浙江新诗潮近三十年的审美嬗变，也辐射到全国诗歌界，甚至推进了诗歌史的进程。如此定位与肯定，基本符合当下浙江诗坛的现状，同时，也预示着它们将会有更大的发展，有更高的成就。

浙江是经济大省，文化大省，也是文学大省，如何从"大省"走向"强省"，还有许多的路要走，相信在一代代浙江作家、评论家的努力下，在众多力量的汇聚下，浙江文坛一定会在"专精特新"之路上走得更稳、更好。

2021 年浙江文学评论要目

一、编著

赵思运主编　《江南风度——20 世纪 90 年代以来浙江新诗群的审美嬗变》浙江文艺出版社 2021 年 10 月版

徐敢主编　《天歌雅颂——新古体诗的理论探索与实践》　团结出版社 2021 年 2 月版

夏春锦编著　《木心先生编年事辑》　台海出版社 2021 年 5 月版

夏春锦　周音莹　禾　塘编　《谷林锺叔河通信》　文汇出版社 2021 年 1 月版

二、论文

王元骧　《审美:回归"身心一体"的人》《社会科学战线》2021 年第 7 期

徐　岱　王　丹　《灵魂歌手法拉奇——从小说〈战争中的佩内洛普〉谈起》《浙江社会科学》2021 年第 4 期

马大康　《"迷狂"与"虚静"——中西方不同的审美回归之路》《文艺争鸣》2021 年第 4 期

《认知符号学:重新思考文学艺术的新路径》《江海学刊》2021 年第 1 期

蒋承勇　《科学与文学理念之现代性转型——现实主义"写实"特质成因考论》《社会科学》2021 年第 11 期　《社会科学文摘》2022 年第 1 期转载

《"说不尽"的"现实主义"——19 世纪现实主义研究的十大问题》

《社会科学战线》2021 年第 10 期　《新华文摘》2022 年第 2 期
转载

《"现实"与"浪漫"：矛盾中的勾连?》《浙江社会科学》2021 年第
6 期　《新华文摘》2021 年第 22 期论点摘登

吴秀明　《当代文学研究"历史化"需要正视的八个问题》《学术月刊》
2021 年第 1 期

《金庸武侠小说史料搜研及其拓展的可能性——兼谈当代文学史料
研究的有关问题》《中国现代文学研究丛刊》2021 年第 2 期

《当代大众通俗文学研究的历时演进与学术建构》《浙江学刊》
2021 年第 2 期

《当代文学历史化与史料问题研究》《浙江社会科学》2021 年第
5 期

李咏吟　《尼采与欧里庇得斯的悲剧》《戏剧（中央戏剧学院学报）》2021
年第 3 期

《审美体验活动的四重确证方式》《广东社会科学》2021 年第
5 期

郁峻峰　李杭春　《郁达夫求学年谱》《宝鸡文理学院学报（社会科学
版）》2021 年第 1 期

洪治纲　《非虚构写作中的事实与观念》《探索争鸣》2021 年第 8 期

《寻找诗性的正义——论余华的〈文城〉》《中国现代文学研究丛
刊》2021 年第 7 期

《论新世纪小说的轻逸化审美追求》《中国当代文学研究》2021
年第 4 期

《非虚构：如何张扬"真实"》《文艺争鸣》2021 年第 4 期

《重申物质与身体的书写意义》《文艺争鸣》2021 年第 6 期

《哈尔滨的精神漫卷——迟子建长篇小说〈烟火漫卷〉讨论》《西
湖》2021 年第 4 期

《现实之外，心魂之中——2020 年短篇小说创作述评》《小说评
论》2021 年第 1 期

高　玉　《中国现代作家手稿作为"祖本"文学价值论》《人文杂志》2021
　　　　年第 12 期

　　　　《关于中国现代文学研究通史的几点思考》《吉林师范大学学报
　　　　（人文社会科学版）》2021 年第 1 期

高　玉　肖　蔚　《论〈文城〉中的暴力叙事》《中国当代文学研究》2021
　　　　　　　　年第 5 期

王　侃　《在被终结的历史中等待呼吸——〈等待呼吸〉阅札》《小说评
　　　　论》2021 年第 1 期

　　　　《自我、反讽与赋形——李洱漫议》《当代作家评论》2021 年第
　　　　3 期

　　　　《戏剧性、自我救赎与"人性意志"——艾伟散论》《当代作家评
　　　　论》2021 年第 5 期

　　　　《疫害或危难之际的文学伦理》《文艺争鸣》2021 年第 6 期

姚晓雷　《当下"乡土中国叙事"的概念及范畴建构刍议》《烟台大学学报
　　　　（哲学社会科学版）》2021 年第 2 期

黄　擎　张　隽　《总体流、反阐释与形象化——论詹姆逊的后现代媒介
　　　　　　　　观》《东南大学学报（哲学社会科学版）》2021 年第
　　　　　　　　6 期

黄　擎　段廷军　《网络穿越小说的叙事伦理探析》《江西社会科学》
　　　　　　　　2021 年第 2 期

陈力君　《灵光，在暗黑处——从〈流俗地〉中的古银霞谈起》《世界华文文
　　　　学论坛》2021 年第 2 期

　　　　《伤痛书写与"精神朝圣"——〈等待呼吸〉的一种打开方式》《小
　　　　说评论》2021 年第 1 期

金　雅　《中国现代人生论美学引论》《文艺理论研究》2021 年第 2 期

马　季　《中国网络文学叙事探究》《中国文学批评》2021 年第 2 期

　　　　《科技时代的精神建构——论网络小说〈神工〉的叙事方式及其艺术
　　　　特色》《当代作家评论》2021 年第 5 期

　　　　《一个时代的坐标——中国网络文学缘起之我见》《新华文摘》

2021 年第 14 期

周保欣　《"名物学"与中国当代小说诗学建构——从王安忆〈天香〉〈考工记〉谈起》《文学评论》2021 年第 1 期

《地方志与当代小说的体式创构》《社会科学战线》2021 年第 2 期

《"总体性"中的李洱及其小说史意义》《当代文坛》2021 年第 3 期

周保欣　荆亚平　《"地方"的发现及其小说史意义——当代"方志小说"的历史观照与现实逻辑》《浙江社会科学》2021 年第 7 期

斯炎伟　《文学自纠的力度与限度："一体化"语境中的"大连会议"》《中国当代文学研究》2021 年第 3 期

《当代文学会议的史料整理问题》《当代文坛》2021 年第 3 期

《20 世纪 80 年代中国当代文学批评的"潮流化"问题》《文艺研究》2021 年第 10 期

孙良好　郭佳乐　《别开生面写"生死"——从余华的〈活着〉到张翎的〈死着〉》《温州大学学报(社会科学版)》2021 年第 1 期

郑　翔　《温州地域文化与温州小说家的创作》《南方文坛》2021 年第 5 期

《仍然有各异的风景——"浙江新荷计划作家小辑"简评》《青年文学》2021 年第 10 期

张晓玥　刘慧琪　《〈孤山路 31 号〉:西湖文化印章的镌刻》《中国广播电视学刊》2021 年第 8 期

王　姝　沈丽佳　《新世纪青年形象书写的代际特征与精神轨辙》《学术月刊》2021 年第 11 期

郭　梅　黄睿钰　《探幽烛隐　钩沉出新——评〈现代文学与现代教育的互动共生:以浙江一师为视点〉》《关东学刊》2021 年第 1 期

赵思运　《1990 年代以来浙江新诗群的审美嬗变——以北回归线、野外、诗

青年为例》《南京理工大学学报(社会科学版)》2021年第2期

赵思运　茱萸　《古典诗学的"征用"与新诗的"自我立法"——关于古典
　　　　　　　诗学传统的对话》《星星》2021年第10期中旬刊
　　　　　　　《"收复汉语的伟大权柄，那阴凉的拱门"——茱萸访谈
　　　　　　　录》《扬子江诗刊》2021年第6期

刘家思　刘桂萍　《坚定的唯物史观和强烈的文化自信——论鲁迅对大禹
　　　　　　　文化的信仰及其对大禹精神的传播》《鲁迅研究月刊》
　　　　　　　2021年第12期
　　　　　　　《论曹禺戏剧的光色艺术及其剧场性追求》《浙江社会
　　　　　　　科学》2021年第4期

刘家思　刘璨　《色彩斑斓的服饰与稳定的剧场效应——论曹禺戏剧服
　　　　　　　饰的色彩配置艺术》《戏剧艺术》2021年第1期

涂国文　《苏沧桑散文集〈纸上〉:中华优秀传统文化的"苏绣"》《文艺报》
　　　　2021年8月9日

夏春锦整理　《木心致陈英德、张弥弥的一封长信:"我之狡猾为的是诚实"》
　　　　　　《南方周末》2021年12月9日

借势发展与强势引导

——2021年浙江网络类型文学综述

| 谢小娥 | 夏　烈 |

　　疫情的持续使得人们不得不适应一种间歇性的阻隔化生活，仿佛一部断断续续、不甚流畅的长篇叙事，又仿佛一个充满警喻的另类空间的插入，你说它是"后"（后疫情、后人类）、"元"（元宇宙）都无所谓，现实中的人们必须感受和探索新的历史"剧情"以及与之相适应的人类生活方式。线上（网上）生活作为一类现实，在此期间无疑有所加强。虽然没有短视频、直播、网剧那些视听门类的上升速度，但网络文学作为线上阅读、数字阅读的主要对象，2021年总体上呈现了较为强劲的发展势头，也依旧是中国当代文学最活跃的板块之一。具体而言，这一年的网络文学沿着主流化、精品化、现实化、国际化的方向运行，其头部、腰部作者以及主要的平台网站基本认可该发展趋势是当今网络文学的主潮。

　　从数据看，中国互联网络信息中心发布的第48次《中国互联网络发展状况统计报告》显示，截至2021年6月，我国网民规模达10.11亿，互联网普及率达71.6%。十亿用户接入互联网，形成了全球最为庞大、生机勃勃的数字社会。其中网络文学读者用户总数在2021上半年达到4.61亿，占网民总数的45.6%，为历史最高水平。

　　有关主流化的举措在一步步加强，继2020年底136位网络作家签署发布了《提升网络文学质量倡议书》后，2021 年 4 月，中国作协又组织四十五家网站联合发布《提升网络文学编审质量倡议书》，呼吁网络作家承担时代责任，传承中华文脉，创作高质量精品力作。2021 年岁末，在公布的中国作家协会第十届全国委员会委员名单中，网络作家有十六位①，是第九届的两倍，显示了中国作协对网络文学板块的重视和网络作家代表人士更为成熟地迈向各级各类平台。

此外，网络文学的读者作者、管理部门以及理论评论等诸方面力量，通过各大网络主题活动进一步增加互动和共识。七猫中文网与纵横中文网合并、阅文集团与中文在线开展战略合作、晋江文学城实施阅读分级等事件，显示出网络文学相关产业的机制和结构在不断调整和完善。由此可见，2021 年的网络文学不仅仅是一个市场规模大、读者受众多的文学板块，更是逐渐成长为自觉的、拥有巨大潜能的文化产业角色。

网络文学作为一种强有力的时代表现形式，在建党一百周年之际，以自身特殊的方式立足新时代，回望历史，展望未来，承担起在这一历史进程中应有的责任。全国网络文学界通过主题活动和作品创作积极反映时代生活。在一批体现时代精神、抒发家国情怀的优秀网络文学作品中，抗击新冠疫情、脱贫攻坚、构建文化强国、科技强国等重大时代命题得到浓墨重彩的书写。例如《廊桥梦密码》（陈酿）、《舞狮者》（玉帛）、《铁路繁星》（易阳）等作品关注传统文化、"一带一路"和人类命运共同体等时代主题。描述改革开放后青年群体成长奋斗的《奔腾年代——向南向北》（眉师娘）、讲述中国科技出海故事的《与沙共舞》（令

---

①2021 年 12 月 16 日公布的中国作家协会第十届全国委员会委员名单包含十六位网络作家，浙江两位网络作家蒋胜男、李虎（天蚕土豆）位列其中。

狐与无忌）、聚焦我国导航卫星研发和应用推广事业的《北斗星辰》（匪迦）、展现新时代上海发展图景和无限希望的《三万里河东入海》（何常在）等作品，都在关注现实的基础上勾勒时代风貌，呈现网文的另一种审美价值。

"网文出海"是2021年网络文学界的热词。在2021年9月的中国国际网络文学周上发布的《2021中国网络文学国际传播发展报告》，显示出中国网络文学国际传播成效显著。无论是网络文学作品出海的规模，还是行业动态，都进入到一个新的阶段。网络文学已成为外国人了解中国故事、中国文化的重要渠道。虽然网络文学的IP开发相较前两年势头减弱，但优质网文依旧是影视剧的重点开发对象。2021年改编自愤怒的香蕉同名作品的《赘婿》、尾鱼同名小说的《司藤》、沐清雨同名作品的《你是我的城池营垒》，以及改编自Priest作品《天涯客》的《山河令》、由墨宝非宝的网络小说《一生一世美人骨》改编的《一生一世》等都成为热播剧。此外由网文改编成的短剧、沉浸式"剧本杀"等形式成为今年的市场亮点，显现出网文的多层利用空间和更多潜在价值。

浙江作为全国网络文学重镇，在2021年的网络文艺生态中表现不凡。一众具有标志性意义的组织活动落地浙江，促使这一网络文学沃土开出新蕾。中国国际网络文学周期间，全国视线聚集乌镇，共话中国网络文学的世界意义。在全国各大文学榜单赛事中，浙江网络作家、作品以不俗的成绩为本土网络文学事业锦上添花。在创作方面，元老级的"大神"放缓了创作步伐，进一步提高作品质量；"90后"新一代作家创作状态饱满，不断推出新作。

一、代表作家创作情况

2021 年是"盗墓笔记"系列小说诞生的第十五周年，纵观"盗墓全局"，仍然枝叶繁茂、蓬勃生长。经由《沙海》《藏海花》《重启·极海听雷》和目前还在连载中的《灯海寻尸》《万山极夜》等作品的相互解释与构建，南派三叔打造的"盗墓宇宙"越发宏大，如今成为包括小说、影视、动画、游戏等多维度内容在内的现象级 IP，在当代年轻群体中产生了深远的影响。其中 2018 年开始在爱奇艺文学平台连载、2021 年 9 月由江苏凤凰文艺出版社出版的《南部档案》（《食人奇荒》），将进一步揭开《盗墓笔记》的谜团。与此同时，《南部档案》又以"张家档案馆"为核心元素开拓出"档案馆系列"，作为该系列的第一个故事，小说借由各卷错综复杂的档案向读者展示了张家所经历的诡谲往事。在广阔的南方海域，一场场冒险和寻宝故事在惊涛骇浪之上、神秘岛屿之间此起彼伏，部分东南亚历史文化、中国古代航海文明融入小说中，增添了传奇故事的真实感与异域色彩。不同于以往盗墓系列行云流水般的笔触，《南部档案》中小说的细节文字显示出南派三叔不俗的洞察力与表达的强劲，隐秘地闪露着以往网络小说不为多见的严肃的现实主义光色。有评论认为：

> 如果按照现实题材是指书写当下现实的标准来看，该部小说应该被归入历史或奇幻题材之中，但《南部档案（食人奇荒）》在小说的"细部真实"上确实为当下多数网络小说所不及，且其似乎表现出一股隐蔽的要继承百年中国新文学主潮的现实主义批判精神的倾向，有些章节甚至可与鲁迅建立起某种精神联系。诸如当小说写到众人围观"张海盐"被砍头行刑的场景，便使我们无法不联想到阿 Q 被砍头时的经

典细节。①

　　烽火戏诸侯于 2017 年在纵横中文网连载的玄幻小说《剑来》深受读者喜爱，阅读点击量在纵横中文网的小说网站榜单里长期排第一。该小说主要讲述了人神妖魅等众生，在时代大变局背景下战斗和求存的故事。主角是被视为不祥之人的贫寒少年陈平安，他携木剑南下，最终成为镇妖降魔、摧城开天的风云人物。小说构建的宇宙世界极其庞大，整体布局精巧，剧情别具一格，文字功力也较为深厚。《剑来》前三辑的实体书均在 2020 年重磅上市，《剑来》的第四辑，共十六本的纸质版图书于 2021 年 10 月由浙江文艺出版社出版。在这一辑中，陈平安带着朱敛和裴钱来到青鸾国狮子园继续行其侠义之路。第四辑如前作般魅力不减，文风细腻充满张力，人物塑造丰满，融汇着庞杂的古典文化，汪洋恣肆。有评论认为：

　　　　在《剑来》构建的光怪陆离却丰富有趣的仙侠世界里，不仅充盈着具有中国古典传统的气韵和精神，更带有浓浓的入世救世思想，隐约呼应着中国历代儒家尤其是现当代新儒家探求救国自强之路的哲思。作者在小说中塑造的众多以陈平安为代表的人身上，寄予了"中国人格"，隐动着精神上承继中华优秀传统而又体现当下社会的浮脉。小说徐徐展开的不仅是一步步的道山跋涉，更是忠孝、家国间的艰辛抉择，情与法难两全的伤痛，侠气与仙气的异同争执，以及最根本的人性本善与人性本恶的分歧争端。这是一种站在人类至高处的宏阔格局，就这一点而言，《剑来》是令人肃然起

---

① 闫海田：《后玄幻时代的"现实主义"——2018 年现实题材网络小说创作综述》，《中国当代文学研究》，2019 年第 2 期。

敬的一部作品，足堪代表当下网文的最高境界。①

入选过 2020 年橙瓜见证·网络文学二十年十大武侠作家的
燕垒生，根据西方经典 IP"刺客信条"，结合东方文化创作出武
侠小说"刺客信条"系列，将中国历史代入虚拟游戏世界中做颠
覆创作。小说遵循了刺客信条的科幻世界设定，但在人物塑造和
故事内核方面进行了本土化实践。该系列第二部《刺客信条：大
漠风云》2021 年 10 月由新星出版社出版，剧情衔接前作，仍然
讲述女刺客少芸的侠义之路，这一次她将远赴大明沿海，北上烽
火边塞，深入蒙古草原化解各种危机。燕垒生将中国武侠与科幻
相结合，以细腻的笔触勾勒出波澜壮阔的历史图景，展示出东方
精神文化与西方游戏世界的精彩碰撞，令读者耳目一新。从第一
篇刊登在《今古传奇·武侠版》创刊号上的武侠小说到如今的
《刺客信条：大漠风云》，无论人物和情节如何变化，借助武艺行
侠仗义的侠义精神一直存在于燕垒生的小说当中。

主攻网络文学现实题材，以记录时代、讴歌生活见长的作家
陈酿于 2021 年 5 月完结了在逐浪网连载的《廊桥梦密码》。小说
描绘了一个瑰丽神秘的有关中国闽浙木拱廊桥的故事。闽浙木拱
廊桥作为中国文化遗产，在小说中化身为故事背景见证了跨越天
地两界的伟大爱情和友情。陈酿将中国传统文化和网络写作相结
合，以梦境与现实交织的奇幻穿越手法制造廊桥悬疑迷雾，同时
借鉴中国古代神话与民间故事等传统写意方式，展现江南大地的
古韵悠扬之美，创作出第一部"中国非遗新民间故事"，表达了
崇善尊技、弘扬国粹的美好情怀。有评论认为：

《廊桥梦密码》是一部带有浓郁地域文化色彩的作品，

①读书网：《烽火戏诸侯〈剑来〉第四辑》，2021 年 10 月 1 日，https://
www.dushu.com/book/13875110/。

以至今仍存在于浙江、福建一带的廊桥为书写对象。与通常诞生于市场机制中的作品不同，这部小说从创作缘起上就是为了宣传弘扬廊桥这一中华建筑遗珍的历史和文化价值。用网络小说的方式对地方文化进行审美形象建构是不多见的，陈酿的这部作品不仅是一次新的尝试，更重要的是她摆脱了对书写对象的图解式讲述，而以神话和民间传说为基础，运用网络文学的叙事方法大胆想象，围绕廊桥形成新的民间故事，写出了一部艺术性、传奇性和趣味性俱佳的作品。①

2021年10月，流潋紫新书——散文小说集《久悦记》由作家出版社出版。不似以往《甄嬛传》《如懿传》等宫廷题材作品将情感与人生议题放入历史时空去探讨，《久悦记》回归当下现实，记录日常生活里的点滴。散文篇书写了流潋紫在老师、母亲、作家、编剧等多重身份下的真实生活状态，小说篇则多为爱情故事，行文简洁明快，语言犀利透彻，呈现出现代男女情感在各种关系状况下的热闹、荒凉以及无暇躲藏的人性面貌，符合现代人的爱情观念和状态。流潋紫坦言，这部写于疫情期间的作品，更多表达的是生活中长久的美好和欢悦，字里行间显示出流潋紫在洗尽铅华后的平和温暖。有评论认为：

> 有凡常的衣食住行，从《新年穿什么》的苦恼写到回忆里的一颗"糖炒栗子"，"略软滚烫的栗子肉直接落进嘴里，那种烫舌的香气，咕噜噜从舌头一直暖进胃里，驱散了冬夜的寒气"；从专门给学生们上兴趣课的"寿山堂"，写到"轻井泽""星子昭昭，月弯如钩，倒映在泉水"的"应和之美"。有作为女性应对各种感情困扰的新思考：《母与子》里

---

① 杪椤：《陈酿与〈廊桥梦密码〉：在网络文学中讲述新民间故事》，《中国青年作家报》，2021年8月17日。

反思了当下普遍存在的走失了的亲子关系;《给从前的爱》里懂得了即使"再爱,也不过是从前的爱";《睡眠》里写自己与失眠从对抗到接受,达成与自己的和解;《一个人过年》里明白了孤独和时间的意义,可以"慢慢地去做每一件事"……

作者回到擅长的小说天地后,对各种关系状况下的男女情感拿捏得非常精确,让男女之间的热闹荒凉跃然纸上,展现了作者优秀的故事构造和语言表达能力。不似以前的长篇作品,作者在相对短小的篇幅里,将男女间的情感争斗急速拉升,集中爆发,让人性的真实面目无暇躲藏,颇有几分张爱玲味道。[1]

蒋胜男的新作《天圣令》于2021年9月跟读者见面,该书由浙江文艺出版社出版。小说以宋朝章献明肃刘皇后的个体成长和爱情为故事中心,同时描绘出北宋王朝从太宗至仁宗三个帝王时期的政治风云和社会风情。《天圣令》语言风格轻快,与商品经济发达、市民娱乐生活丰富的宋代城市风味相契合。蒋胜男以十足的想象力和深厚的历史文化积淀,将主人公的个人命运与历史真实进行巧妙融合,细致入微地刻画出宋代封建社会的脉络肌理。作品所体现的历史观具有马克思主义唯物史观的正确性与辩证性。有评论认为:

作为一部雅正而宏阔的小说,《天圣令》可以探究和阐释的空间多维而宽广。诸如,作为大女主小说,其建构女性历史的努力及性别意识的凸显;作为历史小说,其在历史事实和想象虚构间的精心剪裁与叙事策略;作为家族小说,其

[1]张杰:《〈甄嬛传〉原著作者流潋紫出新书〈久悦记〉》,2021年10月25日,https://www.thecover.cn/news/8268618。

对帝王家族人伦亲情在权谋中的异化和扭曲的深度揭示；作为现实主义文学，小说对法理、历史、政治、文化和人性的哲学化思考等方面均有可圈可点之处。尤为重要的是，《天圣令》倡扬了以人民为中心的理念，并彰显出颇为颖异的英雄史观。如认为吴越王钱弘俶投降宋朝的行为是顺应历史潮流的仁善义举，因为这一举动可以使"吴越数十万百姓免遭兵灾，弃王位纳土归宋，这不是屈辱，而是勇敢"。①

《糖婚：人间慢步》是作家蒋离子在翻阅小说独家连载的一部现实题材网络小说，于 2021 年 4 月完结。这部小说延续了《糖婚》的婚恋主题，讲述了安灿和林一曼两位女性的成长故事，揭示了女性在婚姻当中遭遇的精神困顿，撕开了当下网络甜宠文、霸道文所制造的梦幻外衣，深刻再现了女性在职场、婚姻中的生存现实。有评论认为：

> 从故事中抽身出来，我们发现，理性精神始终烛照全文。作者对人物婚恋、事业的反思成就了小说的"别具一格"。理性反思首先表现在作者对现实女性的体察和同情上。在高度发达的商业社会里，人们生活品质的提升常常是以牺牲精神的自主和身心健康为代价的，对物质的贪欲和屈从使得都市男女常处于焦虑、抑郁的非常态，他们往往只知道物质享受而丧失了精神追求，只有物欲没有灵魂，成为马尔库塞笔下"单向度的人"。②

古兰月在 2021 年完成了两部新作。《一城湖山竞风雅》于 2021 年 3 月由杭州出版社出版。这部作品深具浙江地域特色，选

---

① 乌兰其木格：《在尘世重述爱情的童话——读蒋胜男长篇小说〈天圣令〉》，《文艺报》，2021 年 8 月 23 日。
② 江秀廷：《现实题材网络小说的第二种形态——以蒋离子〈糖婚：人间慢步〉为例》，《文艺报》，2021 年 3 月 31 日。

取了十二位具有代表性的杭州文人雅士，将他们的生活雅致和可贵品质通过文字讲述给读者，展示出杭州独特的历史文化韵味，是杭州优秀传统文化丛书的一种。另一本《踏月归来》于2021年2月在咪咕阅读上架。小说以新冠疫情为大背景，以浙中城市金华女孩文馨和其美国求学男友赵帅的跨国情感历程为主线，讲述了经历家庭变故和生活磨难的文馨坚定追求自身人生价值的故事。小说字里行间透露出浓浓的家国情怀，以国内和海外两种视角，通过解析文馨的生活经历、情感冲突和人生追求，正确引导读者在疫情发生后对不同社会制度、价值目标和生活方式的认知选择，体现人间大爱和温情。

"脑洞"作家七英俊在微博连载的穿越小说《成何体统》于2021年6月正式完结。该作品讲述了女主角穿进了一本穿书小说里逆天改命的故事。整部小说布局巧妙，剧情复杂，作者将多维穿书和多人穿书的交错并行处理得恰到好处。剥离出穿书、宫斗的形式外壳，小说中处处可见作者对于人性、底线、道德、真实与虚幻的思考。另外，小说主角夏侯澹与庾晚音身上具有的自由意志和现代精神，宣示着对当下社会的"卷"和"丛林法则"的彻底反抗。有评论认为：

> 本以为剧情走欢脱搞笑文路线，再往后面看却意外发现这居然是个对战敌方智商在线且全员恶人、通关步步危机的严肃权谋文，而且世界背景构架细思极恐盘子很大。群像人物的刻画生动鲜活，他们的家国情怀引人共情，亦影响着主角和读者们，意识到这些书中人他们不仅仅是纸片人，这个世界不仅仅是一则遥远的故事。紧接着剧情紧张刺激一度反转再反转，真相让人目瞪口呆，作者的脑洞你总是猜不对，把已经看腻的穿书题材写出了不一样的新鲜感，搞笑文的开头，藏了很多伏笔和刀子，一笔一笔被揭开时让人忍不住拍

案叫绝，可谓甩脱俗套闯出一条全然不同的路。①

女频作家疯丢子此前于星火小说连载的《再少年》在 2021 年 9 月完结，并入选中国小说学会 2021 年度好小说网络小说 TOP10 榜单。小说构思精巧、情节奇妙，讲述了单身姑娘方亚楠穿越成为子孙满堂的七十五岁老妪，由此发生许多啼笑皆非却又发人深省的故事。小说笔触灵动活泼，年轻人骤成老年人的细部描写生动形象，给读者带来轻松愉悦的阅读体验。小说中时间的闪回和跳跃有效拓展了叙事空间，读者跟随主角在青年和老年之间反复，见证角色内心成长的同时也加深了自身对人生的体悟。

天蚕土豆从 2017 年开始创作的《元尊》在 2021 年 1 月 30 日完结，并于 9 月入选中国作协 2020 年度中国网络文学影响力榜·海外影响力榜。这部小说在纵横中文网的首发当日，便获得千盟成就。连载期间，更是收获了纵横年度月票王、年度热搜作品、纵横十周年金牌作品等多项荣誉，完结当天百度搜索指数飙升，其完结话题登知乎热搜榜。从引发广泛的关注来看，《元尊》已不仅仅是一个故事，主角周元和其他鲜活人物构成的世界，链接了现实世界中的读者，给大家带来了真实的快乐。如此的影响力已经超越了小说本身，更体现为一种作家效应，天蚕土豆作为网文界内的绝对王者，《元尊》的火爆是他塑造一代读者阅读趣味的生动写照。2021 年 4 月 10 日，天蚕土豆又一部玄幻力作《万相之王》在纵横、七猫、咪咕阅读等多家平台同步首发，同时也在天蚕土豆的个人号公众号上同步连载。

2021 年 4 月由北京联合出版公司出版的小说《整形科医生》，

---

① 梅子 meiluodi：《〈成何体统〉作者：七英俊（既往不恋，当下不杂，未来不乱）》，2021 年 6 月 29 日，https://www.douban.com/group/topic/232854350。（略有改动）

是梅子黄时雨暌违三年的全新力作。这部小说以整形行业为背景，讲述了整形科医生李长信与叶繁枝兜兜转转经历一番磨难之后再次走到了一起的爱情故事。此作延续了作者以往的言情风格，文笔细腻清丽，感情深邃动人。仙侠小说代表作家管平潮的新作《四海为仙》在 2021 年 8 月由浙江文艺出版社出版。《四海为仙》是带有东方奇幻色彩的仙侠励志丛书，围绕张小言和居盈、灵漪儿等少年展开，讲述了他们在中华奇幻神话世界中闯荡江湖、救济世人、逆势成长的冒险之旅。《四海为仙》饱含着热血青春与真挚友谊，在一群少年的神奇世界中依然能清晰地窥见中华传统精神的内核。擅写女频玄幻小说的 MS 芙子在 2021 年 9 月完结了在云起书院连载的《神医弃女》，这部小说是一个以女性为主角的热血玄幻故事，讲述叶家一个十三岁的傻女叶凌月在各种机缘之下一步步走上强者之路。小说综合了很多火爆的网文题材，如神医、穿越、玄幻、宠妃等，作者脑洞大开，赋予男女主特殊技能别有新意，情节跌宕起伏吸引读者，从被写俗写烂的各大题材中杀出重围。

部分作家在 2021 年仍有作品持续连载，或者开启了新作。白金大神苍天白鹤除了《我的神通有技术》一作外，10 月又上线一部新作《诡异，我要当头部》。这是一本元素混杂的作品，虽被归为玄幻类，但小说里的世界却是现代化的背景，充斥着各种机甲殖装、古武修行、虫类异族的设计。作家善水在七猫连载的一部科幻题材的轻小说《万界打工指南》主打快穿、吐槽、玩梗、群像人设，小说受众群体偏向"95 后"的 Z 时代读者。另外，蒋离子的以反校园霸凌为主旨的现实主义题材作品《听见你沉默》、MS 芙子《神医娘亲她是团宠大佬》都在各大平台网站火热连载中。

二、代表性活动与主题创作工程

2021年初，由中国作协网络文学研究院和杭州市文联共同主办的第二届白马湖全国网络文学评论大赛拉开帷幕。白马湖全国网络文学评论大赛致力于发现和培养青年网络文学评论人才，加强网络文学评论工作，在业界具有广泛的影响力。本届大赛经过三个多月时间的征稿，共收到参赛稿件一百八十九篇，其中"90后"的青年评论作者占参赛人数的12%。大赛组委会通过全国网络文学研究专家对稿件进行初评和终评，最终评选出三十三篇获奖作品。获奖评论文章或以网络文学中的大现象为中心，或聚焦某一部具体作品进行鞭辟入里的评论阐述，显示出评论者们对网络文学的关注与独特思考。

2021年3月28日至31日，全国各地近百名网络作家聚会浙江，参加中国作家协会主办的"网络作家党史学习教育暨主题创作改稿培训班"。培训班除了在嘉兴开展现场教学外，还在杭州邀请党史研究领域和人工智能领域的专家为网络作家授课，并组织作家们就"提升创作质量，讲好时代故事"开展交流。30日大家来到南湖，瞻仰红船，参观红船精神展示厅，听党史课。昭示着网络作家积极回应时代要求，学习百年党史，传承百年根脉，立志在作品中增强使命感，强化时代精神、民族精神和专业精神。

2021年6月5日，在中国作协网络文学中心的指导下，国内第二个网络文学作家党建基地揭牌仪式在嘉兴南湖举行。嘉兴市文联党组书记、主席王一伟与阅文集团总裁、腾讯平台与内容事业群副总裁侯晓楠共同为基地揭牌。二十余位网络文学作家参与此次揭牌仪式。揭牌仪式结束后，举办了"致敬百年风华，讲好中国故事"网络文学作家党史学习教育座谈会，闲听落花、青衫取醉、吱吱等与会作家纷纷发言，共同探讨网络文学的创作之路。

作为 2021 世界互联网大会的重要组成部分，由中国作家协会和浙江省人民政府共同主办的"2021 中国国际网络文学周"于 2021 年 9 月 26 日在乌镇开幕，并在 27—29 日移师温州，举行网络文学 IP 发展大会、网络文学海外市场渠道拓展恳谈会、网络文学圆桌对话会、2021 中国国际网络文学周高峰对话暨闭幕式等系列活动。此次网络文学周的主题为"网络文学的世界意义"，旨在进一步聚焦网络文学的国际传播，探讨网络文学如何更好地讲好中国故事，深入分析网络文学高质量发展路径，推动网络文学转型升级迈向新高峰。

开幕式当天举办了网络文学国际论坛，并发布了《2021 中国网络文学国际传播发展报告》，该《报告》显示出中国网络文学国际传播成效显著，同时分析了网络文学国际传播的四个发展阶段和五种传播方式，介绍了网络文学国际传播存在的问题以及下一步的发展方向。中国作协党组成员、书记处书记胡邦胜在开幕式上提出，网络文学已经到了转型升级发展的关键阶段。中共浙江省委常委、宣传部部长朱国贤在讲话中分析了网络文学的"浙江现象"，表示浙江将起到示范带头作用，为网络文学国际传播提供更有力的支持。唐家三少、蒋胜男、何常在等网络作家，周志强、夏烈等评论家，童之磊、杨晨等网络文学平台负责人围绕中国故事的网络文学表达、网络文学 IP 改编、后疫情时代的网络文学国际传播开展交流对话。

9 月 28 日，2021 中国国际网络文学周·网络文学 IP 发展大会在温州正式启动，温州市委常委、宣传部部长胡剑谨在致辞中表示，温州将以世界青年科学家峰会、2022 东亚文化之都等活动为契机，积极探索"内容出海"和"IP生态出海"双重模式，构建完整的网络文学IP产业链，逐步推动网络文学走向更深的"海域"，打造"中国文化新名片"，为网络文学出海破圈搭建更加有效的"温州路径"。9月29日的闭幕式上，浙江省作家协会山根文学创作基地、温州大学网络文创研究院揭牌成立。为期三天的中国国际网络文学周的成功举办的标志性意义在于进一步显示了网络文学从边缘走向中心的作用价值，即其从国内逐步走向世界，世界正在召唤网络文学。

2021年12月9日，中国网络作家村四周年"村民日"活动暨第四次村民大会在浙江杭州作家村启动。本次村民大会因疫情原因由线下改为线上举办，并进行全网直播。活动主题为"奋斗百年路，启航新征程"，旨在推动中国网络文学在全面建设社会主义现代化强国的新征程上开好局、起好步，促进中国网络文学的进一步发展。活动当天举行了"萌芽计划"第二届全国大学生网络小说大赛颁奖仪式和第三届的启动仪式，以及新村民代表入村仪式，村民代表宣读了网络文学倡议书。在夏烈、管平潮、周浩晖、丁粲、徐佳、孙敏华一同参与的圆桌论坛上，大家以沉浸式文创（剧本杀）为主题展开交流和对话，学术批评与网络文艺产业进行了一次热烈碰撞。

第二届"钱潮杯"青年创意家·网络文艺评论奖的获奖结果于2021年12月颁布。该评论赛事由浙江省文艺评论家协会网络文艺委员会指导，杭州市文艺评论家协会、杭州师范大学文化创意与传媒学院、杭州市上城区文联等联合主办，自2020年12月正式启动，先后收到来自全国各地的投稿百余篇，最终评出普通组一二三等奖共十五名，学生组一二三等奖共三十名。本届主题聚焦网络文学影视改编与网络影视剧生产，获奖作品选题丰富，颇多睿见，显示出当今网络文艺评论新兴力量的蓬勃发展趋势。

此外，2021 年不少浙江网络文学作品、作家在各大文学赛事中获奖，成绩斐然。2021 年 9 月 16 日由中国作家协会主办的"中国网络文学影响力榜发布仪式（2020 年度）"在深圳市举办。其中浙江作家蒋胜男的作品《燕云台》、紫金陈的《长夜难明》位列 IP 改编影响力榜；天蚕土豆的《元尊》和发飙的蜗牛的《妖神记》凭借超高海外人气脱颖而出，成功登上海外影响力榜榜单。2021 年 12 月 20 日中华文学基金会第四届茅盾新人奖评奖委员会公布了本届茅盾文学新人奖·网络文学奖获奖名单，宁波的紫金陈和温州的善水荣获该奖，丽水的牛凳获得该奖提名奖。

三、理论评论追踪

2021 年浙江网络文学理论评论的耕耘仍然局限在高校和文联作协中长期坚持网络文学和网络文艺研究、批评的几位人士，队伍总体没有壮大，与创作和组织相比，仍是浙江网络文学短板。但也有像周敏这样的青年学者开始加入研究评论，浙江大学博士段廷军、浙大宁波理工学院讲师文娟也参与到《天蚕土豆与〈斗破苍穹〉》的研究团队，为浙江网络文学研究与评论事业注入新力量。

代表性研究者、评论家夏烈 2021 年参与和组织了多项网络文学评论工作，发表了多篇论文和评论，出版著作《天蚕土豆与〈斗破苍穹〉》，并与《文艺报》合作，主持"网络文艺专版"四期，持续推动了浙江本土网络文学评论。

《天蚕土豆与〈斗破苍穹〉》2021 年 2 月由作家出版社出版。此书为肖惊鸿主编的"网络文学名家名作导读丛书"之一，对天蚕土豆的网文名作《斗破苍穹》做出较为全面综合的分析与评论，包括小说文本中的经典人物形象、故事和话语的叙事特点以及作品的影响与传播等。在该书自序中，夏烈再次提出了中国网络文学的"民间性"研究视角，认为"中国网络文学从现象看、从历史看，是一次了不起的民间写作运动"，"放到民族文学自身文化基因、文学基因的洪流里去看——包括与世界和现代文学的关系中，这是普罗大众借网而起的一种渊源有自的取向、兴味、价值观和文化方案，虽然毫无纲领但生动而有活力"。此外，夏烈主编的《数字景观与新型文艺："钱潮杯"首届青年创意家·网络文艺评论奖获奖论文集》由浙江文艺出版社在2021年4月出版。文集内容包括网络文学与网络短视频评论两大类。前者的重点在南派三叔、阿耐、蒋胜男、天蚕土豆等浙江网络作家作品及其影视改编的审美评价和价值评价，后者围绕"短视频研究与现象批评"，探索近年短视频创作传播及产业方面的态势。本论文集从文艺批评角度及时介入，对新现象、新情况做出分析、评判以及经验上、审美上的提炼提升，总体上反映了2020年度人文社科学界对于"线上"文化和经济的关注热点，也启示着文艺工作者对于数字景观与新型文艺在人类造物中价值的理解。

2021年3月25日，《光明日报》发表了夏烈的文章《专业知识作者正在改变网络文学》，该文从中国社会科学院发布的《2020年度中国网络文学发展报告》中窥得当下中国网络文学创作队伍的一个新趋势：大量的网络小说背后涌现出一批专业技术人员的身影。他认为，专业技术人员参与网络文学写作，将是网络文学发展的一大趋势，该趋势为网络文学重塑了强烈的社会关切与专业精神。

2021年9月6日，夏烈发表在《中国艺术报》上的《新时代的网络文艺评论可以怎么做》是一篇回应中宣部等五部门联合印发的《关于加强新时代文艺评论工作的指导意见》的评论文章。他提出了如何进一步"思考和介入网络文艺"的议题，认为认识网络文艺的典型场域，勾勒和阐述基于中国现实的"场域论"，是理解、评论、引导网络文艺发展的基础和关键，同时建设性地提出网络文艺评论的四种样式：1. 文化批评和社会批评；2. 文本批评和审美批评；3. 碎片化评论和学者粉丝；4. 智库研究的评价方式。

2021 年 11 月 28 日，夏烈发表在《文艺报》上的《意义之弦的悬置与绷张》则分析了猫腻的小说《大道朝天》的文本结构，认为猫腻将以往分而治之的东方玄幻和软科幻两种结构大胆融入《大道朝天》中的这一举动，强化了他的独特性，且这种异质文本的打通在他的"三部曲"小说当中发挥了重要作用，并认为该小说突出展现了猫腻的未来之思和生命情怀。

中国作协（杭州）网络文学研究院研究员马季在 2021 年发表多篇论文和文章。他和陈曼冬合作，2021 年 1 月 29 日在《文艺报》发表了《示范的意义在于呼应时代——从"以人民为中心"的网络文学杭州模式说起》，总结了网络文学杭州模式，认为整合优势资源、建立长效机制、开展理论研讨、定位发展方向、加强正面引导、发挥组织功能、不断提升"四力"，以及树立精品意识、肩负历史使命、勇攀时代高峰等杭州的具体发展思路和操作模式在全国具有示范意义。

马季发表在《中国文学批评》2021 年第 2 期上的《中国网络文学叙事探究》深入探讨了网络文学叙事的特点及其演变。在他看来，网络文学叙事除了常规的文学研究方法，还存在两个向度的研究可能，其一是虚拟性及其读写方式（传播方式）对叙事造成的影响，其二是文本存续的多样性，即在线文本、纸质文本与 IP 文本的异同。

马季2021年7月13日发表在《中国文化报》上的《网络文学的本土经验与世界向度》，认为"中国网络文学不仅成为'中国经验'的一种表达，也成为'世界经验'在这个时代的突出表现之一"。马季以中国网络文学的突出特征总结道，网络文学正以惊人的速度成为民族与国家话语的新型载体。

2021年8月23日，马季发表于《文艺报》的《在互动交往中提高网文的艺术性和影响力》就由"百年百部"征文活动选出来的一百部现实主义题材作品创作情况提出相关建议，他认为最近十年网络文学现实题材的探索，尤其是近五年的探索，应该已经找到了一条成长发展的道路，而如何把现实题材作品通过文学评论向社会进行更广泛的推广，对于评论家们来说是一个新的挑战，需要大家进一步交流，共谋对策。

杭州师范大学人文学院教授单小曦在《探索与争鸣》2021年第10期发表了文章《使命与钳制：中国网络文学发展境况思考》。他认为网络文学因其特殊性质——数字文学范式，担负着振兴中国当代文学并将之推向新历史发展阶段的使命。通过对中国网络文学发展境况的深度观察，他指出中国网络文学正遭遇着来自网络文学平台异化、网络文学制度不健全和精英批评话语错位带来的三大钳制，它们使中国网络文学发展陷入困厄境地，从而在很大程度上阻碍了其使命的达成。

单小曦和汪云鹤合作的《挖掘网络文学中的虚拟生存体验》发表于2021年12月6日的《文艺报》。文章介绍了黎杨全教授的新作《中国网络文学与虚拟生存体验》，认为该书"为我们理解中国网络文学的现状及其未来发展提供了更为全面的视野，深刻揭示了中国网络文学呈现出来的虚拟生存体验，它也是对媒介技术与社会生活、物质现实与文学发展之间的关系进行的新思考"。此外，单小曦教授还与他人合作，发表了两篇对具体网络小说的文本细读文章：《隐喻书写下的回归与超越——网络文学名作〈诡秘之主〉文本细评》（单小曦、殷湘云、许嘉璐、徐怡情，《百家评论》2021 年第 5 期）和《异托邦语境下的人性书写与末世美学——网文名作〈二零一三〉文本细评》（单小曦、郑千惠、沈梦、鲍远福，《南京师范大学文学院学报》2021 年第 4 期）。

2021 年浙江文坛大事记

文学组织活动

1月12日，省作协组织召开业务主管社团党建联络员工作会议。省作协党组成员、秘书长晋杜娟主持会议，机关党委和创联部负责人、各业务主管社团党建联络员参加。

1月22日上午，杭州市网络作协第二次会员代表大会在杭州召开。会议选举并产生了杭州市网络作协第二届领导机构。陈政华（烽火戏诸侯）当选主席。当天下午，杭州市作协第十次会员代表大会在杭州召开。会议选举产生了杭州市作协第十届领导机构。艾伟当选主席。

2月3日，省作协党组班子集体赴之江文化中心项目工程指挥部走访慰问，考察浙江文学馆项目工程推进情况。在项目指挥部和设计、施工、监理单位的共同努力下，文学馆工程进展总体顺利，于3月下旬在之江文化中心建设工程中率先完成主体结构结顶。

2月24日，省作协组织全体党员干部职工参观"决胜全面小康——百年追梦"浙江省美术书法精品创作工程作品展和"青山行不尽"唐诗之路艺术展。

3 月 8 日，省作协机关党委、工会联合赴绍兴开展"鲁迅与共产党人"主题教育活动。省作协党组班子成员和全体党员干部职工参加。

3 月 8 日，北京大学中文核心期刊（第九版）正式公布，全国共 15 家纯文学杂志入选，《江南》杂志列入其中。

3 月 9 日，省作协召开浙江文学馆筹建领导小组会议暨第一次工作专班成立大会。设置基建工作专班、展陈工作专班、物品征集专班、文学业务专班、行政事务专班等五个工作专班，充实人员，明确职责，统筹推进各项工作开展。

3 月 11 日，省作协党组书记、副主席臧军一行赴义乌开展服务群众、服务基层、服务企业"三服务"活动专题调研。调研组实地走访了义乌市作协创作基地和赤岸镇作协，深入了解基层作协建设运行情况，听取了义乌市作协建党百年"童心向党"活动及第三届骆宾王儿童诗大赛筹备情况的汇报。

3 月 15 日至 24 日，浙江作家海飞、方格子、骆烨参加由中宣部文艺局指导、中国作协创联部和鲁迅文学院合办的中国作协庆祝建党 100 周年主题创作改稿培训班。

3 月 16 日至 17 日，臧军一行赴德清、安吉开展"三服务"调研活动。省作协党组副书记曹启文参加了调研活动。

3 月 22 日，省作协第九届主席团第五次会议在杭州召开。会议由省作协主席艾伟主持。臧军传达学习中央和省委关于开展党史学习教育的部署要求；曹启文传达学习全国"两会"精神、全省数字化改革大会精神和全省宣传思想工作会议精神。会上通报了浙江文学馆筹建进展情况，听取了大家就浙江文学馆展陈工作和物品征集工作提出的意见建议。会议审议通过了《省作协 2020 年工作总结及 2021 年工作思路》《2020 年度加入省作协个人会员、推荐加入中国作协个人会员名单》等事项。

3月30日，由中国作协主办的"网络作家党史学习教育暨主题创作改稿培训班"在嘉兴南湖开展现场教学活动。晋杜娟出席活动。

3月31日，第九批浙江省"新荷计划"人才库征集工作结束，经专家组评审，新入库33人。

4月10日，第三届丰子恺散文奖在丰子恺生前故里桐乡市石门镇举办颁奖典礼、文学对话会、散文创作采风活动。中国作协党组成员、书记处书记吴义勤，省作协主席艾伟，嘉兴市委常委、宣传部部长祝亚伟，以及梁衡、刘亮程、刘醒龙、冯秋子、王剑冰等获奖作家，文艺报、《散文》杂志社、中华书局等单位的知名编辑，丰子恺研究专家以及丰子恺先生后人等100余位嘉宾出席了颁奖典礼。

4月15日，省作协组织召开业务主管社团管理工作会议。省作协业务主管社团主要负责人和财务管理人员参会。晋杜娟重点通报了驻省委宣传部纪检监察组有关管理要求，开展具体案例警示教育。会上各社团汇报了2020年总体工作和2021年重要工作。省作协与各社团负责人签订了《2021年浙江省作家协会业务主管社团管理责任书》。

4月16日，2020年度浙江省作家协会新会员名单公布，201位作家加入省作协。

4月17日至18日，"2021中国·武义童话大会"在浙江武义县举行。大会期间举办了第六届"奇思妙想·童心飞扬"全国小学生童话创作大赛，"2021中国·武义童话大会"开幕式暨颁奖大会，第二届"蒋风儿童文学奖（青年作家奖）"获奖作家作品研讨会，第三届"温泉杯"新时代原创童话论坛，儿童文学名家讲座，童话武义研学之旅，"绿色阅读童心护苗"启动仪式等系列活动。浙江省作协副主席汤汤等出席活动。

4月23日，由中国作协主办，浙江省作协、温州市委宣传部等承办的"书香中国·文学有我"全民阅读温州行在温州举办。中国作协书记处书记邱华栋代表中国作协在启动仪式上授予温州市"全民阅读示范城"荣誉称号，晋杜娟出席启动仪式。钟求是、管平潮、汤汤、蒋胜男和王手被聘请为首批中国作协"全民阅读推广人"，《江南》杂志社和温州市作协被推选为"2021年书香中国·文学有我全民阅读基层推广单位"。活动期间，全民阅读推广人分别在主题论坛或进入社区、校园，与读者进行互动交流。

4月24日，中国作协社联工作会议在温州召开，晋杜娟代表省作协在大会上作工作经验交流发言。

4月27日，省党史学习教育第十五巡回指导组进驻省作协指导工作。巡回指导组组长潘建华讲话，曹启文作工作汇报。巡回指导组全体成员，省作协党史学习教育领导小组成员、工作专班成员参加会议。

4月27日，由中国报告文学学会、浙江省作协、湖州市人民政府主办的第八届"徐迟报告文学奖"颁奖系列活动在南浔举行。中国作协副主席、中国报告文学学会会长何建明，省作协副主席哲贵等出席仪式。

4月27日，"浙江当代文学研究中心"揭牌仪式在浙江财经大学下沙校区举行，研究中心由省作协与浙江财经大学合作共建。省作协主席艾伟，浙江财经大学党委委员、宣传部部长楼胆群致辞。浙江财经大学副校长徐晓东和省作协秘书长晋杜娟一同揭牌。

5月24日至6月28日，中国作协网络文学中心举办了网络作家党史学习教育在线培训班（第一期），77位浙江网络作家参加，4人获得"优秀学员"称号。

6月5日至6日，省作协赴浦江开展"浙江作家服务营"暨2021年省作协文学评论委员会年会。晋杜娟参加活动。活动邀请了省内20名中青年文学评论家为浦江基层作家进行一对一作品点评。省作协文学评论委员会主任王侃作专题讲座，40余名基层文学爱好者参加讲座。省作协向浦江县作协捐赠图书200余册。

6月7日，2021中国国际网络文学周筹备工作会议在浙江省人民大会堂召开，会议动员部署2021中国国际网络文学周活动，明确责任分工。省委常委、宣传部部长朱国贤，省政府副省长成岳冲，中国作协党组成员、书记处书记胡邦胜，省委宣传部副部长、省电影局局长葛学斌，温州市委常委、宣传部部长胡剑谨等领导及有关单位负责人出席。臧军携省作协党组班子全体成员与有关处室主要负责人参会。

6月7日，第三届"三毛散文奖"颁奖典礼在三毛故乡浙江定海举行，评选出散文集、单篇散文共26部（篇）获奖作品。中国作协副主席、党组成员、书记处书记阎晶明，省作协主席艾伟，舟山市委常委、宣传部部长沈国通，以及"三毛散文奖"主办、承办单位代表，评委和当地相关部门领导等出席颁奖典礼。

6月8日，省作协创作联合党支部、浙江文学院（馆）党支部赴永康联合开展党史学习教育主题党日活动。臧军、省第十五巡回指导组成员童新富、省作协创作联合党支部和浙江文学院（馆）党支部全体党员参加。党员作家与当地青年作家进行互动交流，并捐赠浙江作家图书500余册。

6月8日，大陆与台湾"两岸青年网络文学大赛·未来发展高峰论坛暨网络文学IP直通车"一周年活动在杭州市滨江区白马湖建国饭店举行，晋杜娟出席活动。

6月11日，中国作协2021年新会员名单公布，41位浙江作家成为中国作协会员。

6 月 25 日至 30 日，浙江作家钟一林、帕提古丽参加由中国作协主办、中国作协创联部承办、云南作协协办的"中华民族一家亲"——2021 年全国少数民族作家培训班。

6 月 29 日，臧军、曹启文带队赴安吉县孝丰镇开展"三服务"专题实践活动，推动孝丰镇"文学小镇"创建。

7 月 6 日，《江南诗》诗刊与嘉善县委宣传部为庆祝建党 100 周年合作举办的罗星和合杯"百年荣光·伟大梦想"诗歌大赛颁奖晚会在嘉善举行。

7 月 9 日，省作协组织全体党员干部职工观看纪念中国共产党成立 100 周年献礼影片《红船》。省作协各业务主管社团主要负责人、结对共建党支部党员参加观影活动。

7 月 13 日，浙江文学院（馆）党支部召开党史学习教育专题组织生活会。省党史学习教育第十五巡回指导组副组长李晓萍和组员谢立伟、童新富到会指导，臧军参加会议。

3 月至 7 月，为庆祝中国共产党建党 100 周年，全省各市作协举办了丰富的专题纪念活动。如"百年大党·衢州有礼""温州记忆·百年献礼""红色故事·流金岁月"等主题征文大赛；"百年回眸——绍兴市庆祝中国共产党成立 100 周年主题文学艺术作品展"、《红船驶入少年梦》红色书展等主题展览；出版《红船启航》《扶贫路上》等相关主题文学作品集；以及诗歌朗诵会、采访采风活动等各类纪念活动 14 项。

8 月，《江南》杂志社结合"三服务"活动，开展 2021 年"推广阅读·分享文学"赠阅活动，将文学刊物送到浙江工业大学、浙江财经大学等 7 所高校，杭州市府苑社区图书室、滨江区滨和社区居委会等 4 处基层社区和吉林省珲春市沙坨子出入境边防检查站，为建设书香社会、传播文学精神贡献力量。

8 月 17 日至 18 日，臧军一行赴磐安开展"三服务"活动专题调研。调研组一行实地走访仁川镇、双峰乡、盘峰乡文化礼堂及文化设施，深入了解基层文学活动开展情况，对基层文学事业发展提出了具有建设性的意见和建议，向磐安图书馆榉溪分馆捐赠 400 余册图书并举办文学辅导讲座。

8 月 29 日，绍兴市作协第八次会员代表大会在市行政中心召开，选举斯继东为第八届理事会主席。

9 月 1 日，省委宣传部副部长、省电影局局长葛学斌带领文艺处、文化产业改革处、电影处等相关处室负责人到省作协调研，就学习贯彻省委文化工作会议精神进行交流指导。臧军、曹启文参加会议。

9 月，由省委宣传部、省发改委、省文联、省作协联合主办的"浙东唐诗之路"全国诗画大赛落下帷幕，此次大赛共收到参赛作品 937 首，评出一等奖 3 名，二等奖 7 名，三等奖 10 名。12 月，集结整理出版《诗路新咏——浙东唐诗之路采访作品选集》。

9 月，《网络文学著作权保护百问百答》修订版正式出版。该版在 2020 年 5 月出版的《网络文学著作权保护百问百答》基础上，进一步细化了网络文学维权依据，强化了网络作家维权意识。

9 月，浙江"新荷计划"评审办公室评出 5 部作品，经公示后无异议，交由百花文艺出版社出版 2021 年"新荷文丛"。5 部作品分别为：陈莉莉（莉莉陈）的小说集《游泳——莉莉陈中短篇小说选》，杨方的小说集《澳大利亚舅舅》，林晓哲的小说集《鸭子与先知》，骆烨波（骆烨）的长篇小说《红色的宣言》，黄韫彦、黄韫秀的童话《记忆城堡与琥珀屿》。

9 月 10 日，省党史学习教育第十五巡回指导组成员在组长潘建华带领下，到之江文化中心浙江文学馆建设工地现场开展服务基层活动。臧军与省作协办公室、机关党委、文学馆筹建办负责人、浙江文学院（馆）全体党员干部参加活动。

9 月 19 日，以"怎样讲好中国童年故事"为主题的浙江儿童文学年会通过线上视频的方式召开。省作协副主席汤汤开场致辞，省作协儿童文学委员会主任赵霞总结发言。会上探讨了如何追寻心灵深处的童年情怀、如何摹写当下的现实童年、如何向世界讲好中国童年故事等专题。在线参会的有百余位浙江儿童文学作家、儿童文学爱好者、研究者、编辑等，还吸引了包括台湾作家在内的省外儿童文学作家参与。

9 月 25 日，由中国作协《小说选刊》杂志社、浙江省作协、绍兴市人民政府联合主办的鲁迅先生诞辰 140 周年纪念会在绍兴举行。500 余位嘉宾与群众相聚千年古城绍兴，以特有的纪念方式向鲁迅先生致敬。中国作协副主席、书记处书记李敬泽，中国文联副主席、中国音乐家协会主席叶小钢，中国艺术研究院原院长连辑，《小说选刊》杂志社主编徐坤，省作协主席艾伟，绍兴市委书记马卫光、市长盛阅春等领导以及鲁迅长孙、鲁迅文化基金会会长周令飞，王跃文、刘醒龙、黄咏梅等 20 余位历届鲁迅文学奖获奖作家，文艺报、作家出版社、人民文学出版社知名编辑出席纪念活动。

9 月 25 日至 29 日，2021 中国国际网络文学周于乌镇世界互联网大会期间在嘉兴市乌镇、温州市举办。活动由中国作协、浙江省人民政府主办，浙江省委宣传部、浙江省作协、温州市人民政府承办。文学周活动分为两段，25 日至 27 日在乌镇举办开幕式等相关活动；27 日至 29 日在温州举办闭幕式等相关活动。中国作协党组成员、书记处书记胡邦胜，中共浙江省委常委、宣传部部长朱国贤，浙江省人民政府副省长成岳冲出席开幕式活动并讲话。活动汇聚了唐家三少、蒋胜男、南派三叔等具有较大国际传播影响力的网络文学领军人物，中文在线、阅文集团等主要网络文学国际传播平台负责人，白烨、桫椤、马季、夏烈等从事网络文学国际传播研究的评论家，以及部分省市网络文学组织工作者、海外读者等参加。文学周期间举办了开幕式、中国网络文学发展成就展、"网络文学的世界意义"国际论坛、数字时代网络内容创新高端论坛、网络文学 IP 发展大会、网络文学海外市场渠道拓展恳谈会、网络文学圆桌对话会、2021 中国国际网络文学周高峰对话暨闭幕式等系列活动，发布了《2021 中国网络文学国际传播发展报告》和网络文学国际推广片。新华社、人民日报、浙江日报、浙江卫视等多家中央、省级媒体和行业权威媒体对活动进行了报道。中宣部部长黄坤明对中国国际网络文学周活动和浙江"网络文学引导工程"作出肯定批示。

9 月 29 日至 30 日，十三届全国人大常委会委员、中国作协党组成员、书记处书记、副主席吉狄马加来浙考察指导工作，出席 2021 大运河国际诗歌节和桐庐富春江诗歌节活动。臧军陪同参加有关活动。

10 月，青年作家赵俊参加鲁迅文学院第 40 期中青年作家高级研修班学习。

10 月，《浙江通志·文学志》由浙江人民出版社出版，为《浙江通志》113 卷中的第 81 卷。该书编委会主任：麦家、臧军；副主任：曹启文、晋杜娟、王益军、胡礼舟。主编：胡礼舟；副主编：张德强、吴艳梅、郑翔。该志书的编纂工作于 2012 年 6 月启动，历时 9 年完成。全志设小说、诗歌、散文、文学理论、文集丛书、作家群等 11 章 34 节，并附文学获奖、文学遗迹等专录，共 89 万余字。志书详尽记述了浙江文学从事物发端至 2010 年的发展历史，全面展示了浙江文学人才辈出、佳作荟萃、富有特色的发展路径和文学内涵，充分反映了浙江文学在历史发展过程中的重要作用和重要贡献。

10 月 11 日，省作协组织浙江作家海飞、李英、俞华良等参加中国作协举办的第四期"到人民中去"职业道德教育培训与文学社会服务实践活动。中国作协书记处书记邱华栋，臧军到会并讲话，海飞以《从内容看小说和影视的关系》为题作主题文学讲座。

10 月 13 日至 14 日，省作协组织荣荣、江离等 10 位浙江作家参加第六届"北京十月文学月"核心活动"南北运河诗会"。

10 月 18 日，臧军、曹启文一行赴德清莫干山镇调研作家村建设工作。

10 月 23 日，由浙江省作协指导，《江南》杂志社、中共永康市委宣传部主办的第四届江南诗歌奖颁奖典礼暨中国诗人永康行系列活动在永康市举行，共有 50 余位诗人、评论家、翻译家参加。省作协副主席、《江南》杂志社主编钟求是，副主编哲贵等出席。其间还举办了名家诗歌讲座、乡村稻田诗会、文化景区采风等活动。

11 月 2 日至 5 日，臧军带队赴丽水开展文学"三服务"活动，走访莲都区、青田县、龙泉市和松阳县的基层文学阵地和相关文创企业。

11 月 5 日，省作协在杭州召开"2021 年度浙江省优秀网络文学作品扶持"评审会，9 部作品入选。

11 月 26 日，省作协在杭组织 20 余位网络作家专题学习党的十九届六中全会精神。与会作家结合全会精神就如何写好红色题材和现实题材网络文学作品，如何为广大人民群众提供优质的网络文学作品展开了交流讨论。

11 月 30 日，经过申报、推荐、初评、终评、公示等程序，省作协公布 2018—2020 年度优秀文学作品奖获奖名单，共 40 部作品获奖。本次评奖活动在省作协党组、浙江省优秀文学作品奖

（2018—2020）评审委员会指导和省作协机关纪委的全程指导监督下，于2021年10月20日启动，参评范围是省内作家2018—2020年度内首次公开发表、出版的文学作品，评奖门类有长篇小说、中篇小说、短篇小说、诗歌、散文杂文、儿童文学、报告文学、文学评论八类。

12月，省作协组织28位浙江作家参与省关工委"浙江省青少年英才·红船好少年"选树工作，对参与作家进行为期一个月的一对一跟踪采写，完成《红船领航成长》一书组稿出版工作。

12月2日，浙江文学院（馆）召开全体会议，臧军出席并讲话，曹启文宣布浙江文学院（馆）主要负责人任职决定，新任浙江文学院（馆）院长程士庆作表态发言。

12月9日，中国网络作家村四周年"村民日"活动暨第四次村民大会因疫情原因在线上举办。中国作协网络文学中心副主任何弘，省作协党组书记、副主席臧军，杭州市文联党组书记、常务副主席沈旭微，杭州高新区党工委、滨江区委副书记沈建以及唐家三少等网络作家村村民出席了线上活动。其间还举行了重大项目签约仪式、"萌芽计划"颁奖典礼，公布了第三届两岸青年网络文学大赛获奖名单，开展了网络文学IP直通车等活动。

12月12日至17日，中国作协第十次全国代表大会在北京召开。由41名代表组成的浙江作家代表团参加大会。习近平总书记在中国文联第十一次全国代表大会、中国作协第十次全国代表大会开幕式上发表重要讲话。中国作协主席铁凝致开幕词和闭幕词。浙江代表认真学习习近平总书记重要讲话，并展开专题讨论。大会审议通过了张宏森代表中国作家协会第九届全国委员会所作的《高举伟大旗帜　全面推进新时代文学高质量发展　为实现中华民族伟大复兴贡献力量》的工作报告，修订了《中国作家协会章程》。麦家当选中国作协十届全委会副主席，余华、臧军、艾伟、蒋胜男、李虎（天蚕土豆）当选中国作协十届全委会委员。会议期间，中国作协党组书记张宏森专程看望浙江作家代表团，并参加浙江代表团座谈会；中国作协主席铁凝专程看望浙江代表团老作家代表叶文玲、汪浙成；浙江作家代表团向会议驻地湖南大厦驻会武警战士慰问并赠送了网络作家的签名作品等。

12 月 22 日，浙江省学习贯彻习近平总书记在中国文联十一大、中国作协十大开幕式上重要讲话精神座谈会在省人民大会堂召开。省委副书记黄建发出席会议并讲话。省委宣传部常务副部长来颖杰主持会议。臧军、艾伟率浙江作家代表团部分作家参会。

12 月 31 日，由省作协、省委宣传部、省文联分别与德清县政府合作组建的莫干山作家村、编剧村、综合艺术村开村暨首届莫干山全国青年空间艺术创意大展启动仪式在湖州德清莫干山镇举行。省委宣传部副部长、省电影局局长葛学斌讲话，臧军、艾伟、曹启文等出席启动仪式。仪式上，臧军宣布莫干山作家村开村，艾伟为首任村长蒋胜男颁发荣誉证书，曹启文代表浙江省作协与德清县委宣传部（县文联）、莫干山镇签订共建合作协议，并向首批入驻作家村的 18 位作家颁发了驻村绿卡。

文学研讨活动

1 月 12 日，叶文玲长篇报告文学《此生只为守敦煌：常书鸿传》研讨会在京举行。中国作协书记处书记邱华栋出席会议并讲话。来自中国作家协会、中国报告文学学会等 10 余位专家到会研讨。省作协主席艾伟以视频形式参会发言。

4 月 9 日，金华市作协组织召开金华市散文创作座谈会暨楼肇明散文讲座，全市散文作家 40 余人参加座谈会。

4月17日至19日，由浙江省作协轮值主办的第三届长三角青年诗人改稿活动在宁波举办。上海市作协党组书记、专职副主席王伟，江苏省作协党组成员、书记处书记、副主席、《钟山》杂志主编贾梦玮，安徽省作协主席许春樵，浙江省作协党组成员、秘书长晋杜娟，宁波市文联主席、党组书记杨劲等长三角文学发展联盟成员单位的相关领导，霍俊明、龚学敏、刘向东、胡弦、荣荣、李云、熊焱、育邦、孙思、安海茵、江离等国内10余家著名诗歌刊物的主编、著名诗人，20位来自江苏、上海、安徽等长三角地区的青年诗人与宁波当地的诗人近百人参加了此次活动。活动期间，嘉宾与青年诗人们还参加了2021宁波"春天送你一首诗"朗诵活动，并对浙东抗日根据地旧址、浙东名胜七塔寺、余姚河姆渡遗址等地进行了采风创作。

4月28日至30日，由国家广电总局电视剧司、浙江省委宣传部指导，中国广播电视社会组织联合会主办的首届西湖编剧论坛在杭州举办，活动设置了"当前电视剧创作的创新与突破""电视剧创作理论、技法""重大革命历史题材作品及现实主义题材作品研讨"等讨论议题。黄亚洲、程蔚东、南派三叔等20余名我省实力作家、编剧及中青年作家代表，围绕革命历史、社会现实两大题材，共同思考如何用电视剧讲好中国故事，为推动"十四五"时期文学创作和电视剧创作高质量高水平发展聚力汇策。

7月份，丽水市举办2021年全市文学笔会。全市80余名作家和文学爱好者聆听了文学讲座和作品点评。

8月13日，由德清县委宣传部、湖州市作协、德清县文联主办的《德清文学百年卷：1921—2020》新书首发研讨会在德清举行。省作协曹启文，湖州市文联党组书记、主席沈宝山等出席。

8月，为期一周的嘉兴市暑期青年作家研修班在海盐县南北湖举行，培训包括专家讲课、学员作品点评、新农村采风等。

10 月 30 日，衢州诗歌创作研讨会在常山县金源古村召开。20 余位诗人到会。

11 月 19 日至 21 日，台州市作协在临海举办了"台州市首届青年作家写作训练营"活动，30 位作家参加了研讨交流。

11 月 27 日，由舟山市作协、岱山县作协主办的"海洋视野下的舟山文学创作"研讨会，在岱山县举行。

11 月 30 日，第八届"西湖·中国新锐文学奖"在杭州举行线上颁奖交流会，施战军、艾伟等作家、评论家参加典礼。会后举行了第八届"西湖·中国新锐文学论坛"，20 余位作家、批评家围绕"文学与记忆"的话题展开讨论，并于次日举行了杭州青年作家改稿会以及《人生海海》作品研讨会等活动。

12 月 7 日至 9 日，浙江文学院（馆）在湖州召开"新荷计划"提升暨浙江文学馆建设恳谈会，同时开设"新荷文丛"青年作者研修班。来自全省各地市作协的相关负责人、新荷作家代表和"新荷文丛"作者 40 余人参加了会议和研修班。

4 月至 11 月，浙江文学院（馆）先后召开展陈大纲专家咨询会（4 月 14 日杭州雷迪森维嘉酒店）、儿童文学板块专家咨询会（5 月 20 日之江文化中心指挥部）、展陈内容及空间布局专家论证会（7 月 22 日之江饭店）、中小学教育专家咨询会（7 月 3 日梅苑宾馆）、展陈大纲编制项目专家论证会（11 月 20 日天亿大厦）等多项研究会议。

作家获奖

4 月 8 日，管平潮的《天下网安：缚苍龙》入选中国作家协会 2021 年度定点深入生活项目。

4月17日，由北京出版集团、中共宜宾市委宣传部主办的第十七届十月文学奖揭晓。我省作家钟求是的长篇小说《等待呼吸》、哲贵的短篇小说《仙境》、苏沧桑的散文《春蚕记》、荣荣的诗《苍茫》获奖。

4月23日，由中宣部指导，中国图书评论学会组织评选的2020年度"中国好书"揭晓，浙江作家叶文玲长篇纪实文学《此生只为守敦煌：常书鸿传》入选其中。

4月24日，由浙江省委宣传部、浙江日报报业集团、浙江出版联合集团指导，浙江省新华书店集团、钱江晚报共同主办的2020年度"春风悦读榜"九大年度奖项在杭州揭晓。其中，浙江作家叶文玲长篇纪实文学《此生只为守敦煌：常书鸿传》获浙版好书奖；浙江青年作家张忌长篇小说《南货店》获白银图书奖。

4月27日，浙江作家赖赛飞《嘱托》荣获第八届徐迟报告文学奖优秀奖。

5月28日，由北京文学月刊社举办的《北京文学》评出2020年度优秀作品，艾伟作品《敦煌》获《北京文学》优秀作品奖·中篇小说奖；陆春祥作品《癸辛街旧事》获《北京文学》优秀作品奖·散文奖。

6月9日，第十二届《上海文学》奖揭晓，浙江籍作家王占黑《香烟的故事》、草白《常玉，以及莫兰迪》获散文奖；吴重生《信使》获诗歌奖；卢德坤《逛超市学》获短篇小说奖。

6月25日，省作协2021年作家定点深入生活项目名单公布，13人入选。

9月16日，由中国作协网络文学中心主办的中国网络文学影响力榜（2020年度）发布，浙江网络作家蒋胜男的《燕云台》、紫金陈的《长夜难明》入选IP改编影响力榜；天蚕土豆的《元尊》、发飙的蜗牛的《妖神记》入选海外影响力榜。

10 月 10 日，由中国现代文学馆、宁波市文联主办的第十届唐弢青年文学研究奖在宁波慈城举办颁奖典礼。翟业军的《退后，远一点，再远一点！——从沈从文的"天眼"到侯孝贤的长镜头》获奖。

10 月 15 日，第九届冰心散文奖评选结果发布，简儿散文集《鲜艳与天真》获奖。

10 月 21 日，第四届"中骏杯"《小说选刊》奖颁奖，艾伟作品《最后一天和另外的某一天》获短篇小说奖。

11 月 19 日，由《诗刊》社、中国诗歌学会、浙江省作协、海宁市人民政府主办的第六届中国（海宁）·徐志摩诗歌奖颁奖典礼在浙江省海宁市举行。飞白诗集《活着若无不妥》获奖。

11 月 21 日，浙江省优秀文学作品奖（2018—2020）揭晓，全省共 39 部作品获奖。黄咏梅《父亲的后视镜》获 2018—2020 年度浙江省优秀文学作品奖·荣誉奖；孔亚雷《李美真》、张忌《南货店》、叶炜《裂变》《踯躅》《天择》（三部曲）、邹元辉《历程》获 2018—2020 年度浙江省优秀文学作品奖·长篇小说奖；东君《卡夫卡家的访客》，海飞、赵晖《内线》，徐建宏《一个叫木头，一个叫马尾》，雷默《祖母复活》，杨怡芬《棕榈花》获 2018—2020 年度浙江省优秀文学作品奖·中篇小说奖；赵挺《上海动物园》、斯继东《禁指》、杨方《断桥》、草白《一次远行》、谢志强《江南聊斋》获 2018—2020 年度浙江省优秀文学作品奖·短篇小说奖；李郁葱《沙与树》、沈苇《异乡人》、孙武军《在这一天失恋》、李曙白《沉默与智慧》、蒋立波《迷雾与索引》获 2018—2020 年度浙江省优秀文学作品奖·诗歌奖；马叙《乘慢船，去哪里》、张亦辉《叙述》、袁明华《植物先生》、干亚群《带不走的处方》、徐海蛟《山河都记得》获 2018—2020 年度浙江省优秀文学作品奖·散文杂文奖；大秀《皮影班》、余闲《三十六只蜂箱》、胡曙霞《朵朵的天空》、郭强《树假装不动》、黄晓艳《鲸鱼之城》获 2018—2020 年度浙江省优秀文学作品奖·儿童文学奖；朱晓军、杨丽萍《大国粮仓——北大荒留守知青口述实录》，袁敏《燃灯者》，赖赛飞《嘱托》，陈富强《能源工业革命——全球互联网简史》，张国云、孙侃《美丽中国这样走来——浙江"千万工程"纪实》获 2018—2020 年度浙江省优秀文学作品奖·报告文学奖；洪迪《诗学》、周保欣《东南社会与现代文学的"革命地理学"》、翟业军《退后，远一点，再远一点！——从沈从文的"天眼"到侯孝贤的长镜头》、王侃《"反思文学"：如何反思？如何可能？——重读〈绿化树〉〈蝴蝶〉》、詹玲《"十七年"中国科幻小说的外来影响接受及概念建构》获 2018—2020 年度浙江省优秀文学作品奖·文学评论奖。

11 月 24 日，陆春祥作品《九万里风》入围 2021 年花地文学奖散文榜。

12 月 18 日，第十九届百花文学奖颁奖典礼举办，艾伟作品《敦煌》获中篇小说奖，哲贵《仙境》获短篇小说奖，海飞、赵晖《内线》获影视剧改编价值奖。

12 月 20 日，第四届茅盾新人奖评奖办公室发布公告，俞云灿（雷默）获第四届茅盾新人奖，陈徐（紫金陈）、朱乾（善水）获第四届茅盾新人奖·网络文学奖。

12 月 22 日，海飞的《江南役》和畀愚的《江河东流》入选作家出版社公布的"2021 年度好书"。

12 月 25 日，艾伟的作品《过往》获得中国小说学会 2021 年度好小说·中篇小说奖。

文学交流

3 月 10 日，江苏省作协党组成员、书记处书记黄德志一行来浙学习调研，晋杜娟等陪同。双方就有关文学馆项目建设、文学专业工作委员会工作开展情况、"深扎"工作和会员管理等内容进行深入座谈。

3 月 23 日至 28 日，晋杜娟带领浙江文学馆筹建工作专班人员，赴上海、北京开展实地考察调研。调研组先后走访考察了上海巴金故居、上海鲁迅纪念馆、老舍纪念馆、中国现代文学馆、北京鲁迅博物馆、北京人艺戏剧博物馆、北京 798 艺术区等地，并进行了深入交流。

4 月 7 日至 9 日，贵州省作协党组书记、副主席黄昌祥一行来浙交流调研，晋杜娟等陪同。双方就文学馆建设管理、文学职称评定、作协换届工作等方面进行了探讨和交流。调研组一行还走访了绍兴鲁迅纪念馆，中国网络作家村和西泠印社。

4 月 11 日至 14 日，新疆作协副主席、网络作家分会主席叶尔克西·库尔班拜克带队的新疆文联作协代表团来浙交流。在浙期间，新疆网络作家团参加了第十四期浙江网络作家体验营，与新浙两地网络作家一道走访调研中文在线、咪咕数媒、若鸿文化等文创企业以及中国网络作家村，两地网络作协还就未来建立合作机制展开座谈交流，共商助推两省文学发展。晋杜娟陪同。

5 月 17 日至 18 日，晋杜娟一行 4 人到江苏省作协开展工作调研。江苏省作协党组书记、书记处第一书记、常务副主席汪兴国，党组成员、书记处书记、副主席鲁敏及相关部门负责人等参加座谈会，双方就如何加强长篇小说创作、如何强化对青年文学人才的培养等方面展开了深入讨论和交流。

7月11日，《江南》杂志社、新疆生产建设兵团第一师阿拉尔市党委宣传部、阿拉尔市文联主办的兵城红都杯"走进塔里木，爱上阿拉尔"诗歌大赛颁奖典礼在阿拉尔市举行。

9月17日，为促进南北地区文学事业的合作，推进宁波市与沈阳市两地作家的创作交流，巩固和探求两地已有的共建交流经验方法，谋求两地文学事业更好发展，宁波市作协和沈阳市作协签订两地结对共建协议。

10月11日，浙江文学馆举行文学馆运营管理座谈交流会，邀请上海鲁迅纪念馆副馆长乐融作主题辅导讲座，并开展互动交流。

10月16日至20日，2021"四省边际文学周"活动暨"四省边际文学联盟"成立仪式在衢州举行。衢州市作协与安徽黄山、福建南平、江西上饶等四市作协共同成立了"四省边际文学联盟"，并签署了《四省边际作协合作倡议书》。浙皖闽赣四省边际作协代表、"百年大党·衢州有礼"庆祝中国共产党成立100周年征文获奖代表、《边际》杂志编委会成员，以及衢州市各县（市、区）作协代表参加会议。曹启文到会并致辞。

10月15日，绍兴市作协部分创作骨干与陕西省西咸新区优秀作家在《野草》编辑部会议室开展文学交流，双方共有30余人参加座谈。